Christiane Fux
Unter dem Elbsand

PIPER

Zu diesem Buch

In einem Wilhelmsburger Schrebergarten wird das Skelett einer jungen Frau gefunden. Die namenlose Tote kam vor vielen Jahren offenbar durch eine Schussverletzung ums Leben. Kriminalkommissarin Hadice Öztürk ist nicht begeistert. Wie soll sie diesen wahrscheinlich über 50 Jahre zurückliegenden Mord aufklären, ohne die Identität des Opfers zu kennen? Kurz darauf landet die namenlose Tote bei dem jungen Bestatter Theo Matthies. Schon bald kommt ihm der Verdacht, dass es sich bei der Verstorbenen um seine Tante Marlene handeln könnte, die Schwester seines Vaters, die seit der Hamburger Sturmflut im Februar 1962 als verschollen gilt. Theo beginnt, auf eigene Faust zu ermitteln: Er spricht mit Mitgliedern seiner Familie, mit Marlenes damaliger besten Freundin, mit ehemaligen Kommilitonen seiner Tante und ihrem damaligen Freund. Dabei kristallisiert sich heraus, dass Marlene ein Geheimnis hatte, das ihr zum Verhängnis wurde.

Christiane Fux, Jahrgang 1966, ist in Hamburg aufgewachsen und hat dort Germanistik studiert. Heute lebt sie in München, wo sie als Medizinredakteurin für das Gesundheitsportal NetDoktor schreibt und nebenbei in ihrem eigens gegründeten Verlag Krimispiele der Reihe »Mörderische Dinnerparty« entwickelt. Nach »Das letzte Geleit« und »In stiller Wut« ist »Unter dem Elbsand« bereits der dritte Fall für den sympathischen Bestatter Theo Matthies.

Christiane Fux

UNTER DEM ELBSAND

Kriminalroman

PIPER
München Berlin Zürich

Mehr über unsere Autoren und Bücher:
www.piper.de

Von Christiane Fux liegen im Piper Verlag vor:
Das letzte Geleit
In stiller Wut
Unter dem Elbsand

FSC
www.fsc.org
MIX
Papier aus verantwortungsvollen Quellen
FSC® C083411

Originalausgabe
1. Auflage August 2014
2. Auflage Januar 2016

Umschlaggestaltung und -motiv: Hauptmann & Kompanie Werbeagentur, Zürich
Satz: Fotosatz Amann, Memmingen
Gesetzt aus der Adobe Garamond Pro
Druck und Bindung: CPI books GmbH, Leck
Printed in Germany ISBN 978-3-492-30370-5

Für meine Mutter

Prolog

Er rammte den Spaten in den Boden, wieder und wieder. Schon bald taten ihm die Hände weh. Trotzdem grub er unverdrossen weiter. Er rückte das Tuch zurecht, das er sich um die Stirn geknotet hatte. Das Blütenmuster darauf war natürlich eigentlich etwas für Mädchen, aber etwas anderes hatte er in der Laube nicht auftreiben können.

Seit zwei Tagen arbeitete er an dem Loch hinter dem Geräteschuppen nahe dem Zaun. Anfangs hatten er und sein Kumpel unter dem Kirschbaum graben wollen, aber da waren ihnen die Wurzeln dauernd in die Quere gekommen.

Den ersten Tag hatten sie sich noch abgewechselt, Lennard und er, aber Lennard hatte schon bald keine Lust mehr gehabt. »Ist doch Quatsch«, hatte er gesagt und mit einer Fußspitze einen Stein in das Loch gekickt. »Warum sollte der Schatz ausgerechnet in eurem Schrebergarten vergraben sein?«

»Ich werde nicht mit dir teilen«, hatte Fritz ihm erbost hinterhergerufen, als sein Kumpel abgezogen war. »Memme, Verräter«, knurrte er im Takt der Spatenhiebe. Seine Wut verlieh ihm Kraft. Lennard würde schon sehen, was er davon hatte, wenn er erst einmal mit dem Schatz von Kapitän Störtebeker aufkreuzen würde!

Und da stieß er auf einen Widerstand. Fritz setzte noch mal nach. Es klang hohl. Kein Zweifel, hier war etwas Festes im lehmigen Boden, aber nicht so hart wie die zahllosen

Steine, die er schon hervorgeklaubt hatte. Wie ein Fachmann setzte er den kleinen Spaten, den ihm sein Großvater geschenkt hatte, als Hebel ein. Stöhnend förderte er zutage, was die Erde so viele Jahre verborgen gehalten hatte. Er starrte auf das Relikt. Dann lief er zu seiner Mutter.

Wie jeden Tag zwischen April und Oktober lag sie, sobald die Sonne schien, in Jeansshorts und Bikinioberteil auf einem Liegestuhl. Schweiß glitzerte zwischen ihren kleinen Brüsten. Auf der Nase trug sie eine übergroße, weiß gefasste Sonnenbrille, die sorgfältig manikürten Finger ruhten auf einer Zeitschrift, in der Fritz sie niemals lesen sah.

»Mami, guck mal.«

Ihre Augen hinter der Sonnenbrille blieben fest geschlossen.

»Ich habe einen Piraten gefunden.«

»Na toll.« Sie seufzte und zupfte ihr Bikinioberteil zurecht.

Er legte ihr seinen Schatz direkt in den Schoß.

»Einen echten Piraten«, sagte er glücklich.

Sie öffnete die Augen.

Dann schrie sie.

DER ERSTE TAG

Knapp 23 Billionen Liter Wasser stürzen in den letzten Maitagen des Jahres 2013 auf Deutschland – eine »Jahrhundertflut«. Als Erstes trifft es Passau. Die Stadt wird von den heftigsten Überschwemmungen seit 1501 heimgesucht.

Mehr als zweihundert Knochen hat der Mensch. Wie sie heißen, hatte Theo Matthies einst während seines Medizinstudiums gelernt. Inzwischen hatte er das familieneigene Bestattungsunternehmen übernommen. Wenn er seinen Beruf erwähnte, erntete er meist ungläubiges Staunen – einen Bestatter stellten sich die meisten anders vor. Düsterer vermutlich und melancholisch. Durch sein volles dunkles Haar und das anziehende, ein bisschen schiefe Lächeln wirkte er jünger als seine 37 Jahre. Bei Frauen kam er gut an – zumindest, bis er ihre Frage nach seinem Gelderwerb beantwortete. Dann fiel die Klappe. Mit dem Tod wollten die meisten nichts zu schaffen haben.

Nachdenklich betrachtete er das Skelett auf seinem Tisch. Ein erbarmungswürdiger Haufen Knochen, das war alles, was von der jungen Frau übrig geblieben war. Er hatte die teilweise abgelösten Glieder sortiert und anatomisch richtig platziert, ein etwas gruseliges Puzzle. So wie sie da lag, sah die Tote winzig aus, klein wie ein Kind.

»Ganz schön traurig«, sagte Lilly und sprach damit die Gedanken des Bestatters aus. Die zehnjährige Tochter seiner Kollegin May kannte keine Furcht vor den Toten. Im Gegenteil, sie hätte am liebsten immer zugeschaut, wenn Theo und ihre Mutter die Verstorbenen herrichteten. Aber das kam nicht infrage – schon aus Gründen der Pietät.

Diesmal hatte er eine Ausnahme gemacht. Die fleischlose Tote hatte mit dem Menschen, der sie einst gewesen war, nur noch wenig gemein. Und eine Seuchengefahr ging von den blanken Knochen auch nicht aus. Lilly strich prüfend mit dem Finger über die skelettierte Hand. »Traurig«, sagte sie noch einmal, »dass keiner weiß, wer sie ist.«

»Jedenfalls war sie noch ganz schön jung. Anfang 20«, sagte Theo.

»Woher willst du das wissen?«

»Weil ich mich mit Gerippen ganz gut auskenne. Säuglinge zum Beispiel haben noch eine ganze Reihe von Fugen zwischen den Knochen, insbesondere am Schädel, aber auch anderswo. Die verschließen sich erst nach und nach in der Jugend. Bei der Frau hier ist das sternale Ende der Clavicula noch nicht ganz verschlossen.« Er deutete auf die Schulter des Skelettes, wo Schlüsselbein und Brustbein aufeinandertreffen. »Diese Fuge ist eine der letzten, die sich schließt. Das passiert mit Anfang 20.«

Lilly legte die Hand flach auf ihr eigenes, noch unverwachsenes Schlüsselbein. »Und wenn sie 40 gewesen wäre?«

»Na, dann hätten die Experten bei der Polizei wohl ziemliche Schwierigkeiten, ihr Alter einzuschätzen. Im Grunde geht's da nur noch nach den Abnutzungserscheinungen der Knochen – und die können, wenn ich die Lebensumstände mal beiseitelasse, ganz schön unterschiedlich ausfallen.«

Lilly nickte. »Du stöhnst manchmal auch wie ein Opa, wenn du vom Joggen kommst.«

›Na, herzlichen Dank‹, dachte Theo. Noch keine vierzig und schon altes Eisen.

Er zog die Bahre mit dem schlichten Kiefernholzsarg neben seinen Arbeitstisch. Er hatte ihn bereits am Vortag ausgepolstert und den weißen, billigen Satin innen festgetackert. Sargausstattungen wurden zwar oft teuer verkauft, waren aber aus dem billigsten Material gefertigt. Zum Verfall und nicht für die Ewigkeit bestimmt. Behutsam bettete er die gelblich verfärbten Knochen für ihren letzten Ruheort. Lilly nahm den Schädel und bohrte ihren Zeigefinger in das Loch, das die Kugel bei ihrem Austritt am Hinterkopf hinterlassen hatte – und das Theos Freundin Hadice einiges Kopfzerbrechen bereitete.

»Nicht nur, dass wir eine namenlose Tote am Hals haben, sie ist auch noch ganz eindeutig erschossen worden«, hatte die junge türkischstämmige Kommissarin ihrem einstigen Schulfreund erzählt und sich in komischer Verzweiflung die kurzen schwarzen Haare gerauft. »Und das möglicherweise schon während des Zweiten Weltkriegs.« Sie hielt ihr leeres Bierglas hoch, um bei der Frau hinter der Bar wortlos ein weiteres Getränk zu bestellen.

Theo hob die Brauen. »Wie kommst du darauf?«

»Wir haben nicht nur die Kugel, sondern auch die Waffe gefunden.« Sie nahm das Bier in Empfang und trank einen großen Schluck. Das war ungewöhnlich. Hadice trank nur selten. Und zwar nicht, weil sie Muslimin war. In ihrem Job hatte sie einfach zu oft gesehen, was Alkohol aus den Menschen machen konnte. »Offenbar stammt sie aus Wehrmachtsbeständen. Eine Walter PPK.«

»Steht für Polizeipistole Kriminal«, mischte sich Lars in das Gespräch ein und demonstrierte einmal mehr seinen unerschöpflichen und breit gefächerten Wissensfundus. Lars Hansen, Doktor der Philosophie, Entrümplungsunternehmer und Künstler in Personalunion, war Theos bester Kumpel. »Ziemlich populär damals, auch weil sie diesen kurzen Lauf hat. Die kann man gut unter der Jacke verstecken. Die hat nicht nur die SS getragen, die war in ganz Europa bei der Polizei beliebt.«

»Du bist wirklich ein wandelndes Lexikon.« Hadice zwinkerte Lars zu. »Also diese Waffe stammt jedenfalls aus Wehrmachtsbeständen.« Sie kraulte Paul-Mops den dicken Schädel. Der Hund, den Lars bei einer Entrümplungsaktion gerettet hatte, wurde seinem Herrchen untreu, sobald Hadice auftauchte. Wie üblich saß er auch heute zu ihren Füßen und verfolgte jede ihrer Bewegungen anbetend mit seinen Glotzaugen. Theo konnte Paul verstehen. Hadice sah aus wie eine moderne Reinkarnation von Emma Peel.

»Hmm«, machte Theo.

»Was ›Hmm‹?«

»Die Dinger sind doch immer noch im Umlauf. So als Kriegsmemorabilien. Mein Großvater hatte auch noch eine Wehrmachtswaffe. Die lag immer griffbereit in der Schublade in der Diele, hat mein Vater erzählt. Ich weiß gar nicht, was daraus geworden ist.«

»Na, dann hätten wir ja schon unseren ersten Verdächtigen.« Hadice klatschte mit der Hand auf den Tresen.

Theo knuffte sie auf den Oberarm. »Nix gegen meinen Opa.«

»Sag ich doch, der Fall ist zum Heulen. Wir haben einen Zeitraum von 1940 bis etwa 2000. Sie hat da mindestens rund zehn Jahre lang gelegen.« Geistesabwesend tätschelte sie den Hund. »Von der Kleidung ist auch nicht mehr viel übrig. Darum kümmern sich jetzt die Experten.«

»Wo hat man sie überhaupt gefunden?«, wollte Lars wissen.

»In einem Schrebergarten. Da hat ein achtjähriger Knirps ihren Schädel ausgebuddelt. Er hat nach dem Schatz von Störtebeker gesucht, hat er erzählt.«

»Kinder«, sagte Theo nur.

Das war jetzt fast drei Wochen her. Nach Abschluss der Untersuchungen hatte die Polizei die Tote freigegeben. Hadice hatte dafür gesorgt, dass sie in Wilhelmsburg beigesetzt werden würde. Immerhin hatte man sie dort gefunden. Der Bestatter breitete eine weiße Satindecke über das Skelett. Entschlossen stopfte er sie fest. »Wir wollen ja nicht, dass alles wieder durcheinanderpoltert, wenn man sie transportiert«, sagte er zu Lilly.

Lilly kräuselte die Nase. »Nee, das wollen wir nicht.«

Theo wuchtete den Deckel auf den Sarg und zog die Schrauben an. Dann trat er an den kleinen Tisch, auf dem die schmale Mappe mit den Unterlagen der unbekannten Toten lag. Er zog einen Computerausdruck hervor, auf dem das Gesicht einer jungen Frau zu sehen war, und reichte ihn seiner kleinen Assistentin. Es war schmal, mit hohen Wangenknochen, einer markanten Kinnlinie, einem breiten Mund und leicht schräg stehenden Augen. Ein bisschen slawisch, fand Theo, der immerhin einmal mit einer Halbrussin verheiratet gewesen war. Ihre aus Plastilin gefertigten Gesichtszüge wirkten seltsam unfertig, der Gesichtsausdruck war neutral. »So ungefähr hat sie wohl ausgesehen«, sagte Theo.

Lilly starrte fasziniert auf das Bild in ihrer Hand. »Was ist das denn?«

»Das hat eine Expertin aus Plastilin auf einen Abguss des Schädels modelliert«, erklärte er.

»Is' ja gruselig«, sagte Lilly und hielt sich das Bild dichter vor die Augen.

Hadice hatte den Schädel der unbekannten Toten an Sabine Ohlrogge geschickt, einer Koryphäe für Gesichtsrekonstruktionen im norddeutschen Raum. Unter anderem hatte sie der Moorleiche »Moora« ein Gesicht verliehen – eine junge Frau, die vor 2600 Jahren in Niedersachsen ums Leben gekommen war.

Hadice hatte es sich nicht nehmen lassen, das Konterfei ihrer unbekannten Toten höchstpersönlich abzuholen. Vierzehn Tage hatte die Forensikerin daran gearbeitet. In einem ersten Schritt hatte sie Augen in den Gipsabguss des Schädels gepflanzt, was einen einigermaßen schaurigen Effekt hatte. Dann hatte sie Markierungsstäbchen, die die Gewebedicke kennzeichneten, auf die verschiedenen Kopfpartien geklebt. »Dazu nehme ich gewöhnliche Schaschlikspieße«, hatte sie Hadice mit verschmitztem Lächeln erzählt. Abhängig davon, wie dick die Gewebeschicht an der betreffenden Stelle gewesen wäre, hatte sie sie unterschiedlich lang zurechtgestutzt. An ihnen orientierte sich die Expertin, wenn sie schichtweise das Plastilin auftrug.

Am Ende hatte sie den Kopf bemalt und mit Haaren bestückt.

»Ich hätte gedacht, so was macht man heute per Computer«, hatte Hadice gesagt. »Einscannen und: Hokuspokus erscheint das Gesicht.«

Die Forensikerin lachte. »Das wäre natürlich super, und

erste Schritte in die Richtung gehen wir schon. Aber die Computerprogramme sind einfach noch nicht präzise genug. Für so eine Rekonstruktion brauchen Sie jemanden mit Erfahrung und Intuition. Momentan können das Menschen immer noch besser.« Sie strich dem Plastilinkopf liebevoll eine Haarsträhne aus dem Gesicht. »Ich habe sie ›Wilhelmine‹ genannt – weil sie doch in Wilhelmsburg gefunden wurde.«

Hadice blickte mit gerunzelter Stirn in das Plastilinantlitz. Ihr schien es zu roh, zu unvollkommen. »Hmm«, machte sie, »entschuldigen Sie die Anmerkung, aber das Gesicht von Richard III., das man unlängst rekonstruiert hat, das war irgendwie ein bisschen ...« Sie suchte nach Worten.

»Lebendiger?« Ohlrogge nickte. »Wissen Sie, bei historischen Rekonstruktionen, da können wir unserer Phantasie mehr Raum geben. In dem Bereich ist das nicht so kriegsentscheidend.«

»Und das heißt?«

Die Forensikerin nahm den Kopf in beide Hände und bettete ihn in eine mit Holzwolle ausgefüllte Kiste. »Wenn wir nur die Knochen haben, tappen wir in vieler Hinsicht im Dunklen. Die Form von Ohren und Nase beispielsweise wird ja überwiegend von der Knorpelstruktur bestimmt. Wenn die fehlt, können wir nur grobe Annahmen machen. Haar- und Augenfarbe sind natürlich auch eher ungewiss. Und auch wie dick oder dünn ein Mensch zu Lebzeiten war, können wir nicht sagen. Und was den Gesichtsausdruck betrifft – den Charakter eines Menschen kann man nicht am Schädel ablesen, so gern die Nazis das auch getan hätten.«

»Aha.« Hadice spähte skeptisch in die Kiste.

»Also halten wir uns zurück und gestalten Details, bei

denen wir uns nicht einigermaßen sicher sind, möglichst neutral.«

»Und wie ähnlich ist dann so eine Rekonstruktion dem lebenden Menschen?«

Ohlrogge stülpte den Deckel auf die Kiste. »Das ist schon ein bisschen Glückssache. Aber wissen Sie, wenn ein Mensch noch von irgendjemandem vermisst wird, der springt dann häufig drauf an.«

»Na, dann versuch' ich mal mein Glück«, seufzte Hadice und dachte dabei mit leisem Schauder an Schaschlikspieße.

Auch Theos Freundin Hanna war fasziniert von der Geschichte des namenlosen Mädchens. Sie lag bäuchlings auf dem Sofa und hielt das Bild von »Wilhelmine« in den Händen. Wie immer, wenn sie sich konzentrierte, wickelte sie eine ihrer schwarzen Locken um den Zeigefinger.

Genauso hatte auch Nadeshda immer auf der Couch gelegen, die Nase in irgendeinem Krimi vergraben. Theo lächelte. Äußerlich hatten die beiden Frauen wenig miteinander gemein. Nadeshda war groß und schlank gewesen, sportlich mit kurzem blondem Haar, Hanna hingegen war rundlich, fand Sport überflüssig und besaß eine wilde schwarze Mähne. Vom Charakter her stellte Theo aber immer wieder große Überschneidungen fest: Beide waren willensstark, begeisterungsfähig und temperamentvoll. Und vor allen Dingen enorme Dickschädel. ›Das musst ausgerechnet du sagen‹, hörte er Nadeshdas Stimme in seinem Kopf. Es war ihr Tod gewesen, der ihn vom Arztberuf weg und in das familieneigene Bestattungsinstitut gebracht hatte. In den ersten Jahren nach ihrem Tod hatte er seine Frau häufig zu sehen geglaubt. Inzwischen beschränkten sich die Erscheinungen auf ihre Stimme und – immer seltener – auf das Gefühl ihrer unmittelbaren Anwesenheit.

»Hadice gibt das Bild morgen an die Presse weiter«, sagte Theo.

»Ich bin die Presse«, entgegnete Hanna. Ihre Stimme war so tief, dass Theo sie bei ihrem ersten Telefonat für einen Mann gehalten hatte. »Und ich hab' Zugang zu den Top-Quellen in diesem Fall.« Sie zwinkerte ihm zu.

Die Journalistin und der Bestatter hatten sich kennengelernt, als Theo den Mord an einer alten Frau aufklärte, deren Todesursache ihm zweifelhaft erschienen war. Seither verband die beiden eine zwar leidenschaftliche, aber ziemlich komplizierte Beziehung.

»Ich versuche mal, Hadice für ein Interview zu kriegen.« Und schon tippte Hanna auf ihrem Mobiltelefon herum. Sie lauschte mit gerunzelter Stirn und sprach eine kurze Bitte um Rückruf auf die Mailbox der Kommissarin. Dann griff sie erneut nach dem Konterfei der Toten.

»Hoffentlich erkennt sie jemand.«

»Nach so langer Zeit?« Theo setzte sich neben Hanna auf die Couch. Sie drehte sich auf den Rücken, legte ihre Unterschenkel auf seinen Knien ab und betrachtete das Bild.

»Warum nicht? Ich glaube, wenn man so lange nicht weiß, was aus jemandem geworden ist, dann lässt das einem doch keine Ruhe …«

Theo nahm die Fernbedienung zur Hand und schaltete die Tagesthemen ein. Sie wurden dominiert von den Bildern der »Jahrhundertflut«, wie die Zeitungen bereits titelten. Nach tagelangen Regenfällen stand Passau bereits unter Wasser – das Hochwasser drohte aber auch Regensburg und allen Städten flussabwärts von Donau und Elbe. Die Tagesthemen zeigten Bilder von überfluteten Straßen, von Helfern, die Sandsäcke stapelten, von Bundeswehrsoldaten in Schlauchbooten und immer wieder von Menschen, die fassungslos auf die Wassermassen in ihrer überfluteten Stadt starrten.

Derweil wälzte sich die Scheitelwelle der Flut in gemächlichem Tempo elbabwärts Richtung Hamburg.

»Na hoffen wir mal, dass die Deiche halten.«

Theo schwieg. Er wollte nicht zugeben, dass ihm mulmig zumute war. Wer auf der Hamburger Elbinsel Wilhelmsburg aufwuchs, dem waren die Folgen eines Deichbruchs bewusst. An den Häusern markierten Messingtafeln die Pegelstände der Sturmflut von 1962, und überall auf der Insel gab es Sammelstellen für eine mögliche Evakuierung. Bei Sturmflutwarnung wurden die Schulkinder nach Hause geschickt – eine Situation, die Theo als Kind ebenso faszinierend wie gruselig gefunden hatte. Sein reetgedecktes Elternhaus, in dem er heute wieder lebte, lag kurz hinter dem Moorwerder Hauptdeich. Damals hatte nur noch das Dach aus dem Wasser geschaut. Zwar waren die Deiche nach jeder Sturmflut höher aufgeschüttet worden, doch die Pegelstände zogen nach und erreichten alle paar Jahre wieder neue Rekordstände.

In der Nacht schlief Theo unruhig neben Hanna. In seinem auf Alpha-Wellen wabernden, träumenden Hirn verknüpften sich die Eindrücke des Tages auf nicht vorhersehbare Weise mit längst verschütteten Erinnerungen. Er träumte von Wassermassen, die sich durch die Wilhelmsburger Straßen wälzten und Autos, Bäume und Unrat mit sich rissen. In einem offenen Sarg trieb eine junge blonde Frau an ihm vorbei. Er wusste mit der Gewissheit eines Schlafenden, dass es die namenlose Tote war, deren Knochen er wenige Stunden zuvor für ihre letzte Ruhe vorbereitet hatte. Die Tote öffnete die Augen und sah ihn an. »Theo!«, sagte sie, ohne die Lippen zu bewegen.

Er erschrak so sehr, dass er erwachte.

DER ZWEITE TAG

Halle ruft den Katastrophenalarm aus: »Wir haben es mit Wassermassen zu tun, die wir noch nie zu bewältigen hatten«, verkündet Ministerpräsident Reiner Haseloff (CDU).

»Das Verrückte ist, dass ich das sichere Gefühl hatte, sie zu kennen«, sagte Theo, als er am nächsten Morgen mit Hanna am Frühstückstisch saß.

»Unwahrscheinlich.« Hanna gähnte. Sie war ein ausgesprochener Morgenmuffel. »Wie es aussieht, ist die Dame doch wohl schon länger tot, als es dich gibt.«

»Vermutlich.« Theo rührte nachdenklich in seinem Kaffee, bis Hanna ihm den Löffel aus der Hand nahm. »Wenn du so weitermachst, hast du bald ein Loch im Tassenboden.«

Er trank einen Schluck.

»Ich hab' da eine ziemlich verrückte Idee«, sagte er dann.

»Erzähl.« Sie blickte ihn erwartungsvoll an.

»Später.«

Kaum hatte Hanna sich verabschiedet, um in ihrer Wohnung an einer Reportage zu feilen, stieg er ins Obergeschoss des Hauses, in dem er aufgewachsen war, und angelte mit einem Haken die Luke zum Dachboden herunter. Dort lagerten noch immer die Relikte früherer Matthies-Generationen: alte Seekarten seines Urgroßvaters, der erst als Kapitän die Weltmeere bereist und dann das auf Seebestattungen spezialisierte Beerdigungsinstitut gegründet hatte; stockfleckige Leinentücher mit erbaulichen Sprüchen, die seine Großmutter mütterlicherseits gestickt hatte, die Kinderbücher seiner jung verstorbenen Mutter. Und natürlich die Fotoalben der Bestatterdynastie.

Er zog die Leiter zu sich herunter und kletterte die steilen Stiegen empor. Oben angekommen überfielen ihn Erinnerungen: wie er als kleiner Junge mit seiner besten Freundin Nele zwischen den staubigen Schachteln, Truhen und Möbeln »Gespenst« gespielt hatte. Er hatte sich immer deutlich mehr gegruselt als sie, ein Umstand, den er auch unter Folter niemals zugegeben hätte. Was wohl aus ihr geworden war? Er sah sich kurz um und zog dann einen Koffer aus altersmürbem Leder hervor. Die rostigen Schnallen klemmten, sodass er Mühe hatte, ihn zu öffnen. Darin befand sich ein Sammelsurium von Fotoalben mit Bildern der Familie seines Vaters. Auf den Rücken der Alben waren Jahreszahlen vermerkt, die ein ordentlicher Mensch mithilfe eines Prägegeräts angebracht hatte. »1945–47«, las er. Sogar direkt nach dem Krieg hatte die Familie sorgsam ihre Feste und Ausflüge dokumentiert. »1953–57«. Und schließlich »1960–62«. Er schlug es auf und blätterte zügig die von raschelndem, halbtransparentem Spinnenpapier geschützten Seiten um. Schließlich stieß er auf das gesuchte Gesicht. Jung und schmal, mit hohen Wangenknochen und einem überbreiten Mund. »Marlene, Juni 1960« stand darunter. Es war das Gesicht der sprechenden Toten aus seinem Traum.

Die Arbeit am Computer gehörte nicht zu Theos Kernkompetenzen. Trotzdem machte er sich ans Werk und scannte das Foto der jungen Frau aus dem Fotoalbum sowie das Bild von der Rekonstruktion des Kopfes ein. Er rief beide mit einem Bildbearbeitungsprogramm auf und stellte sie nebeneinander. Auf den ersten Blick wirkten die beiden Gesichter nicht besonders ähnlich. Den Vergleich erschwerte, dass die Bilder der jungen Frau aus dem Fotoalbum nicht frontal aufgenommen worden waren, so wie das Bild der unbekannten Toten, sondern immer etwas seitlich. Trotzdem gab es einige Parallelen. Fasziniert starrte Theo auf den Bildschirm. ›Das wäre doch wirklich verrückt‹, dachte er. Er griff nach seinem Mobiltelefon und suchte in den Kontakten einen Namen.

»Alter, weißt du eigentlich, wie spät es ist?« Fatihs Stimme klang, als hätte man ihn aus dem Tiefschlaf gerissen. Der junge Türke hatte am Vorabend ein Konzert mit seiner Band gegeben – eine Mischung aus Indie-Pop und orientalischer Folklore –, und wie immer war es spät geworden.

»Kurz nach halb zehn«, informierte Theo ihn.

»Schon mal was von Ferien gehört?«, nuschelte Fatih. Er hatte die letzten Prüfungen fürs Abitur hinter sich und hatte jetzt bis zum Studienbeginn im Oktober frei. Theoretisch zumindest. Denn neben seiner Band war da auch noch sein Job als Fensterputzer in Blankenese. Er hatte ihn eigentlich als Tarnung für eine verdeckte Ermittlung angefangen, als er gemeinsam mit Theo den Mord an einer alten Freundin untersuchte. Der Job hatte sich als so lukrativ erwiesen, dass er und sein Kumpel Seldschuk einfach weitergemacht hatten. Dann war da auch noch seine Mutter Aische, die zwar vor Stolz auf das Abitur ihres Sprösslings fast platzte, aber dennoch fand, ein bisschen bodenständige Arbeit in der familieneigenen Dönerbude könne nicht schaden. Und nicht zuletzt kam Theo, der Fatih gern wegen seiner Computerkenntnisse einspannte.

»Umso besser«, sagte Theo fröhlich. »Dann hast du ja alle Zeit der Welt und kannst mir helfen.«

Fatih stöhnte. »Wieso glaubt hier eigentlich jeder, ich hätte nix zu tun!«

»Du bist eben ein netter Mensch.«

Fatih seufzte und ergab sich in sein Schicksal. »Lass hören.«

Theo grinste. »Ich hab' da auch was Spannendes für dich!«, lockte er. Dann erklärte er ihm den Fall.

»Is' ja krass.« Fatih klang jetzt hellwach.

Eine Dreiviertelstunde später bückte Fatih sich reflexartig, als er durch die niedrige Tür in Theos reetgedecktes Haus trat. Der Bestatter kam ihm entgegen, einen Becher Kaffee in jeder Hand, und blieb abrupt stehen, als er Fatih sah. Wie üblich hatte dieser seinen schmalen Körper in schwarze Klamotten gehüllt – doch von der langen dunklen Mähne, an die sich Theo gewöhnt hatte, war kaum noch etwas übrig. Fatihs Haar war an den Seiten nahezu kurz geschoren, am Oberkopf jedoch etwas länger und leicht verstrubbelt. Theo wusste nicht, ob das Styling gewollt war oder bloß damit zusammenhing, dass Fatih gerade erst aufgestanden war.

»Was ist denn mit dir passiert?«

Fatih fuhr sich mit den Handflächen über die Stoppeln. »Time to change«, sagte er.

Kurz darauf saßen sie vor Theos Laptop – ein nagelneues ultraschnelles Gerät, das Fatih ihm aufgeschwatzt hatte. Fasziniert betrachtete er die beiden Gesichter auf dem Monitor.

»Man müsste den Kopf in einen dreidimensionalen

Modus umwandeln, sodass man ihn drehen kann«, sagte Theo.

»Theoretisch kein Problem, aber die Ausgangsdatenlage ist schlecht. Optimal wären ein Frontalfoto und eines von der Seite – Fotos aus der Verbrecherkartei sind nicht umsonst auch so angelegt, da hat man dann alle wichtigen Infos. Was wir haben, sind nur zwei Bilder im Halbprofil und ein etwas unscharfes Klassenfoto …« Er knetete sein Kinn. »Ich weiß nicht, wie präzise die Ergebnisse werden.«

Theo klopfte ihm auf die Schulter. »Du machst das schon.«

Nachdem Fatih das Spezialprogramm installiert hatte, kartografierte er die Gesichtszüge der jungen Frau. Dazu markierte er akribisch verschiedene Punkte – insbesondere so entscheidende wie die Form der Nase, die Augenwinkel, die Augenbrauen. Jeder Punkt erhielt eine Kennzeichnung, anhand derer sich das Programm orientieren konnte. Fasziniert beobachtete Theo, wie sich nach diesen Vorbereitungen ein dreidimensionales Gesicht auf dem Bildschirm aufbaute. Fatih ließ es mit der Maus rotieren. Der abgetrennt wirkende Kopf schlug eine Kapriole. Fatih rückte ihn zurecht, sodass die stumpfen Augen des Gesichts den Betrachter anzuschauen schienen, dann verminderte er die Deckungskraft des Bildes und zog es über das Bild des Plastilingesichts.

Theo, der die Luft angehalten hatte, ließ sie nun mit einem Zischlaut entweichen. »Und, was meinst du?«

Fatih schnitt eine Grimasse. »Deckungsgleich sind sie nicht. Hier der Augenabstand ist nicht präzise und die Nasen sind unterschiedlich breit. Aber insgesamt … ist nicht völlig ausgeschlossen. Im Gegenteil.«

Theo nickte langsam und starrte weiter auf das doppelte Antlitz.

»Verrätst du mir jetzt, wer die Lady auf dem Foto ist?«

»Sie hieß Marlene«, sagte Theo. »Das Mädchen auf dem Foto ist meine Tante Marlene.«

Damals

Der Tag, an dem Marlene Matthies verschwindet, ist kalt und stürmisch. Schon seit Tagen ziehen schwere Tiefausläufer von Island nach Skandinavien und drücken große Wassermassen in die Nordsee. Ein Orkan braut sich am 15. Februar 1962 zusammen. Die Meteorologen geben ihm den Namen »Vincinette« – die Siegreiche. Der Sturm treibt das Wasser vor sich her, sodass es im Verlauf des 16. Februars Hamburg erreicht. Die Hansestadt ist mehr als sechzehn Jahre nach Kriegsende schlecht dagegen gewappnet. Viele Deiche, die von Fliegerbomben beschädigt waren, sind nur notdürftig mit Trümmern geflickt worden. Am verwundbarsten ist der Stadtteil Wilhelmsburg, der von zwei Elbarmen umschlossen ist. Umso fataler ist der Umstand, dass viele Flüchtlinge, die aus den verlorenen Ostprovinzen gekommen, aber auch Familien, die im Krieg obdachlos geworden waren, sich dauerhaft in den Schrebergartenkolonien eingerichtet haben – zum Teil direkt hinter den Deichen. Sie haben die Lauben zu Behelfsheimen aus- und umgebaut, aufgestockt und teilweise sogar neu errichtet – ein Wildbau, der angesichts der Wohnungsnot nach dem Krieg toleriert wird. Die Kolonien nennen sich »Aufbruch«, »Zur letzten Scholle« oder »Brummerkaten«.

Der Sturm ist für die meisten kein Anlass zur Beunruhigung – Hanseaten sind wettererprobt. Die letzte große Sturmflut in Hamburg liegt lange zurück – 1825 wurde die

Stadt zum letzten Mal schwer von den Wassermassen verwüstet. Und heute, an einem Freitag im Fasching, den Wochenlohn in der Tasche, will sich kaum einer die Laune verderben lassen. Die Erwachsenen schlagen die Mantelkragen hoch und halten die Hüte auf dem Kopf fest. Die Kinder lehnen sich lachend gegen den Wind, der so stark ist, dass er sie nicht umfallen lässt. Keiner von ihnen ahnt die nahende Katastrophe. Die jungen Leute gehen tanzen, die Werftarbeiter brechen zur Nachtschicht auf. Die Mütter stecken ihre Kinder ins Bett.

Kurz nach Mitternacht brechen in Hamburg die Deiche. Innerhalb von Minuten läuft die Elbinsel Wilhelmsburg voll Wasser wie ein leckgeschlagenes Ruderboot. Die Pegelstände steigen so schnell, dass viele Menschen nicht einmal mehr ihre Türen öffnen können. Viele ertrinken, als ihr Haus geflutet wird. Andere flüchten sich auf die Dächer, versuchen sich auf Bäume zu retten. Einige der hölzernen Behelfsheime reißen die Wassermassen als Ganzes weg, sie treiben auf den noch immer sturmgepeitschten Fluten, während ihre Bewohner gellend um Hilfe schreien.

315 Menschen fallen in dieser Nacht dem Wasser zum Opfer. Allein in Wilhelmsburg sterben 222. Ihre Leichen werden in den darauffolgenden Tagen geborgen. Alle, bis auf eine: Marlene Matthies.

»Wir haben uns immer gefragt, was mit ihr geschehen ist«, sagte Theo zu Fatih. »Als Kind habe ich geglaubt, dass sie mit dem ablaufenden Wasser in die Nordsee geschwemmt wurde – aber das ist natürlich sehr unwahrscheinlich. Irgendwo bleibt so ein Körper doch hängen.«

»Und jetzt glaubst du, dass sie nie gefunden wurde, weil

sie gar nicht ertrunken ist, sondern ermordet und vergraben wurde.« Fatihs Blick hing noch immer an dem doppelten Frauenantlitz.

Theo seufzte und fuhr sich mit beiden Händen durch das dichte dunkle Haar. »Könnte doch sein?«, sagte er zögerlich. Aber ihm war bewusst, dass das eine ziemlich gewagte Theorie war. Und so beschloss er, Hadice vorerst nichts von seinem vagen Verdacht zu erzählen. Erst einmal wollte er der Sache selbst nachgehen. Allerdings war ihm klar, dass seine wichtigste Informationsquelle ein zäher Brocken war.

Roswitha Matthies war 92 Jahre alt. Eine winzige Person, schrumpelig wie ein altes Äffchen mit buschigen grauen Augenbrauen, unter denen ein immer noch hellwacher Blick hervorspähte. Obwohl sie, schon seit Theo denken konnte, ständig prophezeite, dass sie mit Sicherheit ihren nächsten Geburtstag nicht mehr erleben würde (ganz zu schweigen von dem kommenden Weihnachtsfest), war Theo überzeugt, dass seine Großmutter das Zeug dazu hatte, die Hundert zu knacken. Vor acht Jahren hatte ihre Tochter, seine Tante Inge, sie endlich überreden können, in ein Altersheim zu ziehen, und tatsächlich war sie dort noch einmal richtig aufgeblüht. Sie hatte sich sofort mit fast jedem überworfen, insbesondere mit ihrer Zimmernachbarin Fräulein Edeltraud – ein ständiger Grabenkrieg, der die Lebensgeister der beiden alten Damen nährte.

Roswitha Matthies war schon immer eine streitlustige Person gewesen. In seiner Kindheit hatte Theo sich regelrecht vor ihr gefürchtet. Erst später, nachdem er zu würdigen gelernt hatte, mit welcher Courage die Großmutter das

Bestattungsunternehmen durch die schweren Kriegszeiten gebracht hatte, hatte er ihr zunehmend Respekt gezollt. Theos Großvater, den er nur von Fotos kannte, war als gebrochener Mann aus der Kriegsgefangenschaft heimgekehrt. Und so hatte Roswitha Matthies das Geschäft mit dem Tod weiterhin so gut wie alleine gestemmt. Inzwischen mochte Theo die tyrannische alte Dame sogar recht gerne – auch oder gerade weil sie ihn noch immer aus der Fassung bringen konnte. Hinter der bissigen Fassade hatte er schon oft einen grimmigen Sinn für Humor aufblitzen sehen.

Als er das Zimmer betrat, thronte seine Großmutter in einem Lehnsessel, der viel zu groß für seine geschrumpfte Besitzerin schien. Sie trug die gleiche Kleidung wie stets: Pulli und Rock in undefinierbaren Brauntönen, dicke, vorgeblich hautfarbene, in Wirklichkeit aber schmutzig rosafarbene Strümpfe, die an ihren mageren Beinen Falten schlugen. Die Füße steckten in karierten Pantoffeln, in die sie Löcher geschnitten hatte, um Raum für ihre deformierten Großzehenknöchel zu schaffen. Hallux valgus, eine Degeneration, die genetisch bedingt sein konnte oder durch das Tragen hoher Absätze verstärkt wurde. Theo konnte sich allerdings nicht vorstellen, dass seine Großmutter irgendwann einmal hochhackige Pumps getragen hatte. Ihr Haar war dünn und weich wie Entenkükenflaum. Es bildete im Licht der unweigerlich brennenden Stehlampe neben ihrem Sessel einen Glorienschein, der wenig zu den herabgezogenen Mundwinkeln passte.

Auf ihrem Schoß hockte ein weißes Robbenbaby aus Plüsch. Roswitha Matthies strich ihm über den Kopf, und es schloss genüsslich die riesigen, langbewimperten Augen. Dann gab es ein wohliges Fiepen von sich.

»Was um Himmels willen ist denn das?«

»Das da ist Fine. Sie ist ein Kuschelroboter.« Fine klimperte bestätigend mit den Augen und ruderte ein wenig mit den Vorderflossen.

Theo zog sich einen unbequemen Stuhl heran. »Was es nicht alles gibt.« Er war fassungslos. Fasziniert, aber fassungslos.

»Nachts kriegt sie einen Schnuller, über den ihre Batterien wieder aufgeladen werden.« Die Stimme seiner Großmutter klang wie üblich zynisch, doch Theo beobachtete, mit welch unbewusster Zärtlichkeit ihre marmorierten Hände durch das Kunstfell pflügten. »Antibakteriell«, betonte sie. Mit der Hygiene hatte sie es immer sehr genau genommen. Was insbesondere in einem Bestattungsunternehmen keine schlechte Einstellung war.

»Wie?«

»Das Fell ist antibakteriell.«

»Hat jetzt hier jeder so ein … Haustier?«

»Wohl kaum. Dafür sind die Dinger nun doch zu teuer. Fast 3000 Euro.« Es klang stolz. »Ich nehme an, die sind für mich«, sagte sie dann mit einem Blick auf die Pralinenschachtel in Theos Hand. Die »Edlen Tropfen in Nuss« wie sich die mit diversen Obstwassern gefüllten Pralinen nannten, waren ihre absolute Lieblingssüßigkeit. Theo hatte eine Packung gekauft, in der Hoffnung, sie damit gnädig zu stimmen. Immerhin hatte er vor, ein ausgesprochen heikles Thema anzuschneiden. Die Nacht der Sturmflut und insbesondere das Verschwinden der Tochter waren im Hause Matthies schon immer ein Tabu gewesen, wie Theo noch von seinem vor wenigen Jahren verstorbenen Vater wusste. Dieser war damals 21 Jahre alt gewesen und hatte die Nacht, wie so viele, feiernd auf der Reeperbahn verbracht – ohne zu ahnen, welche Dramen sich nur wenige

Kilometer Luftlinie entfernt auf der anderen Seite der Elbe abspielten.

Seine Großmutter beäugte ihn listig unter ihren dichten Augenbrauen. »Wenn du mit Pralinen hier aufkreuzt, willst du bestimmt was, Jungchen.«

Theo verzog das Gesicht zu einem schiefen Lächeln. Er befreite die Pralinenpackung von ihrer Hülle, reichte sie ihr und zog dann das Bild von »Wilhelmine« hervor.

»Schau dir das doch mal an.«

Seine Großmutter schob sich eine Praline in den Mund und griff dann nach der Brille, die an einer goldenen Kette um den Hals baumelte. Dann betrachtete sie das Plastilinantlitz.

»Was soll das denn sein?« Sie schaute ihn streng über die Bifokalgläser hinweg an. »Die sieht ja aus wie eine von den Puppen aus der Geisterbahn.«

Theo musste zugeben, dass die Bemerkung ihre Berechtigung hatte. »Das Gesicht hat eine Expertin auf einen Schädel modelliert, den man in Wilhelmsburg gefunden hat.«

Seine Großmutter schnaubte verächtlich. »Ist ja ein wahres Meisterwerk. Wenn die Deern bei Lebzeiten so ausgesehen hat, kann sie einem leidtun.«

»Und sie erinnert dich an niemanden?«

»Nee. Ist mir vollkommen unbekannt.«

Inzwischen hatte Roswitha Matthies in ihrem üblichen Rekordtempo bereits die fünfte Praline verspeist.

Theo räusperte sich. »Ich dachte, es könnte vielleicht Marlene sein. Man hat sie doch nie gefunden. Und das Alter würde hinkommen.«

Seine Großmutter gab ein bellendes Geräusch von sich, das Theo als Lachen einordnete. Das Seehundbaby auf ihrem Schoß fiepte und schaute ihn bekümmert an.

»Unsere Marlene war ein hübsches Mädchen – ich kann da keine Ähnlichkeit feststellen – wirklich, Jungchen, du tüddelst.«

»Aber die Wangenknochen«, beharrte Theo, »und der breite Mund. Und die Augenstellung. Die ist nahezu deckungsgleich.«

Die Großmutter beugte sich vor und griff nach der Pralinenschachtel. Sie schwieg einen Moment.

»Wo hat man sie denn gefunden?«, fragte sie. Ihr Gesicht zeigte keinerlei Regung.

»In einer Schrebergartenkolonie hier in Wilhelmsburg.«

»Wüsste nicht, was Marlene da zu suchen gehabt hätte.« Die alte Frau steckte sich eine weitere Praline in den Mund. Etwas Flüssigkeit sickerte in die Lücken ihrer dritten Zähne, und sie saugte sie geräuschvoll hervor.

Theo kapitulierte. Fürs Erste. »Ich lass dir das Bild einfach da. Vielleicht hast du ja doch noch eine Idee, wer sie sein könnte.« Er erhob sich, küsste seine Großmutter auf die Wange. Sie fühlte sich unter seinen Lippen an wie zerknitterte Seide. Als er sich an der Tür noch einmal umwandte, schien der Kuschelroboter ihm mit den Flossen zu winken.

Er ging langsam den Gang herunter, in dem ein undefinierbarer Essensdunst das frühe Mittagessen ankündigte. Im Altenheim war es wie im Krankenhaus – die Meute wurde früh abgefüttert. Ein Blick durch die offen stehende Tür des Speisezimmers zeigte, dass das sehr wohl im Interesse der Bewohner schien. An den runden Tischen saßen einige geschrumpfte alte Leute, erwartungsvoll wie ein Schwarm ergrauter Schulkinder. Seine Großmutter würde das Mittagessen nach den ganzen Pralinen wohl ausfallen lassen.

Er nahm den Fahrstuhl, in dem ein Aushang auf die

Aktivitäten der Woche hinwies: »Tanzen im Sitzen« und »Hirnjogging am Nachmittag«.

Als er auf den Gehweg trat, den die Sonne bereits zu hochsommerlichen Temperaturen erhitzt hatte, holte er tief Luft. Wie immer war er froh, das Heim mit seinen traurigen Gerüchen und der undefinierbaren Aura des Wartens auf das Ende hinter sich lassen zu können. Auf der Treppenstufe stand eine junge Frau in der Kluft des Pflegepersonals – weiße Hose und apfelgrünes Poloshirt. In der Hand hielt sie eine brennende Zigarette. Sie war so zierlich, dass Theo sich wunderte, wie sie die körperlich anstrengende Arbeit im Heim überhaupt bewältigen konnte.

Sie nickte ihm zu. »Herr Matthies.«

Theo war nicht nur als Angehöriger im Altenheim bekannt. Als Bestatter hatte er naturgemäß auch beruflich immer wieder vor Ort zu tun, wenn für einen der alten Menschen das Warten ein Ende hatte.

Sie zog noch einmal an ihrer Zigarette, drückte sie dann auf dem an die Wand montierten Aschenbecher aus und versenkte sie im Bauch des Gefäßes. Die Geste erinnerte ihn an Hanna, die auch vom Nikotin nicht loskam.

Sie lächelte ihn an. Ihre Zähne standen ein klein wenig schief, und die unordentlichen blonden Locken wirkten etwas verschwitzt. Der blaugrüne Metallicnagelack auf ihren kleinen Fingern begann bereits abzublättern. Er stellte fest, dass er sie hübsch fand, mit den Sommersprossen auf blasser Haut.

»Was hat es eigentlich mit diesem Kuschelroboter auf sich?«, wollte Theo wissen.

»Den haben wir für unsere Demenzpatienten angeschafft. Er sorgt dafür, dass sie entspannter und zufriedener sind.

Vor allem für Menschen, die früher Haustiere hatten, ist er ideal.«

»Aber meine Großmutter ist nicht dement.«

»Nein, natürlich nicht.« Sie zögerte. »Aber sie hält den Laden ganz schön auf Trab.«

»Das kann ich mir vorstellen. So war sie schon immer. Als Kinder haben wir sie ›General‹ genannt.«

Sie lachte. »Glauben Sie mir: Solange die Robbe bei Ihrer Großmutter ist, profitieren alle im Heim davon.«

Theo verabschiedete sich. Auf dem Weg zu seinem Fahrrad kam er an dem Haus vorbei, in dem die Demenzpatienten untergebracht waren. Ein paar von ihnen gingen in einem kleinen Gärtchen auf und ab, das von einem hohen Zaun umgeben war. Andere dämmerten auf Bänken sitzend in der Sonne. Er beschloss, auf eigene Kosten eine zweite Kuschelrobbe anzuschaffen – damit auch die Menschen einmal zum Zuge kamen, für die der Roboter eigentlich gedacht war.

Als ihr Enkel fort war, setzte sich Roswitha Matthies ihre Brille wieder auf die Nase. Dann beäugte sie das Papier in ihrer Hand noch einmal scharf. Sie ließ sich zurücksinken. »Vollkommen unmöglich«, sagte sie in den leeren Raum. Dann erhob sie sich mühsam, klemmte die Robbe unter ihren Arm und verstaute das Papier mit dem Gesicht von »Wilhelmine« sorgfältig in ihrem zierlichen Biedermeiersekretär.

Für den Nachmittag hatte Theo sich mit Zeitzeugin Nummer zwei verabredet. Seine Tante Inge, die jüngste Schwester seines Vaters, war zum Zeitpunkt der Katastrophe erst zwölf

Jahre alt gewesen und hatte die Sturmnacht in Wilhelmsburg miterlebt. Inge, die auf den wenigen Kindheitsfotos, die Theo von ihr kannte, stets Grimassen geschnitten hatte, war jetzt das, was frühere Generationen eine patente Frau genannt hatten. Sie war das Gegenteil seines stillen Vaters: groß, laut und korpulent, mit inzwischen ergrautem, kurz geschnittenem Haar und immer noch dichten schwarzen Augenbrauen. Sie stießen über der Nasenwurzel zusammen wie bei der Malerin Frida Kahlo. Nachdem sie fast vierzig Jahre als Grundschullehrerin in der Schule am Stübenhofer Weg gearbeitet hatte, erklärte sie den Ruhestand zum Unruhestand und war aktiver denn je. Unter anderem hatte sie sich, anders als manch andere Wilhelmsburger, für das Stadtplanungsprojekt der Internationalen Bauausstellung begeistert, das die Elbinsel und ihre Gemüter tüchtig aufgemischt hatte. In erster Linie hatte es ihr das Projekt Energiebunker angetan, durch den sie jetzt ehrenamtlich Führungen leitete.

Der ehemalige Flakbunker war ein Koloss – wie sein Pendant auf dem Heiligengeistfeld in St. Pauli: sechzig Meter hoch und mit bis zu vier Meter dicken Wänden. Dieser Umstand hatte dazu geführt, dass ein Sprengungsversuch der Briten 1945 lediglich das Innere des Gebäudes zerstört hatte. Jahrzehntelang hatte der Bunker, in dem einst Tausende Menschen Schutz gesucht hatten, leer gestanden. Das Kriegsmahnmal mit seinen düsteren Stahlbetonwänden war weithin sichtbar. Inzwischen hatte man die Außenwände gesandstrahlt und innen einen riesigen Wärmespeicher errichtet, der mit erneuerbarer Energie betrieben wurde. Zusätzlich befand sich auf dem Dach eine eindrucksvolle Solaranlage. »Damit lassen sich locker tausend Haushalte mit Energie versorgen!«, hatte Inge ihrem Neffen vorgeschwärmt. Sie war von Anfang an Feuer und Flamme für das Projekt gewesen.

Theo fuhr die kurze Strecke vom Altenheim an der Mengestraße mit dem Fahrrad. Wegen des blendenden Sonnenlichts war er froh über die Schatten, die die Bäume an der Georg-Wilhelm-Straße spendeten.

Auch im Inneren des Bunkers war es angenehm kühl. Er löste bei einem Jungen im lässig verwaschenen Shirt einen Ein-Euro-Verzehrgutschein für das Café »Vju«, das in dreißig Metern Höhe eine Dachterrasse mit imposantem Blick hatte.

Dort kaufte er sich einen Kaffee und ein Stück Apfelkuchen und ließ sich auf einem der modernen weißen Stühle auf der Terrasse nieder. Der Blick reichte über den Hamburger Hafen und die Köhlbrandbrücke bis hin zu den neuen und alten Wahrzeichen Hamburgs: die Hamburger St.-Michaelis-Kirche, liebevoll Michl genannt, und die noch immer im Bau befindliche Elbphilharmonie, die bereits schiffbugartige Formen angenommen hatte. Theo stand dem Projekt zwiespältig gegenüber. Sicher, der Bau verschlang eine Menge Geld in Zeiten, wo es an anderen Enden fehlte. Und dass Fehlplanungen und bewusste Fehlkalkulationen die Fertigstellung immer weiter verzögerten und die Kosten vervielfachten, fand er auch grotesk. Auf der anderen Seite fand er es wichtig, dass neben dem baulichen Einerlei, das in oft fragwürdiger Ästhetik entstand, auch spannende neue Architektur stattfinden konnte. Und so was war nun mal teuer.

Ein Arm legte sich auf seine Schulter, ein Kuss wurde ihm energisch auf die Wange gedrückt, und Theo verschluckte sich an seinem Kaffee. Seine Tante Inge drückte ihre Zuneigung gern mit viel Temperament aus. Sie hielt ihn auf Armeslänge von sich weg und schaute ihn mit demselben prüfenden Blick an wie vor über zwanzig Jahren. Fast erwartete er, das vertraute »Mein Gott, bist du schon wieder gewachsen?« zu hören. Stattdessen zwickte sie ihn in die Wange und sagte: »Gut siehst du aus. Diese Hanna scheint dir gutzutun.«

Er lachte. »Hoffentlich gilt das auch umgekehrt.«

»Irgendwelche Zweifel?«

Theo winkte ab. »Lass uns darüber ein andermal reden.«

»Schon gut. Pass auf, ich hol mir auch kurz einen Kaffee, und dann gehen wir ein Stück.«

Die Aussichtsplattform des Hochbunkers zog sich einmal rundherum um das Gebäude. An den Mauern waren Tafeln mit Informationen angebracht – zu den Gebäuden, die zu sehen waren, aber auch zu historischen Ereignissen. Wer mehr erfahren wollte, konnte mit seinem Smartphone einen schwarz-weißen sogenannten QR-Code aufnehmen, der auf eine Internetseite mit weiterem Wissenswertem führte. Das Wetter war warm genug, sodass Theo den steten Wind, der hier oben wehte, genießen konnte. Sie suchten sich ein Plätzchen mit Blick auf den Hafen.

»Herrlich«, sagte Inge. Trotz oder gerade wegen ihrer plattdeutschen Herkunft liebte sie es, einen weiten Blick zu haben.

Als man Mitte der 70er-Jahre die Hochhaussiedlung Kirchdorf-Süd zum Entsetzen der Bewohner auf der idyllischen Elbinsel hochgezogen hatte, hatte sie sich sofort eine Wohnung im obersten Stockwerk gesichert. Das war nicht einfach gewesen, denn als Grundschullehrerin gehörte sie nicht zur Klientel, für den der soziale Wohnungsbau errichtet worden war. »Mein Penthouse«, nannte sie ihre schlichte Zweizimmerwohnung augenzwinkernd, und wer sie besuchte, musste zugeben, dass der Blick grandios war.

Schweigend lehnten sie an der Brüstung, Seite an Seite, und nippten abwechselnd an ihren Bechern. Am blassblauen hanseatischen Himmel tanzten zwei kreischende Möwen umeinander.

Inge nahm einen letzten Schluck aus ihrem Becher und stellte ihn auf der Brüstung ab. Dann wandte sie sich Theo zu und sah ihn ungewöhnlich ernst an. »Du willst also wissen, was in der Sturmnacht 1962 passiert ist.«

»Ganz genau.«

»Und warum?«

Er zögerte. »Das erkläre ich dir hinterher.«

»Also gut.« Sie richtete ihren Blick auf den Horizont. »Der 16. Februar 1962 fing schon richtig mies an«, begann sie zu erzählen. »In der Schule hatte ich eine Fünf in Mathe kassiert, nicht etwa, weil ich die Aufgaben nicht lösen konnte, sondern weil mich unser Lehrer, Dr. Schöler, während der Klassenarbeit vor die Tür geschickt hatte. Ich hab' über die Faxen meiner Banknachbarin lachen müssen und das war's dann. Der Nachhauseweg war mühsam. Der Sturm tobte ja schon, sodass ich mein Fahrrad den ganzen Weg schieben musste – gute fünf Kilometer. Wirklich, Theo, ich wusste nicht mehr, ob ich das Fahrrad festhalte oder das Fahrrad verhindert, dass ich wegfliege.«

Theo nickte. Solches Wetter hatte er auch schon erlebt.

»Jedenfalls hab' ich ewig gebraucht. Und dann komme ich nach Hause, und Muttern ist auf hundertachtzig, weil ich zu spät bin. Und dann auch noch der Fünfer! Muttern war streng, da gab's auch schon mal was mit dem Kochlöffel.

Auch an dem Tag ist sie mit dem Ding immer hinter mir her, rund um den Küchentisch. Und am Ende hieß es: ›Eine Woche Stubenarrest.‹ Ich war stinkesauer. Werd' ich nie vergessen. Es war doch Fasching! Und ich hatte so lange an meinem Indianerinnenkostüm genäht. Da war ich richtig stolz drauf. Aber nix da, ab ins Bett hieß das, und zwar ohne Abendessen. Ich wär' ja durchs Fenster getürmt, aber das hatte ich schon zu oft gemacht, das musste Vattern auf ihre Anweisung irgendwann so umbauen, dass man es nur noch auf Kipp stellen konnte.«

Theo nickte. Das Fenster hatten er und Nadeshda erst im Zuge der Renovierung auswechseln lassen, als sie selbst das Haus bezogen.

Eine der Möwen kam in einem eleganten Bogen auf sie zugeflogen und ließ sich auf der Brüstung nieder. Sie beäugte Theo mit seitlich gewandtem Kopf, argwöhnisch, wie ihm schien. Inge streckte die Hand aus, woraufhin die Möwe ein paar Schritte seitlich hüpfte. »Die hofft auf eine Stulle«, sagte Inge. »Tut mir leid, meine Hübsche, ich hab' schon alles selbst verputzt.« Der Vogel spreizte die Flügel und flog davon, und Inge fuhr in ihrem Bericht fort.

»Mir war so langweilig, dass ich die Tür von meinem Zimmer aufgemacht habe. Da konnte ich wenigstens das Radio mithören, das unten in der Küche lief. Das hatten wir immer ganz aufgedreht, weil Vattern seit dem Krieg nur noch schlecht gehört hat. In den Acht-Uhr-Nachrichten haben die dann auch was von einer Sturmflutwarnung für die gesamte Nordsee gesagt. Daran erinnere ich mich noch. Aber von Hamburg war da nicht die Rede.«

Theo schüttelte den Kopf. »Wie konnte das passieren?«

Inge zuckte die Schultern. »Ich glaube, irgendwelche Pegelmesser waren ausgefallen. Jedenfalls bin ich irgendwann um Mitternacht aufgewacht – ich war wohl trotz meiner Wut eingedöst. Da lief draußen einer herum, hat gegen die Tür gebummert und gerufen: ›Wacht auf, die Flut kommt!‹ Meine Eltern unten, die haben sich nicht gerührt. Ich bin dann im Nachthemd die Treppe runter, da floss das Wasser schon unter der Türschwelle durch. Ich also nichts wie ins Schlafzimmer und Muttern an der Schulter gerüttelt – ›Wilhelm‹, hat sie Vattern angebrüllt, ›komm in die Puschen, wir müssen hier raus!‹ Wir haben dann nur unsere Mäntel über die Nachthemden gezogen und nichts wie rein in die Gummibotten. Vattern hat die Tür aufgemacht – und da kam uns schon ein Schwall Wasser entgegen, der hat uns fast umgerissen. Also sind wir hoch, in mein Zimmer. Da saßen wir dann zu dritt aneinandergekuschelt, Vattern links, Muttern rechts und ich in der Mitte. Und dann ging das Geschrei los.«

Sie machte eine Pause und fuhr sich mit der Hand übers Gesicht. »Unser Nachbar, der hatte ein paar Schweine, die hat er nicht mehr rechtzeitig aus dem Stall gekriegt. Die sind elendig ersoffen, die armen Viecher. Die haben geschrien, das war so laut und so schrecklich, dass ich mir die Ohren zugehalten hab'. Seither habe ich keinen Bissen Fleisch mehr gegessen.«

Theo erinnerte sich, dass er es als Kind ganz erstaunlich gefunden hatte, dass seine Tante Inge auch den schönsten Festtagsbraten links liegen ließ. Vegetarier galten vor dreißig Jahren noch als ein Grüppchen von Spinnern, das den meisten suspekt war.

»Irgendwann kam das Wasser dann auch in mein Zimmer, und Vattern hat gesagt: ›Hilft alles nichts, Roswitha, wir müssen raus aufs Dach.‹ Wir sind dann über die Luke auf den Dachboden und von da aus durch das kleine Fenster raus aufs Dach. Es war schrecklich. Der Sturm hat ja immer noch getobt. Vattern hat Muttern und mich am Schornstein festgebunden, er selbst hat sich ganz flach hingelegt, damit der Wind über ihn hinwegfegt. Es war unheimlich. Wir wussten ja nicht, wie hoch das Wasser noch steigen würde. Im Mondlicht trieben Sachen in einem Höllentempo an uns vorbei – Baumstämme, Regentonnen, Kisten. So saßen wir da die ganze Nacht. Es war eiskalt, ich dachte, ich muss erfrieren.«

»Und wie seid ihr gerettet worden?«

»Das war ein Junge aus der Nachbarschaft. Der ist schon in der Nacht los und hat die Leute mit seinem Gummiboot von den Dächern geholt. Immer schön einen nach dem anderen, denn mehr passten nicht ins Boot. Die ganze Nacht hat er gerudert, das war so ein magerer kleiner Bursche, aber zäh. Und Mumm hat er gehabt! Der hat uns dann rübergebracht zu einem Deichabschnitt, wo uns die Soldaten in Empfang genommen haben.«

»Und was war mit deiner Schwester. Mit Marlene?«

»Marlene … ja. Die war noch mal weggegangen. Ich weiß nicht, wohin. Aber ich habe lange gedacht, dass sie in der Nacht einfach davongelaufen ist.«

Das war Theo völlig neu. »Warum hätte sie das tun sollen?«

»Marlene und Muttern hatten an dem Abend einen schlimmen Streit.«

»Und weswegen?«

Sie grub aus ihrer Handtasche ein Bonbon, pflückte geistesabwesend die Fusseln davon ab und schob es sich in den Mund. »Keine Ahnung. Ich hatte, glaube ich, Durst und bin noch mal runter in die Küche, um mir ein Glas Wasser zu holen. Ich weiß noch: Vattern stand da am Fenster und hat in die Sturmnacht geschaut. Und Muttern und Marlene haben in der Küche gestritten. Ich hab dann bloß zugesehen, dass ich wieder ins Bett komme.« Sie sah zu Theo hinüber, das erste Mal während ihres Berichts. »Ich hab mich jahrelang an dem Gedanken festgehalten, dass sie irgendwann wieder vor der Tür stehen würde. Aber das ist natürlich nie passiert.« Sie lutschte an ihrem Bonbon. »Das hätte sie Vattern nie angetan. So zu gehen und sich nie wieder zu melden. Der war vollkommen vernarrt in sie. Nee, Marlene ist in der Nacht gestorben, da bin ich mir sicher.«

Sie seufzte. »Das war schrecklich, dass wir nicht wussten, was mit ihr geschehen ist. Sie war so ein liebenswürdiger Mensch. Alle haben sie gemocht.«

»Ist euer Vater nicht auch bald danach gestorben?«

Inge nickte. »Im Juni 63 war das. Und vorher hat er mit Muttern kein einziges Wort mehr gesprochen. Ich glaube, er hat ihr nie verziehen, dass Marlene wegen des Streits allein in den Sturm hinausgelaufen ist.«

»Hanna«, sagte Theo. »Hörst du mir überhaupt zu?«

Sie löste ihren Blick von der Entenfamilie, die ihre Bahnen durch den kleinen Teich zog: vorneweg die Mutter und die fiepsende Schar immer hinterher. »Entschuldige. Das ist ja wirklich eine scheußliche Geschichte.«

Hanna schob ihre Hand unter seine. Sie lümmelten in zwei Liegestühlen auf einer hölzernen Plattform, die am Rande eines Teichs aufgebaut war. Ein Stück weiter hinter ihnen standen zwei kleine Buden, wo man Flammkuchen, Brezeln und Wein kaufen konnte. Das Idyll war Teil der neu angelegten Anlagen der Bundesgartenschau, die in diesem

Jahr Millionen Besuchern ein neues Bild der Elbinsel vermitteln sollte. Theo hatte ziemlich gestaunt, was aus dem Areal zwischen der Eisenbahntrasse und der Reichsstraße geworden war. In seiner Kindheit war das Gebiet rund um Kuckucksteich und Kükenbrack, an dem sie nun saßen, eher reizlos gewesen. Highlight war einzig der Spielplatz mit dem »Flying Fox« gewesen, einem Autoreifen, der an einem abschüssigen Drahtseil hing, auf dem sie als Kinder mit Karacho und Geschrei hinabgesaust waren. Inzwischen waren hier, thematisch sortiert, Gärten angelegt worden. Da gab es kleine Pavillons, die in der »Welt der Häfen« den Hamburger Hafen mit seiner Warenwelt repräsentierten. Außerdem die Welten der Kulturen, der Religionen, der Kontinente sowie der Bewegung, wo sich vor allem Jugendliche an Kletterwänden heraufhangeln konnten oder Wasserfußball spielen. Auf einer Open-Air-Bühne fanden fast täglich Konzerte statt. Und über allem zog eine Magnetschwebebahn ihre Runden. Einiges fand er ein bisschen flach und zu gewollt didaktisch, aber insgesamt war er der Meinung, dass die Anlage ein absoluter Hauptgewinn für das ewige Sorgenkind Wilhelmsburg war. Er hoffte nur, dass auch nach Ende der Show in diesem Sommer genug Geld da sein würde, um die Gärten zu pflegen und instand zu halten. Gemeinsam mit Hanna war er durch die Wasserwelten spaziert, die Bedeutung, Schönheit und Kraft des Wassers darstellen sollten. Die Architekten hatten sich damit viel Mühe gegeben. Da gab es den künstlichen Geysir, der wie sein isländisches Vorbild in Haukadalur von Zeit zu Zeit bis zu zwölf Meter hoch in die Höhe schoss. Im künstlichen Regenwald waberten Nebel. Und eine in Sand gebettete Fata Morgana aus irisierenden blauen Glassplittern wirkte im abendlichen Sonnenlicht geradezu magisch.

Er trank einen Schluck von seinem Weißwein und sah Hanna prüfend an. So geistesabwesend kannte er sie gar nicht. Hanna war als Vollblutjournalistin normalerweise immer hellwach, neugierig und ganz präsent.

Jetzt musste sie sich offenbar zusammenreißen. »Das muss schlimm gewesen sein für deine Großmutter.«

»Ich weiß es nicht. Vermutlich. Sie war, sie ist eine harte Frau, die wenig Gefühle zeigt.«

»Und sie hat wirklich gar nicht auf das Bild von Wilhelmine reagiert?«

»Sie hat bloß gesagt, dass es nicht Marlene sein kann, weil die viel hübscher gewesen wäre.«

»Vielleicht ist sie es ja wirklich nicht. Ich meine, nach all diesen Jahren sollte man doch meinen, dass deine Großmutter erleichtert wäre, wenn ihre Tochter endlich gefunden wird. Das muss doch das Allerschlimmste sein, wenn jemand vermisst wird und man nicht weiß, was mit ihm passiert ist. Dass man sich gegen alle Vernunft an den Gedanken klammert, dass noch Hoffnung besteht. Eine schreckliche Gewissheit ist doch immer noch besser als ewige Ungewissheit, oder?«

»Normalerweise ganz bestimmt. Darum ermutigen wir die Angehörigen ja auch immer, dass sie sich von ihren Toten verabschieden. Erst wenn wir einen Toten mit eigenen Augen sehen, können wir begreifen, dass dieser Mensch nicht mehr da ist. Und wenn man nicht mal einen Körper hat, den man beerdigen kann, dann erscheint es mir fast unmöglich, den Tod voll und ganz zu akzeptieren. Inge hat auch lange davon geträumt, dass Marlene wieder vor der Tür steht.«

»Vielleicht hat sich deine Großmutter ja lieber eingeredet, dass Marlene noch irgendwo lebt. Ich meine, sie muss sich doch schreckliche Vorwürfe gemacht haben.«

»Vielleicht«, sagte Theo. Aber er war nicht überzeugt. Er trank den letzten Schluck Wein. »Komm, gehen wir«, sagte er dann.

»Du musst noch mal mit ihr reden. Worüber sie sich gestritten hat mit Marlene, an dem Abend.«

»Ich weiß«, sagte Theo. »Ich bezweifle nur, dass ich was aus ihr herauskriege.«

Stattdessen beschloss er, doch erst einmal mit Hadice zu reden. Trotz des Weines, der ihm noch im Kopf kreiste, verabredete er sich kurz entschlossen mit ihr zu einer späten Joggingrunde auf dem Deich. Hanna verkündete, früh schlafen gehen zu wollen. Jogging war für sie ohnehin keine Option.

Wie üblich kam Hadice auf ihrer alten schwarzen Moto Guzzi angebraust. Sie nahm den Helm vom Kopf und pustete sich eine verschwitze Haarsträhne aus dem Gesicht. »Im Winter friert man sich auf dem Ding den Hintern ab, aber sobald es Frühling wird, kommt man in den Klamotten um vor Hitze«, stöhnte sie.

Schleunigst schälte sie sich aus ihrer Ledermontur. Darunter kamen ein uraltes verwaschenes Tanktop und ein paar verbeulte Shorts zum Vorschein. Mit ihren langen, braun gebrannten Beinen und dem durchtrainierten, schmalen Körper sah sie auch in ihrer Joggingkluft großartig aus.

Theo verkniff sich ein Kompliment, das ihm lediglich einen spöttischen Kommentar eingebracht hätte. Er küsste sie nur zur Begrüßung auf die Wange. »Auf geht's, Frau Kommissar«, sagte er dann.

Die ersten Kilometer trabten sie in lockerem Tempo schweigend nebeneinanderher. Auf halber Strecke mussten sie sich durch eine Schafherde hindurchkämpfen. Die schmutzig weißen Vierbeiner machten ihnen unter lautem Blöken Platz. Der Schäfer war eine Figur wie aus einem alten Gemälde: ein alter Mann mit dichtem weißem Bart. Um seine Augen gruben sich tiefe Furchen, beschattet von einem breitkrempigen Hut. In der Tasche seiner ausgeblichenen Jacke steckte eine Wasserflasche. Das Wettercape, das er mit sich führte, hatte er über die dicke, geflochtene Hundeleine gehängt, die er quer über die Brust gespannt trug. Zwei schwarze Hütehunde, deren Rasse Theo nicht bestimmen konnte, sprangen um ihn herum. Zum Gruß tippte der Schäfer sich nur kurz an die Hutkrempe. Der Mann und seine Tiere gaben nicht nur ein idyllisches Bild ab, sondern hatten eine wichtige Funktion: Die Kombination aus einem Gewicht von bis zu 200 Kilogramm auf winzigen Hufen machte die wolligen Tiere zu lebenden Deichbefestigungsmaschinen.

Die Wolken am Himmel, den Schafen am Boden nicht unähnlich, zogen in raschem Galopp über sie hinweg. Das Elbwasser hatte aufgrund der starken Regenfälle, die im Süden gewütet hatten, bereits eine schlammgelbe Farbe angenommen. Ein großer Baumstamm trieb an ihnen vorbei, stieß gegen einen elbaufwärts tuckernden Kutter, vollführte eine träge Drehung, bevor er weiter Richtung Meer trieb.

»Die ersten Vorboten der Flut«, sagte Theo düster. »Dabei wird die Scheitelwelle erst nächste Woche erwartet.«

»Mach dir mal nicht ins Hemd. Wenn der Deich bricht, kriegst du bei mir Asyl.« Hadice wohnte im dritten Stock einer kleinen Wohnung in der Mannesallee, am Rande des Wilhelmsburger Reiherstiegviertels. So hoch würde der Wasserpegel ganz sicher nicht steigen.

Den Wendepunkt der Joggingrunde markierte wie üblich die Bunthäuser Spitze, der kleine Leuchtturm an der Südspitze der Elbinsel, wo der Fluss sich in Norder- und Süderelbe teilte. Eine gute Viertelstunde später waren sie wieder bei ihrem Ausgangspunkt angelangt.

»Langt für heute«, schnaufte Theo und stützte sich mit den Händen auf den Knien ab. Der unvermeidliche Endspurt hatte ihm einiges abverlangt. Hadice war zweifellos bestens in Form. Sie winkelte ein Bein nach hinten ab und zog an ihrem Fuß, um die Oberschenkelmuskeln zu dehnen. Dann knöpfte sie sich das andere Bein vor.

»Na, willst du noch auf einen Sprung zu Nadeshda?« Sie nickte zu einer kleinen Pforte hinüber, die gewissermaßen die Hintertür zum Totenreich darstellte. Theos Frau lag auf dem Friedhof Finkenriek bestattet, der unmittelbar an den Deich grenzte.

»Lass mal. Heute nicht.« Theo wischte sich den Schweiß von der Stirn.

»Na, dann lass mal sehen, was du so verdammt Wichtiges für mich hast.«

Frisch geduscht startete Theo eine halbe Stunde später seinen Rechner. Hadice stand neben ihm und beugte sich vor, um den Bildschirm besser sehen zu können. Auch sie hatte bei Theo geduscht und roch nun nach dem Duschgel, das Hanna in seinem Bad deponiert hatte – eine Mischung aus Limonen und Zitronengras. Er ließ die Bilder von »Wilhelmine« und Marlene auf dem Bildschirm erscheinen.

»Das«, sagte er und deutete auf das dreidimensionale Bild seiner Tante, »ist die Schwester meines Vaters. Sie verschwand in der Sturmnacht 62. Man hat sie nie gefunden.« Er verringerte die Deckkraft und zog es mit der Maus über das Antlitz der Toten aus dem Schrebergarten.

»Ich gebe zu, sie sind sich nicht besonders ähnlich. Aber

die wesentlichen Eckpunkte des Gesichts kommen einigermaßen hin.«

Hadice runzelte die Stirn. »Du meinst ernsthaft, unsere Wilhelmine ist deine verschwundene Tante?«

»Könnte doch sein. Das Alter kommt jedenfalls hin.«

»Ist das nicht ein etwas großer Zufall? Dass ausgerechnet deine Tante mehr als 50 Jahre nach ihrem Verschwinden auf deinem Bestattertisch landet?«

»Eigentlich nicht. Sie ist auf Wilhelmsburg verschwunden, und ich bin nun mal der örtliche Bestatter.«

Hadice griff nach der Maus, zog die Bilder auseinander und verstärkte die Deckkraft wieder. Spielerisch ließ sie den Kopf um seine Achse rotieren.

Sie zupfte an ihrer Unterlippe. »Na gut«, sagte sie dann. »Möglich wäre es. Und wir haben momentan sowieso keine andere Spur.«

»Das heißt, ihr macht einen genetischen Abgleich.«

Hadice nickte. »Wer käme da am besten infrage?«

»Meine Großmutter, nehme ich an.«

»Der alte Drachen ist also noch am Leben?« Hadice lachte. Sie und Theo waren bis zur 11. Klasse miteinander aufs Gymnasium Kirchdorf gegangen, das heute Helmut-Schmidt-Gymnasium heißt. Der Altkanzler hatte die Namenspatenschaft wohl übernommen, weil er seit der Sturmflut eine besondere Verbindung zur Elbinsel hat. Als damaliger Polizeisenator der Hansestadt hatte er die Katastrophenhilfe aus dem Stand heraus organisiert.

Hadice erinnerte sich noch gut an Theos resolute Großmutter, die nach dem Tod seiner Mutter eingezogen war. »Weißt du noch, wie sie uns beim Rauchen im Sarglager erwischt hat?«

»Ich dachte, sie reißt uns den Kopf ab.«

»Dann ist es wohl angebracht, wenn ich ihr jetzt mal meinen vorführe, nur so zur Erinnerung.«

»Ich hoffe nur, du hast Erfolg bei ihr. Sie kann immer noch sehr dickschädelig sein. Und von der Idee, dass Wilhelmine unsere verschwundene Marlene ist, wollte sie absolut nichts wissen.«

Hadice winkte ab. »Das kriege ich schon hin.«

Sie sollte sich irren.

DER DRITTE TAG

In Niederalteich bei Passau können die Helfer das Hochwasser nicht aufhalten. Der Ort ist komplett überflutet. Etwa 1800 Einwohner sind geflohen. 250 Kühe ertrinken. Auch alle anderen Ortschaften entlang des Stroms sind bedroht.

Am nächsten Vormittag war Theo gerade dabei, den Leichnam der alten Frau Pawlowski herzurichten, als sich sein Mobiltelefon meldete. Er seufzte und warf einen Blick auf das Display. »Das ging ja fix«, sagte er zu sich, als er Hadices Namen aufleuchten sah. Er streifte sich die Gummihandschuhe mit einem leisen Schnalzen von den Händen und ließ sie in den Mülleimer fallen.

»Und?«

»Nada. Sie hat sich strikt geweigert.« Hadice klang übellaunig. Sie war ein ausgesprochen ungeduldiger Charakter.

»Warum überrascht mich das nicht?«

»Wir müssen also auf einen weniger engen Verwandten zurückgreifen. Wer kommt da noch infrage?«

»Die nächste Verwandte ist ihre Schwester, meine Tante Inge.«

»Versuchen wir es also mit ihr.« Hadice seufzte. »Weißt du, was sie gesagt hat? Deine Großmutter? Sie will nicht, dass wir Zellen von ihr entnehmen, damit sie nicht wie Henrietta Lacks endet. Wer zum Teufel ist Henrietta Lacks?«

Theo verschluckte sich vor Lachen.

Als er sich wieder seiner leblosen Klientin annahm, schmunzelte er noch immer. Wie viele alte Leute im Pflegeheim verbrachte seine Großmutter viele Stunden des Tages vor dem Fernseher. Vor allem Dokumentarfilme hatten es ihr angetan – »mit ausgedachten Geschichten vergeudet man nur seine Zeit«, pflegte sie verächtlich zu sagen. Zu Weihnachten hatte er ihr daher einen Dokumentarfilm über Henrietta Lacks geschenkt. Henrietta Lacks war eine junge, farbige Amerikanerin gewesen, die im Jahr 1951 an Gebärmutterhalskrebs gestorben war. Die Ärzte hatten Proben vom Tumor genommen und in einer Zellkultur angelegt. Anders als alle bis dahin bekannten Zellen hatten die Zellen von Henrietta eine erstaunliche Eigenschaft: Während andere Kulturen innerhalb kurzer Zeit abstarben, blieben sie am Leben. Und sie teilten sich in rasantem Tempo weiter. Bald schon arbeiteten Labors in aller Welt mit »HeLa«, wie die Zelllinie nach ihrer unfreiwilligen Spenderin benannt worden war. Ihre Überlebensfähigkeit war die Grundlage für zahllose wissenschaftliche Experimente. HeLa-Zellen flogen ins All, waren die ersten, die geklont wurden. »Weißt du, dass alle HeLa-Zellen, die man jemals gezüchtet hat, das 100-fache Gewicht von Henrietta Lacks hätten?«, hatte seine Großmutter entrüstet berichtet. »Dabei hat sie nicht mal jemand um Erlaubnis gefragt. Das ist doch einfach widerwärtig!«

Die Frau, die ausgestreckt auf Theos Tisch lag, war im selben Jahr wie seine Großmutter geboren – sah aber mindestens zehn Jahre jünger aus. Theo kannte Hildegard Pawlowski, da sie jedes Jahr zu ihrem Geburtstag – erst bei seinem Vater, später bei ihm selbst – im Bestattungsinstitut aufgetaucht war, um die Anweisungen zu ihrer Beerdigung auf den neuesten Stand zu bringen. Mal hatte sie die Liste der zu spielenden Lieder geändert, ein andermal das Kleid, das sie im Sarg zu tragen gedachte, vor allem aber wechselte die »Gästeliste«, wie sie es nannte, von Jahr zu Jahr – die einen verstarben, mit anderen zerstritt sie sich, wieder andere nahm sie huldvoll in den Kreis der erwünschten Trauernden auf.

Zu einer kleinen Krise war es gekommen, als Fräulein Huber, die schon Theos Vater mit den Toten zur Hand gegangen war, sich nach vierzig Jahren im Bestattungsinstitut Matthies zur Ruhe gesetzt hatte. »Und wer soll mich nun zurechtmachen?«, hatte Hildegard Pawlowski entrüstet gefragt.

»Ich dachte eigentlich, das mache ich höchstpersönlich«, hatte Theo geantwortet.

»Heißt das, Sie würden mich nackig sehen?« Hildegard war empört.

Er hatte gehustet. »Wenn es Ihnen lieber ist, kann auch meine neue Mitarbeiterin May das übernehmen.«

»Meinen Sie etwa diese winzige Person, die mir da vorhin über den Weg gelaufen ist?«

Theo hatte genickt.

»Kommt überhaupt nicht infrage. Nachher lässt mich das Mädchen noch fallen.«

Das hatte Theo allerdings für unwahrscheinlich gehalten. Seine chinesischstämmige Kollegin war zwar klein und zierlich, aber in ihr steckten verblüffende Kräfte. Zudem war der »OP«, wie Theo den Raum zum Herrichten der Verblichenen nannte, mit einem Flaschenzug ausgerüstet, mit dem sich auch schwerere Tote problemlos bewegen ließen.

Schließlich hatte die Tatsache, dass Theo vor dem Tod seiner Frau Arzt gewesen war, das Problem gelöst. Dass der »Herr Doktor« sie so sah, wie Gott sie geschaffen hatte, fand die resolute Frau weniger despektierlich.

Jetzt trug Hildegard Pawlowski wunschgemäß ein mit Rosen bedrucktes Kleid, dessen Rüschen ihren Busen noch imposanter wirken ließen. Ihre Füße steckten in knallroten Pumps, das Haar lag wellig und goldblond gefärbt ausgebreitet auf dem Satinkissen. Auch im Tod mit falschen Wimpern und knallrotem Lippenstift angetan, sah sie aus wie ein gealtertes Dornröschen, für das der Prinz zu spät gekommen war.

Theo hatte mit ihrem Gesicht seine liebe Mühe gehabt. Noch immer banden viele Angehörige und sogar Krankenschwestern den Verstorbenen das Kinn nach oben, damit der Mund nicht offen stand. Doch da die Körperflüssigkeiten auch im Gesicht stockten, endete eine solche Prozedur mit verrutschten, zerknautschten Gesichtszügen. Der Bestatter empfahl als Alternative, den Verstorbenen ein zusammengerolltes Handtuch unters Kinn zu schieben. Jetzt, nach dem Nachlassen der Totenstarre, hatte Theo Hildegard eine gute Viertelstunde das Gesicht massieren müssen, bis er sie wieder in einen ansehnlichen Zustand versetzt hatte. Immerhin wollte sich der trauernde Ehegatte – fünfundzwanzig Jahre jünger als seine Frau und am Boden zerstört – von ihr noch verabschieden. Dann rollte Theo das runzlige Dornröschen behutsam in den Kühlraum.

Es klopfte an der Tür. Bevor er reagieren konnte, wurde sie bereits aufgestoßen.

»Lilly«, sagte er, »wenn ich hier arbeite, bleibst du draußen!«

»Ich bin ja gar nicht reingekommen. Ich stehe hier noch vor der Türschwelle.«

Theo verdrehte die Augen.

»Besuch für dich.«

Hinter ihr tauchte Inge auf. »Kann ich sie sehen?«, fragte sie.

Theo brauchte einen Moment, bevor er begriff. Natürlich wollte Inge nicht Hildegard Pawlowski sehen. Sie wollte zu dem Skelett, das vielleicht einmal ihre Schwester gewesen war.

»Weißt du, Theo. Anfangs war ich ja nur völlig überwältigt von der Idee, dass man sie vielleicht endlich gefunden hat«, sagte sie eine halbe Stunde später. Sie saßen in Theos Büro, das er nahezu unverändert von seinem Vater übernommen hatte. Die Wände waren immer noch in Preußischblau gestrichen, und die nautischen Artefakte seines Urgroßvaters erinnerten daran, dass dieser Kapitän gewesen war, bevor er das Bestattungsinstitut gegründet hatte. Auch der geschnitzte Schreibtisch mit seiner fleckigen, ledernen Schreibunterlage stand hier schon weit länger, als es Theo gab.

Inge hatte auf einem der bequemen Besuchersessel Platz genommen. Lilly saß auf der Fensterbank und versuchte, unsichtbar zu sein. Keinesfalls wollte sie etwas von dem Gespräch verpassen. Inge schlürfte ihren Tee, den Theo nach ostfriesischer Manier aufgegossen und mit braunem Kandis und einem Schuss Sahne serviert hatte.

»Es ist schon ein sehr seltsames Gefühl, dass das Skelett in dem Sarg tatsächlich Marlene sein soll.«

»Jetzt lass uns doch erst mal abwarten, ob sie es wirklich ist. Warst du schon beim Gentest?« Theo lehnte mit überkreuzten Armen an der Bücherwand voller ledergebundener Wälzer.

»Sicher, schon heute früh.«

»Und? Was haben sie gesagt?«

Sie zuckte mit den Schultern. »Das kann ein paar Tage dauern, sagen sie. Und dann ist längst nicht gesagt, dass die Sache klar ist. Ich bin ja nur die Schwester.«

Lilly konnte nicht an sich halten. »Wieso das denn? Ich meine, wenn du ihre Schwester bist, muss man die Verwandtschaft doch feststellen können?«

Lilly war medizinisch hochinteressiert. Und da sie seit Jahren in Theos alten Medizinbüchern schmökerte, die er aus sentimentalen Gründen in der Bibliothek des Bestattungsinstituts aufbewahrte, war sie in medizinischen Fragen wohlbewandert. Zumal sie Theo mit allem löcherte, was sie nicht verstand.

»Um eine Verwandtschaft nachzuweisen, sind Verwandte ersten Grades am geeignetsten. Das sind Eltern für ihre Kinder und umgekehrt. Weil Kinder jeweils ein Chromosom der 23 Chromosomenpaare von der Mutter und eines vom Vater bekommen, stimmen die Gene von Eltern und Kindern also immer zu 50 Prozent überein. Inwieweit die Gene von Geschwistern übereinstimmen, ist hingegen Glückssache«, erklärte Theo.

Einige Geschwisterpaare hätten zufällig viele gleiche Chromosomen erwischt, andere nur sehr wenige. »Und das ist auch der Grund, warum manche Geschwister sich kaum ähneln und andere frappierend.«

»Wie die Klitschkos«, bestätigte Lilly, »die sehen fast aus wie Zwillinge, dabei ist Wladimir fünf Jahre jünger.«

»Woher kennst du denn die Klitschkos?« Theo war perplex.

»Ich find' Boxen toll.«

Lilly verschränkte resolut die Arme. Theo grinste. Lilly hatte viele erstaunliche Hobbys.

Inge blickte durchs Fenster in den Garten, in dem ein alter Pflaumenbaum stand. »Da hing früher eine Schaukel. Vattern hatte sie für Marlene aufgehängt, aber dann hab' ich sie übernommen. Als ich klein war, hat sie mir immer Schwung gegeben.« Sie blickte zu Theo, und er sah, dass ihre Augen feucht wurden. »Wenn sie das wirklich ist, wer hat sie dann erschossen?« Sie wischte sich mit beiden Händen über die Lider. »Sie war lieb. Und klug. Ich kann mir einfach nicht vorstellen, wer sie umgebracht haben könnte.«

Theo ging zu ihr hinüber und legte seine Hand auf ihre Schulter.

»Wir müssen einfach mehr wissen über ihr Leben damals. Mit wem sie befreundet war. Was sie so getrieben hat.«

Inge nickte. Dann schwieg sie für eine Weile. »Da war ihre Busenfreundin aus der Schulzeit. Karin. Aber als Marlene angefangen hat zu studieren, haben die sich nicht mehr so oft gesehen, glaube ich. Und dann, dann war da natürlich noch Henno.«

»Henno«, sagte Karin Kowalski und ließ die Kelle in den Waffelteig sinken. »Das war schon ein Bild von einem Mann.« Sie wischte sich die Hände an der Schürze ab, die sich über ihre molligen Hüften spannte. Quer über ihren Bauch watschelte eine Entenfamilie. Mit ihrem breiten Gesicht, der platten Nase und der goldblond auftoupierten Frisur sah sie wie eine freundliche Mopsdame aus. Sie trug ein T-Shirt, auf dem auch noch eine große Eule prangte. Irritierenderweise saßen die Augen genau auf dem beachtlichen Busen der Frau, sodass sich die Pupillen des Vogels mit jedem Atemzug, den Karin Kowalski machte, bewegten.

Theo musste sich zusammenreißen, um nicht hypnotisiert auf ihre Brust zu starren. Schnell biss er in die warme Waffel, die er ihr für einen Euro abgekauft hatte. Er nieste, als der Puderzucker ihm in der Nase kitzelte.

Karin Kowalski buk regelmäßig Waffeln im »Spatzencafé« des Tierheims an der Süderstraße, das in einem Container untergebracht war. Andere Ehrenamtliche verkauften Kaffee, Limonade oder selbst gebackenen Kuchen oder Secondhandbücher, um so ein bisschen Geld für den chronisch klammen Tierschutzverein zu erwirtschaften.

Inge hatte ihm den Tipp gegeben, dass Marlenes ehemals beste Freundin dort häufig anzutreffen war. Sie hatte sie zufällig wiedergesehen, als ihr inzwischen verstorbener Dackel Waldemar wieder einmal ausgebüxt und dort abgegeben worden war. Trotz der vielen Jahre, die vergangen waren, hatten sie einander sofort wiedererkannt.

»Sie haben viel zusammengesteckt, Henno, Marlene und Sie?«

»Eigentlich nicht. Entweder war ich mit Marlene zusammen. Oder Marlene mit Henno. Die beiden waren ja ein Paar, und ich hatte keine Lust, das fünfte Rad am Wagen zu sein. Und außerdem … war ich selbst ein bisschen in Henno verschossen.« Trotz der Jahre, die seither vergangen waren, errötete sie ein wenig. »Eigentlich waren wir alle irgendwie verknallt in ihn. Er sah ja auch wahnsinnig gut aus, mit seiner blonden Tolle und der Lederjacke, die er immer trug.«

Theo dachte an die Fotos, die er von Marlene gefunden hatte. Sie hatte zurückhaltend gewirkt, fast scheu. »Und Marlene hat den Schwarm aller Wilhelmsburger Mädels erobert?«

»Sie meinen, obwohl sie eher der zurückhaltende Typ war? Mag sein, aber für Henno gab's keine andere. Die haben als Kinder schon immer zusammengesteckt. Er hat sich natürlich geschmeichelt gefühlt, dass er so umschwärmt war, und er hat auch geflirtet, aber zusammen war er immer nur mit Marlene.« Sie atmete tief ein, sodass die Eule auf ihrem Busen einen Silberblick bekam. »Das war eine Tragödie für ihn, als sie damals verschwunden ist.«

Geistesabwesend rührte sie im Teig herum. »Sie war eben was Besonderes, Marlene, meine ich. Ungerechtigkeit konnte sie nicht leiden. In der siebten Klasse ist sie einmal dazwischengegangen, als zwei aus der Neunten einen aus unserem Jahrgang schikaniert haben. Ich seh' sie noch vor mir: Sie hat sich vor den beiden aufgebaut, die Hände in die Hüften gestützt und denen ordentlich die Meinung gegeigt. Und die sind abgezogen. So klein mit Hut waren die.« Sie deutete eine winzige Spanne zwischen Daumen und Zeigefinger an. »Dabei hat sie den beiden großen Jungs gerade mal bis zur Brust gereicht.«

Ein kleines Mädchen mit schwarzen Zöpfen trat an den Tresen und streckte Karin stumm ein Eurostück entgegen.

»Na, min Deern, möchtest du auch noch eine Waffel?«

Die Kleine nickte, sodass ihre hoch am Kopf ansetzenden Zöpfe wippten.

»Da hast du aber Glück, das ist nämlich die letzte, die ich noch habe«, sagte Karin. Routiniert fettete sie das heiße Waffeleisen mit Butter ein. Dann kippte sie die Schüssel schräg und schabte die letzten Teigreste mit der Kelle heraus. Es zischte, als sie das Eisen schloss. Nach dreißig Sekunden hatte sich der Teig in eine goldbraune Waffel verwandelt, die sie dem erwartungsvollen Kind reichte.

»Schluss für heute«, verkündete sie fröhlich und zog den

Stecker aus der Dose. »Haben Sie Lust, eine Runde durchs Tierheim zu drehen?«

»Gerne«, sagte Theo.

Der Lärm war ohrenbetäubend. Die Hunde bellten um die Wette, einige warfen sich gegen die grün gestrichenen Gitterstäbe der Zwinger, andere flitzten wie irre im Kreis.

»Diese Angeber.« Karin lächelte. »Die sind wie die Kinder. Alle wollen Aufmerksamkeit.«

Von der Dogge bis zum Rehpinscher waren alle Größen vertreten. Es roch durchdringend nach Desinfektionsmittel.

Theo, der zuletzt als Kind im Tierheim Süderstraße gewesen war, hatte völlig vergessen, wie es hier zuging. »Ganz schön was los!«

»Und dabei haben die Ferien noch nicht einmal angefangen – dann wird es hier erst richtig voll.« Sie seufzte. »Am liebsten würde ich die alle mit nach Hause nehmen. Aber mein Mann hat eine Tierhaarallergie.« Sie lachte. »Na, ist vielleicht besser so, sonst würden wir garantiert in einem Zoo leben.«

Sie durchquerten den Bereich mit den Zwingern und kamen an eine der Freilaufflächen. Ein junges Mädchen in superknappen Jeansshorts beschäftigte eine Meute von sechs Hunden mit Bällen. Der Kleinste, offenbar ein Dackelmischling, ging seinen größeren Artgenossen auf die Nerven, indem er immer wieder zwischen ihren Beinen hindurchschoss. Eine Gruppe Zuschauer, darunter das Mädchen, das die Waffel gekauft hatte, beobachtete das Treiben.

»Um auf Marlene und Henno zurückzukommen …«

»Natürlich.« Sie fächelte sich Luft zu. »Wie gesagt, Marlene und Henno waren jahrelang ein Paar. Unzertrennlich, gewissermaßen. Er hat den Ton angegeben. Bestimmte immer, wo es langging, und sie hat ihn dafür bewundert. Das hat ihm natürlich gefallen. Und er? Nun, Marlene war keine auffällige Schönheit. Aber sie hatte was. Sie war sehr klug. Und wahnsinnig intensiv. Wenn sie was gemacht hat, dann hundertprozentig. In der Schule. Wenn's um Freundschaft ging. In der Liebe. Und dann später im Studium.«

Ein Ball kam angeflogen und rollte ihnen vor die Füße. Karin hob ihn auf und warf ihn zurück in das Freilaufgelände. Der Dackelmischling stürzte auf ihn zu, überschlug sich halb, schnappte sich die Beute und rannte mit wehenden Ohren, von der Meute gehetzt, davon.

»Ich hab' immer gedacht, dass das der Grund dafür war, dass sich die beiden dann letztlich voneinander entfernt haben – weil sie sich so hundertprozentig in ihr Studium gestürzt hat.«

»Kunstgeschichte.«

Sie nickte. »Ich meine, dass wir, Marlene und ich, uns nach der Schule weniger gesehen haben, das war normal. Ich habe meinen Ole kennengelernt und gleich geheiratet. Und bums war ich schwanger.« Sie klopfte sich mit der flachen Hand auf ihren wohlgerundeten Bauch.

»Aber zwischen ihr und Henno hatte sich auch was verändert. Nicht gleich zu Beginn ihres Studiums. Aber irgendwann habe ich die beiden zufällig zusammen getroffen. Wir hatten Hochzeitstag, mein Ole und ich, und sind schick essen gegangen. Bei ›Sohre‹.«

Theo nickte. Die alteingesessene Gaststätte neben der Kreuzkirche in Wilhelmsburg gab es noch immer. »Da saßen die beiden am Nachbartisch. Und irgendwie hatte ich das Gefühl, das Band, das immer zwischen den beiden spürbar war – das war auf einmal weg.«

Hendrik »Henno« Westphal hatte mit dem umschwärmten jungen Mann von damals nicht mehr viel gemein. Seine Haut war grau und hing lose um seinen ausgemergelten Körper. Offenbar hatte er innerhalb kurzer Zeit sehr viel Gewicht verloren. Nur das noch immer zur Tolle frisierte Haar war ein letztes Andenken an seine Jugend. In Westphals Nasenlöchern steckten zwei dünne Schläuche, die an einer tonnenförmigen, leise fauchenden Apparatur angeschlossen waren. Sein Anblick erinnerte Theo an einen Cyborg – ein Wesen halb Mensch, halb Maschine.

»Asbestose«, hatte Westphal zu Beginn ihres Gesprächs gesagt und auf das Sauerstoffgerät gedeutet. »Vierzig Jahre Maloche im Hafen – damals hat noch kein Mensch daran gedacht, dass das Zeug einem die Lungen ruiniert.« Er hustete röchelnd. »Immerhin hab' ich sie drangekriegt, die Bonzen. Konnte nachweisen, dass meine Erkrankung arbeitsbedingt ist. War ein zäher Kampf, aber mich haben sie nicht kleingekriegt.« Er hustete erneut.

Theo nickte. Er wusste, dass viele ehemalige Hafenarbeiter unter einer Asbestlunge litten, die nicht selten zu Lungenkrebs führte.

Nachdem er von Karin Kowalski den vollständigen Namen von »Henno« erfahren hatte, hatte Theo ihn problemlos aufspüren können. In Zeiten, in denen alle Welt intimste Details auf Facebook preisgab, aber gleichzeitig eine anonyme Telefonnummer beantragte, stand Westphals Adresse ganz einfach im Telefonbuch.

»Mach uns doch mal Kaffee, Junge«, sagte dieser und wedelte mit seinem Sauerstoffschlauch. »Mit dem Ding hier habe ich einen Radius von fünf Metern. Ein Leben wie ein Kettenhund.« Er stieß einen keuchenden Laut aus, und Theo brauchte kurz, bis er begriff, dass Westphal lachte.

Bereitwillig ging der Bestatter in die winzige, aber blitzblanke Küche. Neben der Spüle stand eine altmodische Kaffeemaschine. Sorgfältig maß er den Kaffee mit dem Plastikmesslöffel ab, der in der Tüte mit »Jacobs Krönung« gesteckt hatte. Während das Wasser durch den Filter gluckerte, suchte er zwei Tassen mit passender Untertasse, Zucker, Milch und Löffel zusammen. Er schenkte erst dem Patienten und dann sich selbst ein. Überrascht stellte er fest, dass der Kaffee ihm schmeckte. Filterkaffee hatte er schon seit Jahren nicht mehr getrunken.

Auch Westphal nahm einen großen Schluck. Er brummte genüsslich. »Meine Pflegerin hält mich knapp mit dem Zeug. Sie meint, es ist schlecht für die Pumpe.« Er stieß wieder sein keuchendes Lachen aus. »Als ob es darauf noch ankäme.« Er fuhr sich mit dem Handrücken über den Mund. »Und jetzt musst du mir erklären, warum du nach all den Jahren mit mir über Marlene reden möchtest.«

Theo berichtete von dem Skelettfund und seinem Verdacht. Dabei ließ er Westphal nicht aus den Augen. Doch der verzog keine Miene.

»Erschossen? Wer zum Teufel sollte Marlene erschießen?«

Genau das war natürlich die Frage, auf die Theo eine Antwort suchte.

Westphal schüttelte den Kopf. »Tut mir leid, das kann ich mir beim besten Willen nicht vorstellen. Sie war ein ganz feiner Mensch. Immer freundlich, zu allen. Die hat mit Sicherheit keine Feinde gehabt, meine Marlene.« Er nahm den letzten Schluck Kaffee und hielt dann Theo auffordernd die Tasse zum Nachschenken entgegen.

»Ihr müsst euch irren. Die Frau, die ihr ausgegraben habt, das muss eine andere sein. Da war keiner, der sich nicht die Augen aus dem Kopp geheult hat, als sie verschwunden ist.«

»Und Sie?«

»Na, was glaubst du wohl, Junge! Dass sie so plötzlich verschwunden ist, da bin ich nie drüber weggekommen.« Er schwieg, sodass nur das stetige Zischen des Sauerstoffgeräts zu hören war. »Natürlich hat's danach noch Frauen in meinem Leben gegeben. Ich war damals ein gut aussehender Bursche, auch wenn man das heute kaum mehr glauben mag.« Er blinzelte Theo zu, und etwas von seinem früheren Charme blitzte in seinen Augen auf. »Aber geheiratet habe ich keine. Bin seither immer ein einsamer Wolf geblieben.«

»Erinnern Sie sich noch an Karin Kowalski?«

»Karin! Natürlich. Die mit dem Mopsgesicht. Lebt die noch?«

»Ich habe sie gestern getroffen – da wirkte sie ganz munter.«

»Sieh mal einer an.«

»Sie hat mir erzählt, dass Sie und Marlene sich … nun ja, ein wenig entfremdet hätten, bevor sie verschwand.«

»So ein Unfug!« Er wedelte unwirsch mit einer Hand. »Entfremdet, dass ich nicht lache! Verlobt hatten wir uns gerade!«

»Tatsächlich. Das hat sie mir gar nicht erzählt, die Karin.«

»Die waren ja auch nicht mehr so dicke miteinander. Außerdem war das 'ne Sache zwischen mir und Marlene. Das mit der Verlobung wollten wir nicht an die große Glocke hängen.«

Theo schwieg. Westphals Protest erschien ihm aufgesetzt.

Ein Schlüssel drehte sich im Schloss, und eine Frau trat ein. Theo schätzte sie auf Mitte fünfzig. Sie war ganz in Pink gekleidet und trug ihr hennarotes Haar hoch auf dem Kopf getürmt. Schnüffelnd zog sie die Luft ein. »Aber Herr Westphal, Sie wissen doch: Mehr als eine Tasse Kaffee am Tag ist nicht gut für Sie.« Mit raschem Schritt ging sie zu dem alten Mann hinüber und pflückte ihm die Tasse aus der Hand.

Westphal seufzte. »Da sieht man's mal wieder. Kaum ist man alt und krank und kann sich nicht mehr wehren, da ist man auch schon entmündigt. Wenn du klug bist, trittst du vorher ab, Junge.«

Die Pflegerin stützte die Hände auf die Hüften und beäugte Theo argwöhnisch. »Und wer sind Sie? Wenn Sie dem alten Herrn hier irgendeinen Mist andrehen wollen, kriegen Sie richtig Ärger.«

Theo erhob sich. »Mitnichten. Wir haben nur über alte Zeiten geplaudert.«

Als er sich verabschiedete, packte Westphal ihn überraschend fest am Arm. »Wenn sie es doch ist, lassen Sie es mich wissen«, keuchte er. Dann ließ er ihn los.

Er blickte Theo nach, bis er die Tür hinter sich ins Schloss zog. Dann sagte er leise: »Haben sie dich am Ende doch noch gefunden, du Flittchen.«

»Ich komme einfach nicht richtig voran.« Theo klang niedergeschlagen.

Hanna gab ihrer Freundin und Nachbarin Carola, mit der sie den lauen Sommerabend auf dem Balkon verbrachte, ein kurzes Zeichen. ›THEO‹, formte sie lautlos mit den Lippen. Dann ging sie mit dem Mobiltelefon am Ohr hinein in die Küche.

»Irgendwas stimmt da nicht. Meine Großmutter, die den Streit mit ihrer Tochter unterschlägt, obwohl die in der folgenden Nacht für immer verschwunden ist. Karin, die erzählt, dass Henno und Marlene sich voneinander entfernt hätten. Und dann Henno, der behauptet, sie hätten sich kurz vorher noch verlobt. Die Geschichten passen einfach nicht zusammen.«

Hanna, die ihren Rotwein vom Balkon mit in die Küche genommen hatte, nippte an ihrem Glas. »Vielleicht liegt es einfach daran, dass so ein Verschwinden immer Schuldgefühle auslöst. Vielleicht war die Liebe zwischen Henno und Marlene einfach nicht mehr so groß. Aber das hat er nach ihrem Verschwinden verdrängt. Und deine Großmutter – dass die nicht gern darüber spricht, dass sie mit ihrer Tochter im Bösen auseinandergegangen ist – das kann man auch verstehen.«

»Hmm.« Theo war nicht überzeugt. Irgendwie steckte mehr hinter der Geschichte, musste mehr dahinterstecken. Warum sonst hätte man Marlene ermorden sollen?

»Und überhaupt wissen wir ja noch nicht einmal, ob das tatsächlich die Überreste von Marlene sind«, betonte Hanna.

Von dieser Option wollte Theo allerdings nichts wissen. Ihn hatte das Jagdfieber gepackt.

Hanna spürte seine Ruhelosigkeit. »Ich finde, du solltest mit Marlenes Studienkollegen sprechen. Mit denen hat sie in der Zeit vor ihrem Tod offenbar mehr Kontakt gehabt als mit den alten Freunden.«

»Vollkommen richtig. Nur, wie spürt man die nach fünfzig Jahren auf?«

»Lass mich mal machen. Ich bin morgen sowieso an der Uni.« Hannas journalistisch geschulte Fähigkeiten zur Recherche hatten Theo in seinen kriminalistischen Ambitionen schon öfter ein großes Stück vorangebracht.

»Bist 'n Schatz.«

»Ich weiß.«

Lächelnd beendete sie das Gespräch.

Hanna ging wieder auf den Balkon, zurück zu Carola. Ihre Freundin hatte die Füße auf die Balkonbrüstung gelegt und die Augen geschlossen. In ihrer Hand qualmte die unvermeidliche Zigarette. Sie und Hanna bezeichneten sich bereits als den »Club der letzten Raucherinnen«. In ihrem Bekanntenkreis hatte einer nach dem anderen den Absprung vom Glimmstängel geschafft. Nur sie beide rauchten mit schlechtem Gewissen weiter – was sie erst recht unter Stress setzte und zusätzliches Nikotin erforderlich machte.

»Du wolltest mir was erzählen.« Carolas Augen blieben fest geschlossen.

Hanna drückte ihre halb gerauchte Zigarette aus.

»Vielleicht mach' ich Schluss mit den Dingern«, sagte sie.

Carola riss die Augen auf. »Du spinnst!«

Hanna zuckte die Schultern und grinste schief. »Vielleicht muss ich.«

»Ach du Scheiße!« Carola schlug sich die Hand auf den Mund. Seit ihre inzwischen fünfjährige Tochter des Sprechens mächtig war, versuchte sie, das Fluchen aus ihrem Vokabular zu streichen.

»Kannste wohl laut sagen«, sagte Hanna.

DER VIERTE TAG

Die Magdeburger Zeitung meldet, dass im Tiergarten Bernburg sieben der acht Hirsche ertrunken sind. Die Wildschweine sollen noch am Leben sein. Die Scheitelwelle bewegt sich weiter in Richtung Norden.

Am nächsten Tag führte sie zunächst ein Gespräch mit Prof. Petra Arck von der Uniklinik in Eppendorf, die den Einfluss von Stressbelastung und Ernährung der Mütter in der Zeit der Schwangerschaft aufs ungeborene Kind untersuchte. Während sie sich Notizen machte, wurde Hanna immer mulmiger. Was da alles schiefgehen konnte! Diabetes, schwaches Immunsystem, Depressionsrisiko – und immer ist die Mutter schuld! Warum konnten Menschen ihre Babys nicht einfach ausbrüten wie Vögel? Da könnten sich die Eltern wenigstens abwechseln wie die Pinguine. »Ich bin für die Mutterschaft einfach nicht gemacht«, hatte sie am Vortag Carola vollgejammert.

»Nun dreh mal nicht gleich durch, und kauf dir einen Test«, sagte die Freundin. Genau das hatte sie getan, und jetzt steckte er noch ungenutzt in ihrer Handtasche wie eine tickende Zeitbombe. Nein, Hanna war an diesem Tag ganz sicher nicht entspannt!

Anschließend fuhr sie in die Staatsbibliothek, kurz Stabi genannt, die auf dem Campus der Universität untergebracht ist. Seit ihrem Studium hatte sich hier wenig verändert: die rote Auslegware, der geschwungene hölzerne Informationstresen, die in die abgehängte Decke integrierte Beleuchtung. Vor allem die Atmosphäre war die gleiche wie damals – gedämpft und emsig zugleich. Sie erklärte der grauhaarigen Dame ihr Anliegen.

Die wiegte bedenklich ihr Haupt. »Die alten Vorlesungsverzeichnisse haben wir alle eingescannt, aber ob auch die ganzen Immatrikulationsunterlagen elektronisch erfasst sind?« Sie ließ die Finger über die Tastatur huschen und runzelte die Stirn. »Tut mir leid, aber die Unterlagen stecken vermutlich – wenn überhaupt – tief im Keller in irgendeiner Schachtel.«

Hanna seufzte. »Und gibt es jemanden, der sie da ausgraben könnte?«

»Natürlich. Stellen Sie einen Antrag. Aber das kann ein bisschen dauern.«

Hanna beugte sich verschwörerisch nach vorne. »Haben Sie das über den Skelettfund in Wilhelmsburg gelesen?«

»Sicher, das stand ja groß in der ›Morgenpost‹. Richtig gruselig, wenn Sie mich fragen.«

»Sehen Sie, ich bin so nah dran, die Identität des Opfers aufzuklären.« Hanna deutete eine winzige Spanne zwischen Zeigefinger und Daumen an.

»Sie meinen, das war jemand von hier?«

»Vielleicht ließe sich die Sache doch ein bisschen beschleunigen.«

Die Frau überlegte kurz und griff dann zum Hörer. »Du, Herr Ackermann«, sagte sie dann, »ich hab' da einen Spezialauftrag für dich.«

Zwanzig Minuten später stand im Lesebereich der Stabi der Archivar vor Hanna – ein kleiner grauer Mann im grauen Kittel. Unter seinem Arm klemmte ein ebenso grauer Pappkarton, der per Hand mit »WS 61/62« beschriftet war. »Da haben Sie ordentlich was zu tun.«

»Ich interessiere mich vor allem für die Kunstgeschichtsstudenten.«

Er klappte den Deckel der Schachtel auf und sondierte mit seinen blassen, dünnen Fingern die enthaltenen Ordner. Triumphierend zog er kurz darauf einen schmalen Pappheftter hervor und klappte ihn auf. »Besonders viel los war in dem Studiengang ja nicht.«

Der hilfreiche Herr Ackermann begleitete Hanna zum Kopierer, wo sie für fünf Cent eine Kopie der Liste mit den damals eingeschriebenen Studenten machen durfte.

»Ach nee«, sagte Ackermann, als er einen Blick darauf warf. »Ursula Abendrot! Die hat hier viele Jahre gelehrt!«

›Bingo!‹, dachte Hanna. Offenbar ließ sich die Recherche leichter an als gedacht.

Prof. Ursula Abendrot lebte seit über dreißig Jahren in einer Mansardenwohnung an der Feldbrunnenstraße, ganz in der Nähe der Universität. Sie aufzustöbern war unproblematisch gewesen.

»Kommen Sie ruhig vorbei, meine Liebe, eine alte Frau wie ich hat ohnehin nichts Besseres vor.« Das allerdings wagte Hanna zu bezweifeln, als sie sich jetzt in den Räumen umsah. Überall stapelten sich Fachzeitschriften und kunstgeschichtliche Bücher, und auf dem alten Schreibtisch leuchtete der Monitor eines hochmodernen Laptops. Die Professorin war – obwohl sie bereits seit einigen Jahren im Ruhestand war – offenbar noch immer wissenschaftlich aktiv. Sie war eine beeindruckende Erscheinung, hochgewachsen mit kurz geschorenem grauem Haar, das wie eine Samtkappe den seltsam flachen Kopf überzog. Sie erinnerte Hanna an einen in Würde gealterten Otter.

»Bloß ein paar geistige Fingerübungen«, sagte Abendrot abwiegelnd, als Hanna sie auf ihre Arbeit ansprach. »Was soll man auch machen? In Deutschland darf man im Staatsdienst jenseits des Rentenalters nicht mehr weiterarbeiten. Darum wandern auch so viele Kollegen aus, die keine Lust haben, sich aufs Altenteil zurückzuziehen.«

Jetzt hörte Hanna sie in der Küche klappern. An der Wand tickte eine Standuhr. Auf dem Parkettboden lag ein moderner Teppich mit hellem, langem Flor. ›Gemütlich‹, dachte Hanna und überlegte, wie wohl ihr eigenes Leben in dreißig, vierzig Jahren aussehen würde. Wäre sie dann auch noch so fit – körperlich wie geistig? Hanna hatte nachgerechnet. Wenn die heutige Professorin 1962 als Studienanfängerin Anfang zwanzig gewesen war, müsste sie jetzt über siebzig sein. Doch sie wirkte deutlich jünger. Würde sie, Hanna, in diesem Alter auch allein leben? In einem Pflegeheim? Oder neben einem runzligen Theo auf der Couch sitzen? Sie musste wieder an die Zeitbombe in ihrer Handtasche denken. »Ein bisschen schwanger gibt es nicht«, hieß es doch immer. Aber momentan fühlte es sich genau so an. Sie dachte an Schrödingers Katze, die gleichzeitig tot und lebendig war. Das hypothetische Tier hockte, seit der gleichnamige Physiker es sich im Jahr 1935 ausgedacht hatte, in einem geschlossenen Raum. Außer der Katze gab es noch einen instabilen Atomkern, einen Geigerzähler und eine Kapsel mit Giftgas. Sobald der Atomkern zerfiel, würde der

Geigerzähler anschlagen und die Giftgaskapsel öffnen. Solange man den Raum nicht öffnete, um nachzuschauen, war die Katze beides zugleich – tot UND lebendig. Das hatte irgendwas damit zu tun, dass in der Quantenphysik die Zustände von Zerfallen und Nicht-Zerfallen einander überlagern konnten. Hanna jedenfalls fühlte sich noch nicht dazu bereit, in ihre persönliche Blackbox zu schauen. Schwanger oder nicht – momentan war sie beides ein bisschen.

Die Professorin kam mit einem Tablett zurück, das sie auf dem Couchtisch abstellte. Eine graue Perserkatze stolzierte mit hoch erhobenem Schwanz hinter ihr her. Sie sprang elegant neben Hanna auf die weiße Couch und begann, sich zu putzen.

»Hübsches Tier«, sagte Hanna, obwohl sie Hunde lieber hatte.

»Er heißt Schrödinger«, sagte die Professorin.

Hanna lachte.

Die Professorin schenkte grünen Tee in henkellose, chinesische Porzellantassen, die so zart waren, dass das Licht durch sie hindurchschimmerte. »Das ist schon bemerkenswert, dass Sie gerade jetzt auftauchen und nach Marlene fragen«, sagte sie dann. »Jahrelang habe ich nicht an sie gedacht. Und erst neulich hab' ich mich wieder an sie erinnert.«

Sie stellte die Tasse wieder auf einer der Zeitschriften ab, mit denen der niedrige Couchtisch bedeckt war. »Vielleicht liegt das an all diesen Berichten über die Flut, die gerade in den Nachrichten kommen. Schrecklich muss das sein, wenn einem so die Existenz unter den Füßen weggespült wird. Ich war damals ja nicht direkt betroffen, das Studentenwohnheim lag nicht in den überschwemmten Gebieten, aber ich kann mich noch gut an die Bilder erinnern, die Notunterkünfte und wie es noch jahrelang modrig gerochen hat in der Wohnung eines Freundes.«

Sie nippte an ihrem Tee.

»Es ist seltsam. Ich wusste ja, dass Marlene verschwunden ist in jener Nacht. Aber mir war nicht klar, dass ihr Körper niemals wieder aufgetaucht ist. Ich bin all die Jahre davon ausgegangen, dass sie irgendwo begraben liegt. Theoretisch hätte sie dann ja noch all die Jahre leben können, irgendwo anders.«

»Wenn man es genau nimmt, ist das sogar immer noch möglich.«

»Verrückte Geschichte.«

»Erzählen Sie mir doch ein bisschen, wie es damals so war – das Studium, die Kommilitonen. Erzählen sie mir von Marlene.«

»Marlene«, sagte die Professorin, »die war schon was Besonderes. Sie ist einem anfangs nicht übermäßig aufgefallen, war eher ruhig, nicht so wie beispielsweise Elisabeth. Aber wenn Marlene mal was gesagt hat, dann hat auf einmal jeder zugehört.« Sie schenkte Hanna etwas Tee nach. »Klug war sie und auf ihre stille Art witzig. Und unheimlich geradlinig. Ich weiß noch, wie sie mal einem Kommilitonen den Kopf gewaschen hat, der sich abfällig über Schwule geäußert hat. Hui, der hat den ganzen Abend keinen Pieps mehr gesagt.« Sie lächelte traurig. »Ich habe sie sehr gemocht.«

Theo schmunzelte, als Hanna ihm von der Begegnung mit der Professorin erzählte. »Schrödinger ist natürlich ein ausgezeichneter Name für eine Katze.« Sie saßen im »Alten Wasserwerk«, einem Restaurant, das jüngst im Zuge der Bauausstellung eröffnet worden war. Theo gefiel der lichte Raum mit den hohen Sprossenfenstern, dem freigelegten Dachstuhl und der modernen Bar, hinter der die Flaschen in roten, ausgeleuchteten Regalen schimmerten. Wer wollte, konnte in einem ehemaligen Wassertank Platz nehmen, ein Raum, der Theo in seiner runden Enge und mit den metallenen Wänden an ein hochkantgestelltes U-Boot erinnerte.

Hanna rührte in ihrer Krabbensuppe »Büsumer Art« herum.

»Hast du keinen Hunger?«

»Doch schon.« Hanna nahm schnell einen Löffel. Theo sah sie zweifelnd an. Normalerweise aß seine Freundin mit Begeisterung und einem Appetit, den auch der stete Kummer über ihre rundliche Figur nicht verderben konnte.

Schnell kam sie zu ihrem Bericht zurück. »1962 waren im kunsthistorischen Seminar nur vierundzwanzig Studenten eingeschrieben.« Sie wühlte in ihrer Handtasche und zuckte kurz zusammen, als sie auf den Schwangerschaftstest stieß. ›Nicht jetzt‹, dachte sie, ›später‹. »Dass es so wenige waren, hat sie ziemlich zusammengeschweißt. Sie haben auch privat einiges unternommen. Fahrradtouren und so weiter.«

Der Kellner kam, warf einen Blick auf den noch immer fast vollen Suppenteller, der vor Hanna stand, und räumte dann lediglich Theos leere Schale ab.

»Sie haben noch eine ganze Weile Kontakt gehalten – zumindest ein großer Teil von ihnen. Beim letzten Treffen waren es immerhin noch sieben. Allerdings ist das auch schon ein paar Jahre her, sagte die Professorin.« Sie schob den Teller beiseite. »Sie will mir die Daten mailen, die sie noch hat, hat sie versprochen. Dann haben wir schon mal einen guten Ansatzpunkt für unsere weiteren Recherchen.«

Der Kellner strich um ihren Tisch wie ein hungriger Kater. »Ich glaube, Sie können die Suppe jetzt mitnehmen«, sagte Theo mit einem fragenden Blick auf Hanna.

Die nickte. »Vielleicht wissen die ja was, die Kommilitonen.« Verschwörerisch neigte sie sich über den Tisch. »Ganz zum Schluss hat sie noch was Interessantes gesagt, die Frau Professor Abendrot. Es hätte ein paar Gerüchte gegeben. Um eine heimliche Liebschaft.«

Damals

Er war kein schöner Mann. Klein und schmächtig, mit bereits zurückweichenden, sandfarbenen Haaren und einer schmalen, scharf gebogenen Nase. Trotz seines eher unscheinbaren Aussehens war er ungeheuer beliebt. Seine Vorlesungen im Hauptgebäude der Hamburger Universität waren immer rappelvoll. Wenn Dr. Max Textor über die Venezianische Malerei sprach, vollführten seine Arme elegante, ausladende Bewegungen. Er ließ seine intensiven Augen über die Reihen der Studenten wandern und fing ihre Blicke ein. Seine Begeisterung war ansteckend.

Anders als die meisten Dozenten kannte er alle beim Namen. Und er grüßte sie stets gut gelaunt mit einem Lächeln.

»Der Mann ist magisch«, hatte sogar die sonst so nüchterne Ursula berichtet, die schon im vorangegangenen Jahr einen Kurs bei ihm belegt hatte. Und so war Marlene mit einer gewissen Neugier zu Beginn des Semesters in seinem Hauptseminar erschienen.

Im Nachhinein betrachtet stand ihr der Moment, der alles verändert hatte, klar vor Augen. Damals hatte sie natürlich noch nicht gewusst, dass an jenem Februarmontag des Jahres 1961 eine verhängnisvolle Spirale ihren Anfang nehmen sollte, die sie nun an einen Wendepunkt in ihrem Leben geführt hatte.

Es war einer jener windigen nasskalten Regentage gewesen, die typisch für den Hamburger Winter sind. Eine Böe hatte ihren Regenschirm umschlagen lassen und seine Speichen verbogen, sodass er nicht mehr zu gebrauchen war. Sie hatte das widerspenstige Trum unter den Arm geklemmt und war die letzte Strecke vom Dammtorbahnhof zur Universität mit gesenktem Haupt gelaufen. Und da stand er lächelnd in der hohen Tür des Portals, die er für sie weit offen hielt, ungeachtet der Tatsache, dass der Wind auch ihm den Sprühregen ins Gesicht trieb. »Sie sind ja klatschnass, Fräulein Matthies«, sagte er und reichte ihr mit einer kleinen ironischen Verbeugung ein Taschentuch. »Abtrocknen«, ordnete er an.

Sie strich sich die tropfenden Strähnen aus dem Gesicht. »Danke«, sagte sie und spürte überrascht, wie ihr die Röte in die Wangen stieg. Schnell schlug sie die Augen nieder und fuhr sich mit dem Taschentuch über das Gesicht. Es roch nach Bügelstärke und einem Hauch Pfeifentabak. Dann stand sie, verlegen das feuchte, mit Mascara verschmierte Knäuel in den Händen haltend, vor ihm. Belustigt zwinkerte er ihr zu und nahm ihr das Tüchlein ab, das er ohne große Umstände in die Tasche seines Sakkos steckte.

Das war jetzt fast auf den Tag genau ein Jahr her. Sie fröstelte und schlang die Arme um sich. Die Luft in der Schrebergartenhütte war klamm und roch muffig. Draußen zerrte der Sturm an den verriegelten Fensterläden. Sie setzte sich auf die Pritsche, die an der Wand stand. Langsam ließ sie die flache Hand über die kratzige Decke wandern. Im Licht der Petroleumfunzel, die auf dem Tisch stand, warf sie einen Blick auf ihre Uhr. Sie hoffte, dass ihr Besuch sich nicht verspäten würde.

DER FÜNFTE TAG

In Halle bleibt die Lage kritisch, weil der Gimritzer Damm durchgeweicht ist. Oberbürgermeister Bernd Wiegand warnt: »Die Situation gibt Grund zur Besorgnis und ist sogar gefährlicher als vor ein paar Tagen.«

Als Theo am nächsten Morgen das Bestattungsinstitut betrat, saß May schon am Schreibtisch. Sie hielt einen großen Sankt-Pauli-Fanbecher mit einem weißen Totenkopf auf schwarzem Grund umklammert und gähnte herzhaft. Die letzte Nacht hatte sie Bereitschaft gehabt und offenbar nicht sonderlich viel Schlaf gefunden.

»Großeinsatz«, informierte sie ihn. »Offenbar ist ein Lastwagenfahrer am Steuer eingeschlafen und durch die Leitplanke gekracht, gleich dahinten kurz vor Stillhorn. Er hat eine ganze Familie erwischt: Vater, Mutter und zwei Kinder. Nur eines hat überlebt. Armes Würmchen. Die anderen drei liegen hinten in der Halle.« Sie stellte den leeren Becher mit einem Knall auf den Tisch.

»Wie schlimm sehen sie aus?«

»Ich sag's mal so – wenn jemand eine offene Abschiednahme wünscht, hab' ich ein paar Tage zu tun. Wann willst du eigentlich dein Skelett zu Grabe tragen? Es wird gerade ein bisschen eng bei uns.«

»Ich möchte bloß warten, bis ich weiß, ob sie meine Tante ist.«

Sie zuckte mit den Schultern. »Das ist ja wirklich eine fixe Idee von dir. Meine Meinung. Aber du bist hier der Boss.«

In diesem Punkt war sich Theo nicht immer ganz sicher.

»Kannst du einen Beratungstermin für mich übernehmen? Ich brauche eine Mütze Schlaf.«

»Klar.«

Sie verließ ohne weiteren Gruß das Institut. Morgens sagte May nur das Nötigste. Wie alle Frauen in Theos Leben war sie ein Morgenmuffel.

Der Kunde, der vorsorglich seine Beerdigung regeln wollte, hieß Marius Münchau. Prinzipiell fand Theo eine solche vorausschauende Planung in diesen Belangen ja ausgesprochen sinnvoll. Allerdings zeigte sich, dass der Klient erst elf Jahre alt war – was dann doch einigermaßen ungewöhnlich war. Er war ein mageres Kerlchen mit kurzen blonden Locken und einem spitzen blassen Gesicht.

»Ich hab' mir schon alles überlegt und aufgeschrieben«, sagte er mit heller Stimme zu dem verdatterten Theo und reichte ihm einen Ordner.

›Na, wenn der seine Pläne genauso oft ändert wie Hildegard Pawlowski, dann wird das der Beginn einer langen Beziehung‹, dachte Theo. Er blätterte kurz in die Mappe hinein. Musikwünsche, Kleidung, Gästeliste – alles da.

»Außerdem würde ich meine Urne gern selbst gestalten. Geht das?«

»Theoretisch schon.« Theo zögerte. »Sag mal, wie kommst du auf solche Gedanken?«, fragte er vorsichtig. »Bist du irgendwie … krank?«

»Nicht dass ich wüsste. Aber natürlich weiß man das nie

so ganz genau.« Er sah Theo mit ernsten Augen an. »Wussten Sie, dass in Deutschland jeden Tag drei Kinder und Jugendliche sterben?« Er schniefte. »Ich will einfach nur auf alle Eventualitäten vorbereitet sein.«

›Der würde Lilly gefallen‹, dachte Theo. »Ich verstehe. Pass auf, wir machen es so. Ich bewahre deine Unterlagen in unserem Archiv auf. Für den Fall, dass dir was passieren sollte, müsstest du aber schon vorab deinen Eltern Bescheid sagen, damit die von deinen Wünschen wissen.«

»Und die Urne? Ich hab was gespart.«

»Ich hab noch ein Auslaufmodell. Wenn es dir nichts ausmacht, kannst du die auch so haben.«

»Klasse«, sagte der Junge.

›Womit man Kindern nicht alles eine Freude machen kann‹, dachte Theo.

Nach einem anstrengenden Tag mit einer Erd- und einer Urnenbestattung war es schon fast halb sechs, als Theo endlich in das Altersheim an der Mengestraße aufbrechen konnte. Er traf seine Großmutter im Garten an, wo sie auf einer Bank saß. Sie hatte sich »schick gemacht« – was bei ihr bedeutete, dass sie Perlenohrringe an- und Lippenstift aufgelegt hatte. Die Farbe war in die tiefen Runzeln ihres Mundes gesickert, was diesen seltsam ausgefranst wirken ließ. Neben ihr saß ein alter Mann in einem weißen Leinenanzug, einen hellen Borsalino auf dem Kopf. Der Mann wirkte wie ein Überbleibsel aus den 40er-Jahren, was er genaugenommen ja auch war. Als Theo sich näherte, erhob er sich und fiel bei seinen Bemühungen, eine Verbeugung anzudeuten, fast vornüber. Dann ging er steifbeinig davon, und die Tatsache, dass unter seinen Anzughosen rote Strümpfe hervorblitzten, verstärkte den Eindruck eines Storches.

»Zwei Besuche in einer Woche? Ist es so weit? Hab' ich meinen eigenen Geburtstag vergessen?« Roswitha Matthies lächelte grimmig. Zweifellos wusste sie, weswegen er gekommen war. Er seufzte und küsste sie pflichtschuldigst auf die Wange.

»Wer war das?«, versuchte er, das unvermeidliche Gespräch hinauszuschieben.

»Das? Das ist Dr. Anselm. Schlaganfall. Ein wirklich feiner Mensch. Er leidet unter Aphasie, das habe ich mir inzwischen gemerkt. Ich weiß auch, was das bedeutet. Er kann zwar noch alles verstehen, aber nicht mehr sprechen, und wenn er es versucht, kommen die falschen Worte aus seinem Mund.« Sie blickte der langsam davonstakenden Gestalt hinterher. »Und weil er das weiß, hält er lieber ganz die Klappe. Kluger Mann.«

»Ich muss noch mal mit dir über Marlene reden.«

»Warum? Wegen dieser Knochen? Das ist doch lächerlich.«

»Warum hast du dich geweigert, einen DNA-Abgleich zu machen?«

Sie schaute verächtlich. »Neumodisches Zeug. Wer weiß, was die dann damit anstellen. Das wird irgendwo gespeichert, und irgendwann können die Leute dann rauslesen, dass ich krumme Beine hatte, eine schlechte Köchin war und meine Kinder verhauen hab'. Nee, ohne mich!«

»Hast du?«

»Was?«

»Deine Kinder verhauen?«

»Nur wenn sie's nötig hatten.«

»Und an jenem Abend?«

»Ich kann mich nicht erinnern. Ich bin eine sehr alte Frau.«

Er nahm ihre beiden Hände in seine und sah sie eindringlich an. »Inge sagt, du hast dich mit Marlene gestritten, an jenem Abend, als sie verschwand. Dass sie darum noch mal raus ist in den Sturm.«

»Inge, was weiß die denn? Die war ja noch ein Kind!«

Sie klang verächtlich, aber Theo spürte, wie ihre Hände leise bebten.

»Inge war zwölf, die war kein Kleinkind mehr. Die hat schon einiges mitgekriegt. Und ein solcher Abend, der brennt sich doch ins Gedächtnis ein.«

Seine Großmutter entzog ihm ihre Hände und presste die Lippen aufeinander. Sie schwieg und starrte entrüstet auf den Boden vor ihren Füßen. »Wir haben damals öfter gestritten, Marlene und ich«, sagte sie schließlich. »Das Studium hatte sie verändert. Aufmüpfig geworden ist sie und hochnäsig. Ich war ja von Anfang an dagegen, aber Vattern, der hat sich da durchgesetzt. Hat gesagt: ›Das Kind ist klug, das studiert und basta.‹« Sie schnaubte verächtlich. »Aber als sie dann weg war, da hat er mir die Schuld gegeben. Ich sag' dir, hätte sie nicht diese Flausen im Kopf gehabt, es wäre nie etwas Schlimmes geschehen!« Sie blickte ihn an, und er bemerkte, dass ihre Unterlippe etwas zitterte. Er hatte seine Großmutter nie so aufgewühlt gesehen.

»Die alten Freunde, die waren ihr plötzlich nicht mehr gut genug …«

»Was war mit Henno?«

»Henno?«

»Das war doch ihr Freund.«

»Der Tunichtgut! Ich hab nie verstanden, was sie an dem gefunden hat, mit seiner albernen Tolle. Überhaupt hat sie ja nicht mehr viel geredet mit mir in den Monaten, bevor sie verschwand.« Ihr Tonfall war wieder sachlich. »Ich weiß nur eines, dass sie nicht wegen irgendetwas in den Sturm gelaufen ist, was ich gesagt oder getan habe. ›Ich hab' noch eine Verabredung‹, hat sie als Letztes gesagt, ganz ruhig. Und dann hat sie sich auf dem Absatz umgedreht und ist weg.«

Theo setzte sich sehr aufrecht hin. Eine Verabredung!

Seine Großmutter beugte sich vor. »Die Knochen, die ihr da gefunden habt. Das ist nicht Marlene. Die ist damals auf und davon.«

Damals

Marlene erhob sich unruhig und ging zur Tür des Schrebergartenhäuschens. Ihr schien, als hätte die Stärke des Sturms noch zugenommen. Etwas polterte laut und metallisch über den gekiesten Gartenweg. Sie öffnete die Tür einen Spalt. Der Wind trieb eine blecherne Gießkanne vor sich her, die schließlich gegen einen großen Pinguin aus Beton knallte, den der Besitzer aufgestellt hatte. Die Scherben des niedrigen Miniaturgewächshauses, in das schon lange niemand mehr frühe Setzlinge gepflanzt hatte, erinnerten sie an ein Gemälde in der Hamburger Kunsthalle: das »Eismeer« von Caspar David Friedrich, auf dem sich Eisschollen wie die scharfen Trümmer einer zerborstenen Hoffnung türmten. Bei dem Gedanken an das Bild zog sich ihr Herz schmerzhaft zusammen. Noch wollte sie die Hoffnung nicht aufgeben.

Anfangs hatte sie geglaubt, sich alles einzubilden. Trotzdem war sie sich zunehmend sicherer, dass im Hörsaal sein Blick länger auf ihr verharrte als auf den anderen Studenten. Sie ging sogar so weit, im Stillen die Sekunden mitzuzählen, bis seine Augen weiterwanderten. Irgendwann begann sie nach Vorwänden zu suchen, um ihn nach der Vorlesung anzusprechen. Sie war bei Weitem nicht die Einzige. Auch Elisabeth mit ihren Audrey-Hepburn-Augen und dem dunklen, französisch anmutenden Bubikopf war stets zur

Stelle. Neben der weltgewandten Tochter aus allerbestem Hause kam sich Marlene ungelenk vor, zu dünn, zu knochig, mit Händen, von denen sie nicht wusste, wo sie sie lassen sollte. Wenn sie ansehen musste, wie er Elisabeth anlächelte, spürte sie ihr Herz für den Rest des Tages hart und schmerzhaft in der Brust.

Flirten hatte sie nie gelernt. Sie ging schon, seit sie 14 war, mit Henno, dem Nachbarsjungen, mit dem sie auch zusammen in der Grundschule gewesen war: ein blonder, etwas großspuriger Bursche, der seine vage Ähnlichkeit mit James Dean gern durch seine Frisur und einen lässigen Kleidungsstil herausstrich. Stolz brauste er mit seinem Mofa über die Elbinsel Wilhelmsburg, während sie sich an ihn klammerte, die wehenden Haare im Wind.

Das hier war anders. Er war ein erwachsener Mann, vierzehn Jahre älter als sie. Und überdies war er verheiratet. Trotzdem hatte sie den Eindruck, dass er sie anders ansah als die anderen Studentinnen, auch wenn er zu allen gleich zuvorkommend und freundlich war. Wenn er sie anlächelte, kräuselten sich die Falten in seinen Augenwinkeln tiefer. Manchmal richtete sie es so ein, dass sie beim Betrachten der Kunstdias im Dunklen neben ihm sitzen konnte. Die Sitze im Hörsaal standen eng nebeneinander. Er roch nach Pfeifentabak und einem Rasierwasser, das sie nicht kannte. In der Dunkelheit ging ihr Atem dann schnell und flach. Doch er berührte sie nie.

Als die Semesterferien immer näher kamen, war sie ihm bereits »restlos verfallen«, wie sie ihren Gemütszustand insgeheim für sich definierte. Drei lange Monate würde sie ihn nicht sehen können. Sie war vollkommen verzweifelt.

»Was ist los mit dir?«, wollte Henno wissen.

Sie saßen, jeder mit einer Flasche Bier, am Elbstrand in Wilhelmsburg. Hinter den Süderelbbrücken, die die Insel mit Harburg verbanden, ging die Sommersonne unter. Ein Sportruderer zog mit kräftigen Schlägen an ihnen vorbei. Durch den dichten Schilfbestand konnten sie ihn nur schemenhaft erkennen. Sonst hatte sie den Frieden der Abendstimmung an diesem Ort immer genossen. Jetzt war sie innerlich voller Unruhe.

»Nichts, wieso?«, sagte sie und bohrte ihre nackten Füße tiefer in den Sand. Das Schlimmste an ihrem Kummer war, dass es niemand gab, dem sie sich anvertrauen konnte. Die Sache war nicht nur hoffnungslos, sie war auch beschämend.

Henno leerte seine Flasche und warf sie dann im weiten Bogen in die Elbe. »Hast du einen anderen?«

Sie hielt kurz die Luft an. »Unsinn«, sagte sie dann. Und legte sanft eine Hand auf seinen angespannten Arm. »Es ist nur nicht so einfach mit dem Studium, du weißt schon.«

Sie schämte sich wegen ihrer Lüge und war froh, dass er sie nicht anschaute, sondern trotzig vor sich hin starrte.

»Natürlich«, sagte er, »verstehe schon.«

Sie küsste ihn auf die Wange. Sie wusste, dass Henno stolz darauf war, dass sie studierte. Das war keine Selbstverständlichkeit. Er selbst war Schweißer bei »Blohm & Voss«. Nicht jeder Mann hätte es so gut aufgenommen, dass seine Freundin »was Besseres« werden wollte.

Jetzt versank die Sonne am Horizont. Ein riesiger orangefarbener feuriger Ball.

»Ich liebe dich«, sagte sie. Und sie meinte es auch so. Doch dann wanderten ihre Gedanken wieder zu dem kleinen blonden Mann. ›Ich liebe dich‹, dachte sie noch einmal. Aber jetzt meinte sie den anderen.

DER SECHSTE TAG

Im bayrischen Deggendorf stehen im Stadtteil Fischerdorf die Gebäude mindestens bis zum ersten Stock unter Wasser. Dennoch harren Menschen in ihren Häusern aus. Ministerpräsident Horst Seehofer sagt: »Es ist unbeschreiblich schlimm. Das übersteigt alle Dimensionen.«

»Hier«, sagte Ursula Abendrot und deutete auf die verwaschene Schwarz-Weiß-Fotografie, die sie aus ihrer Aktentasche gezogen hatte, »einer von denen könnte es gewesen sein.«

Die Professorin hatte Hanna am Vorabend angerufen und ein Treffen vorgeschlagen. »Ich habe die Liste fertig, aber ich habe auch noch etwas anderes für Sie ausgegraben.«

Sie hatten sich im Bistro »Abaton« getroffen, das zum »Abaton«-Kino gehörte, eine Hamburger Institution direkt neben dem Campus. Seit Hannas Studienzeiten hatte sich hier einiges verändert. Die alten Filmplakate, die die Wände dicht an dicht bedeckt hatten, waren einem geschmackvollen graugrünen Anstrich gewichen, in dem nur einige ausgewählte Filmszenen in dunklen Holzrahmen cineastische Akzente setzten. Statt Croque Monsieur gab es jetzt provenzalische Fischsuppe oder Tomaten-Brot-Salat mit Kapern. Aber die Atmosphäre war die gleiche – angeregt, entspannt intellektuell. Und die Portionen waren nach wie vor auf hungrige Studentenmägen abgestimmt.

Hanna griff nach dem Bild und betrachtete es neugierig. »Marlenes geheimnisvoller Geliebter?«

Das Foto zeigte eine Gruppe von etwa einem Dutzend junger Leute. Die Mädchen in Kleidern mit Tellerröcken und schmaler Taille, die Jungen teils hemdsärmelig, teils mit Jackett und locker gebundenem Schlips. Sie standen in einem sonnigen Garten unter einem Baum, der Schattenflecken auf die Gesichter und den einladend eingedeckten Tisch streute.

»Das sind wir. Der kunsthistorische Jahrgang 1960 – die ganze Bagage«, sagte die Professorin.

Hanna betrachtete es neugierig. »Und das sind Sie«, sagte sie und zeigte auf eine große junge Frau mit fledermausförmiger Hornbrille. Sie hielt die Arme vor der Brust verschränkt und blickte herausfordernd in die Kamera.

Abendrot lachte: »Ich war ein klassischer Blaustrumpf.«

»Und da steht Marlene.« Theos verschollene Tante trug auf dem Bild ein helles, schlichtes Sommerkleid. Das blonde Haar hielt ein Haarreif aus der Stirn, wie es Anfang der 60er-Jahre Mode gewesen war. »Wer ist der Mann neben ihr? Der ist doch schon älter.«

»Na, das ist Max Textor – unser Dozent. Der hatte uns alle vor den Semesterferien zu sich nach Hause eingeladen.«

»Das ist ja mal ungewöhnlich.«

»Stimmt. Er war aber auch ein ungewöhnlicher Mensch. Sehr unkonventionell. Ein richtiger Bohemien.«

Hanna drehte das Bild um. »Juni 1961« stand da in verblasster Bleistiftschrift.

»Können Sie mir etwas über die anderen erzählen?«

»Sicher, dazu sind wir ja hier. Am besten setzen Sie sich zu mir rüber.« Professorin Abendrot klopfte auf die Bank neben sich. Hanna folgte ihrer Einladung. »Wer ist zum Beispiel der Knabe da?« Sie deutete auf einen schlaksigen Studenten mit dunklen Locken, die für das Jahr 1961 sicherlich zu lang waren. »Der hinter Marlene steht? Das ist Jürgen Martens. Der wäre einer von den Kandidaten. Zumindest ist er Marlene kaum von der Seite gewichen. Er hat sich dann irgendwann die Haare abgeschnitten und ist auf Jura umgeschwenkt, als sein Vater ihm die finanzielle Unterstützung gestrichen hat. Er war beim letzten Semestertreffen auch dabei: Wiegt jetzt das Dreifache, hat aber keine Haare mehr. Den würden Sie nicht wiedererkennen. Wobei ...« Sie blinzelte Hanna verschmitzt zu. »Dass aus dem jungen Mädchen da ich altes Weib geworden bin, kann ich auch kaum fassen.«

»Und die Dunkle, die da rechts neben dem Dozenten steht?«

»Ja, das war unsere Jahrgangsschönheit. Elisabeth Albrecht. Piekfeine Reederfamilie. Sie hat geheiratet und das Studium nicht beendet. Irgend so einen Reedersohn natürlich. Was aus ihr geworden ist, weiß ich leider nicht. Aber eine Zeit lang haben sie und Marlene ziemlich viel zusammengesteckt.«

»Tatsächlich? Die Bestattertochter und die junge Frau aus besten Kreisen?«

»Ich glaube, Elisabeth hat es einfach gefallen, im Mittelpunkt zu stehen, bewundert zu werden. Und Marlene hatte keinerlei Ambitionen, die erste Geige zu spielen. Das hat ganz gut funktioniert. Und eines muss ich sagen, mir ist Elisabeth zwar auf die Nerven gegangen – ich meine, sie war wirklich nicht dumm, aber doch recht oberflächlich. Aber sie war großzügig und nicht so versnobt wie manch andere Hanseatentochter.«

Hanna nahm sich vor, die Reedereiprinzessin aufzuspüren.

»Und wer ist der hübsche Bursche im schwarzen Hemd?«

»Leo Kaspari. Den können Sie aber vergessen – er ist stockschwul. Damals war das noch ein Schimpfwort. Andererseits war er mit Marlene ganz gut befreundet. Insofern sollten Sie vielleicht doch mit ihm sprechen. Zumal er zu denen gehört, deren Adresse ich noch habe.« Sie nannte weitere Namen und Lebensläufe, und Hanna staunte über ihr phänomenales Gedächtnis.

»Als ich gestern das Bild gefunden habe, da war mir dieser Abend sofort wieder gegenwärtig. Ich bin ja kein besonders sentimentaler Mensch, aber diese Sommernacht war wirklich von ganz einzigartigem Zauber.«

Hanna legte das Foto behutsam auf der weißen, glänzenden Tischplatte ab. »Kann ich mir das Bild ausborgen? Ich mache eine Kopie, und Sie bekommen es natürlich zurück. Vielleicht erinnern sich die anderen auch besser, wenn sie ihre Gedanken an ein Bild knüpfen können.«

»Stecken Sie es ruhig ein, meine Liebe. In meinem Alter hängt man nicht mehr so an seinem Besitz.«

Hanna verstaute es sorgfältig in ihrer Tasche.

»Wenn Sie einfach einen Tipp abgeben würden: Wer von denen kommt am ehesten als Marlenes Liebhaber infrage?«

Die Professorin seufzte. »Das ist alles schon so lange her. Und wie gesagt, es waren ja auch nur Gerüchte. Alles, was ich sagen kann, ist, dass Marlene sich verändert hatte. Sie war noch stiller als sonst. Aber sie hat irgendwie – gestrahlt. Ich glaube, das hat auch Elisabeth gemerkt, die hat das gewurmt. Tatsächlich, das hatte ich ganz vergessen – in den letzten Wochen vor ihrem Verschwinden, da sind Marlene und Elisabeth einander ziemlich aus dem Weg gegangen.«

»Sie haben also keine Ahnung, wer es gewesen sein könnte?«

Professorin Abendrot stieß ein amüsiertes Kichern aus. »Man merkt, dass Sie Journalistin sind. Also gut, ganz aus dem Bauch heraus: Ich glaube, da könnte vielleicht was mit Max Textor gelaufen sein.«

»Mit dem Dozenten?« Theo starrte ungläubig auf das Bild, das Hanna ihm gereicht hatte. »Diesem unscheinbaren Kerlchen?«

»Na, Charme ist ja nicht immer eine Frage der Optik«, frotzelte Hanna. »Manchmal ist gutes Aussehen geradezu ein Hindernis dafür.«

»Wie meinst du das?« Theo, der wusste, dass er bei Frauen auch wegen seiner äußeren Vorzüge gut ankam, war irritiert.

»Na ja, wer gut aussieht, der denkt, er muss sich anderweitig nicht ins Zeug legen.«

»Du meinst, Schönheit verdirbt den Charakter?«

»Kommt schon mal vor.«

Sie saßen an der Elbe rund um ein Lagerfeuer: Theo und Hanna, Lars und sein Mops sowie Lilly und May. Lilly hatte so lange gebohrt, bis sie ihren Willen durchgesetzt hatte: Würstchen am Elbstrand.

»Bestimmt ist hier in ein paar Tagen überall Land unter«, hatte sie orakelt. Dem hatten die Erwachsenen nichts entgegenzusetzen gehabt.

Theo war seit Beginn der Flut jeden Tag zur Elbe gelaufen, um sie misstrauisch zu beäugen. Bislang war der Wasserstand nur leicht erhöht. Aber die Bilder aus den überfluteten Gebieten, erst im Osten der Republik und jetzt auch in Niedersachsen, verursachten ein zunehmend mulmiges Gefühl bei ihm.

Auch 1962 hatten die Experten die Gefahr unterschätzt. Und da die Elbdeiche nach den Überflutungen im Jahr 2002 in Dresden und anderen Städten im Osten erhöht worden waren und jetzt standhielten, trafen die Wassermassen mit voller Wucht den Norden.

»Wir könnten dein Schlauchboot schon mal aufpumpen. Nur für alle Fälle.« Lilly war Feuer und Flamme.

Theo war diese Idee auch schon gekommen. Aus Sorge, als Angsthase zu gelten, hatte er sie wieder verworfen. Auch jetzt versuchte er, den Gedanken an einen möglichen Deichbruch zu verdrängen.

»Wie dem auch sei«, sagte er, Lillys Vorschlag ignorierend, und ließ seinen Blick über das Bild wandern. »Soweit ich verstanden habe, müssen wir versuchen diese Elisabeth aufzutreiben – und natürlich diesen schmierigen Dozenten.«

»Ich finde, er sieht nett aus«, sagte Hanna.

»Zeig mal her.« May angelte sich das Bild. »Doch zweifellos, der hat was.«

Theo stöhnte. Er vermutete, dass May das vor allem sagte, um ihn zu ärgern. Dabei konnte der Kerl ihm doch wirklich egal sein. »Jedenfalls ist er heute ein alter Knacker – wenn er überhaupt noch lebt. Mitte bis Ende achtzig oder so.« Er brach ein Stück vom Baguette ab und schob es sich in den Mund. »Hat die Abendrot eigentlich irgendwas dazu gesagt, was aus ihm geworden ist?«

Hanna streckte die Hand nach dem Brot aus. »Nicht wirklich. Sie hat nur erzählt, dass er im Frühjahr nach Marlenes Verschwinden seine Arbeit an der Uni aufgegeben hat. Krankheitsbedingt hieß es. Sie hat nie mehr was von ihm gehört.«

»Und da sie ja im selben Fachbereich Karriere gemacht hat, bedeutet das wohl, dass das das Ende seiner akademischen Laufbahn gewesen ist.« Das kam von Lars. Er hatte sich zum Grillmeister erklärt und wendete nun routiniert die Würstchen auf einem Grill, den er aus einem alten Metalleimer gebastelt hatte. Wie üblich standen seine widerspenstigen Haare zu allen Seiten ab. Nur bekleidet mit einer Jeansshorts und einer Schürze, die er lose über seine schmale, weiße Brust geknotet hatte, sah er an diesem Abend besonders abenteuerlich aus.

»Das kann doch kein Zufall sein.« Hanna bohrte ihre nackten Füße in den Elbsand.

»So oder so werdet ihr den leichter aufspüren können als diese Kommilitonin, diese Elisabeth. Zu der Zeit haben die Frauen ja noch die Namen ihrer Männer annehmen müssen.« May pflückte sich ein paar Weintrauben von einem Pappteller und steckte sie sich in den Mund. »Vollkommen bescheuerte Tradition«, sagte sie mit vollen Backen. Sie verschluckte sich und hustete lautstark.

Lilly stieß nach einem kleinen Abstecher zum Wasser wieder zu ihnen. »Was machen die Würstchen?«

Paul, der Mops, lag flach auf dem Bauch. Nur seine Glotzaugen bewegten sich hin und her. ›Genau, was ist mit den Würstchen?‹, schien sein Blick zu sagen.

»Dauert noch.« Lars verscheuchte Lilly, die bereits eine Gabel gezückt hatte, mit der Grillzange.

»Ich glaube eigentlich nicht, dass es schwierig sein wird,

diese Elisabeth aufzustöbern«, sagte er dann, den Faden wieder aufgreifend. »Wenn sie tatsächlich aus einer angesehenen Reederfamilie stammt, meine ich. Solche Clans pflegen ihre Mitglieder nicht aus den Augen zu verlieren. Ich wette, ein Anruf genügt.«

»Los, Paul, hol das Stöckchen.« Lilly schmiss ungeduldig ein Stück Treibholz in Richtung Elbe.

Paul blieb platt am Boden liegen.

»Schon ein bisschen dämlich, dein Hund«, beschwerte sie sich bei Lars.

»Seh' ich anders. Ist doch eher ein Zeichen von Intelligenz, keinem Stock hinterherzulaufen, wenn man ein paar Würstchen vor der Nase hat.« Er grinste. »Und erst recht nicht, wenn eine Frau das Stöckchen wirft.«

May warf eine Weintraube nach Lars, die er geschickt auffing und in den Mund steckte.

Hanna lachte. »Ihr habt alle einen Knall«, sagte sie zufrieden, legte sich zurück und bettete den Kopf auf Theos Oberschenkel. Dann schaute sie zur Mondsichel, die bereits blass an dem noch immer hellen Himmel hing. ›Heute Abend mache ich den Test‹, sagte sie sich, ›und dann sehen wir weiter.‹

Keiner der Freunde konnte ahnen, dass sie an genau der Stelle saßen, an der Marlene und Henno vor über fünfzig Jahren Bier getrunken hatten.

Damals

Marlene ging die Oberstraße im feinen Stadtteil Harvestehude entlang. Er gehörte zu den Teilen Hamburgs, die im Krieg nur wenig gelitten hatten. Hier reihte sich ein elegant verziertes Jugendstilgebäude an das nächste. Anders als in Wilhelmsburg, das schon immer eine typische Arbeitergegend gewesen war und wegen des angrenzenden Hafens während des Krieges Ziel zahlloser Bombardements. Hier hingegen waren die Gebäude schmuck herausgeputzt, mit frisch gestrichenen Fassaden und stets perfekt geputzten Fenstern. Am Straßenrand standen keine Isettas oder VW-Käfer, sondern chromglänzende Mercedes und BMWs.

Als sie ihr Ziel erreicht hatte, blieb sie noch einen Moment stehen, um die Stadtvilla zu betrachten. Sie war nicht zum ersten Mal hier, doch heute würde sie das Gebäude auch betreten. Sie fröstelte, obwohl der Sommerabend warm war. Der Duft der Heckenrosen im Vorgarten stieg ihr in die Nase. Schon zweimal hatte sie vor dem Haus gestanden, in dem Max Textor lebte, voller Hoffnung, einen Blick auf sein Leben zu erhaschen, voller Furcht, von ihm ertappt zu werden.

»Na, Süße, traust du dich nicht rein?«, sagte eine Stimme neben ihr. Elisabeth hakte sich freundschaftlich bei ihr unter. Sie trug eine schwarze Caprihose zu einer weißen ärmellosen Bluse, wodurch sie Audrey Hepburn noch ähnlicher sah als sonst. Neben ihr kam sich Marlene in ihrem schlichten Sommerkleid unscheinbar und bieder vor.

»Ach was«, sagte sie und versuchte ein Lächeln. »Ich wollte nur kurz mal schauen.« Sie machte eine flatternde Geste mit der Hand, die das weiße Gebäude mit der imposanten Treppe und dem großen vorspringenden Erker umfasste.

Elisabeth lachte. Sie hatte ihren Mund tiefrot geschminkt. »Ganz hübsch, das Häuschen, was?«, sagte sie leichthin. Marlene wusste, dass Elisabeth in einem ähnlich eleganten Gebäude wohnte. Ganz anders als das reetgedeckte Haus in Wilhelmsburg, in dem sie mit ihren Eltern lebte. Das Bestattungsinstitut Matthies sorgte zwar für ein ordentliches Einkommen, aber Elisabeths Eltern waren wirklich vermögend. Die Kommilitonin holte eine Puderdose heraus und zog sich noch einmal die Lippen nach. Dann packte sie Marlene am Arm und steuerte sie in Richtung Haustür. Sie drückte auf die Messingklingel. Marlene spürte, wie ihr Herzschlag sich beschleunigte. Die Tür öffnete sich, und der Hausherr stand vor ihnen. »Willkommen, meine Damen«, sagte er und sah ihr lächelnd in die Augen. Ihr. Nicht Elisabeth.

Der Tisch war im Garten unter den ausladenden Ästen einer Blutbuche für sie gedeckt. Um ihn herum standen bereits die meisten ihrer Mitstudenten mit Gläsern in der Hand. Max Textor öffnete eine weitere Flasche, schenkte ein und reichte erst Elisabeth, dann ihr ein Glas Sekt. Auf dem rustikalen karierten Tischtuch warteten bereits Platten mit allerlei Köstlichkeiten. Die meisten davon kannte Marlene nicht. Es sah exotisch aus, ganz anders als die winzigen Kanapees und halbierten hart gekochten Eier mit falschem Kaviar, die sonst üblicherweise gereicht wurden. »Italienische Antipasti!« Elisabeth klatschte begeistert in die Hände.

Max Textor hatte die kleine Schar seiner Studenten zum Abschluss des Semesters zu sich nach Hause eingeladen. Als er sich am Tisch zu ihrer Linken setzte, durchfuhr sie eine Welle jähen Glücks. Sie gestattete sich die Hoffnung, dass seine Platzwahl kein Zufall war.

Er war ein großartiger Gastgeber, nötigte die Anwesenden zu essen und unterhielt die Runde mit Anekdoten aus seiner eigenen Studentenzeit, von der er zwei Semester in Venedig verbracht hatte – und wo er auch seine Frau kennengelernt hatte.

»La Dolce Vita«, sagte er und zwinkerte Marlene zu.

Immer wieder legte er ihr Leckerbissen auf den Teller und erklärte ihr leise, um was es sich handelte. Er und seine Frau leisteten sich eine italienische Haushälterin, die all die Köstlichkeiten zuzubereiten wusste. Vitello tonnato – Kalbfleisch mit Thunfischsauce und Kapern – erschien ihr erst eine gewagte Kombination, doch zu ihrer Überraschung schmeckte es wunderbar.

Sie war so glücklich, dass es ihr nicht einmal etwas ausmachte, als Elisabeth mit ihm über Italien parlierte, das diese schon oft besucht hatte. Marlenes einzige Auslandserfahrung beschränkte sich auf ein paar nasskalte Tage an der dänischen Ostseeküste. ›Das Schönste an ihm ist seine Stimme‹, dachte sie. Sie selbst schwieg die meiste Zeit, und auch als er sich ihr zuwandte und leise »Sie sind so still heute, Fräulein Matthies« sagte, lächelte sie nur.

Der Zauber zerbrach um kurz nach zehn, als seine Frau zu der fröhlichen Gesellschaft stieß. Constanzia Textor war ein paar Jahre älter und trotz ihrer italienischen Herkunft einen halben Kopf größer als ihr Mann. Sie war schlank und hielt sich sehr aufrecht, eine elegante Erscheinung mit langem

Hals. Sie trug ein schmales schwarzes Kleid. Ihr dichtes, dunkles Haar hatte sie zu einem Knoten geschlungen. Lächelnd reichte sie allen die Hand, als ihr Mann sie reihum vorstellte. Dann überließ er ihr galant seinen Stuhl und reichte ihr ein Glas Wein. Sie streifte mit einem erleichterten Seufzen die spitzen Pumps von den Füßen. Ihre Beine, stellte Marlene fest, waren perfekt geformt. »Mörderische Dinger«, sagte Constanzia fröhlich und lächelte Marlene an. Der Anflug des italienischen Akzents, den sie noch immer hatte, verlieh jeder ihrer Bemerkungen einen besonderen Charme. Angeregt erzählte sie von dem Konzert, in dem sie den Abend mit einer Freundin verbracht hatte, und beantwortete verschämte Fragen der Mädchen zu ihrem Beruf als Gynäkologin. Ihre Praxis lag unweit des Hauses und hatte vor allem Privatpatientinnen als Klientel.

Hinter ihr stand ihr Mann. Er ließ seine Hände auf ihren zarten Schultern ruhen. Dann öffnete er mit geübtem Griff ihren Haarknoten, sodass sich das lange, dunkle Haar über ihren Rücken ergoss. Die Intimität dieser Geste schnitt Marlene ins Herz. ›Ich habe mir alles nur eingebildet‹, dachte sie traurig.

DER SIEBTE TAG

Das Hochwasser bedroht jetzt den Norden Deutschlands. Bundesländer wie Niedersachsen und Brandenburg rüsten sich für die anrollenden Wassermassen. »Das wird ganz knapp«, sagt ein Sprecher des Brandenburger Innenministeriums.

Theo Matthies schlenderte von der S-Bahn-Station Landungsbrücken kommend die Hafenpromenade in Richtung Hafencity entlang. Es war bereits Nachmittag. Trotzdem hatte er ein schlechtes Gewissen, weil er derzeit einen Großteil der Arbeit May überließ. Ein kurzer, aber heftiger Regenschauer hatte Pfützen auf den Steinen hinterlassen, in denen sich schon wieder blauer Himmel spiegelte. Er war auf dem Weg ins Kontor der Reederei Albrecht, die ihren Sitz vor zwei Jahren an die piekfeine Adresse am Sandtorkai im schicken Neubaukomplex der Speicherstadt verlegt hatte. Eine Gruppe Japaner fotografierte ausdauernd die dreimastige »Rickmer Rickmers« – das flaschengrüne, ehemalige Segelschulschiff, das jetzt zur Besichtigung und für Festivitäten offen stand.

Lars' Mutmaßungen hatten sich als richtig erwiesen: Die Reederei, die einst Elisabeths Vater gehört hatte, befand sich noch immer im Familienbesitz. Inzwischen wurden die Geschäfte von Peer Albrecht geführt, Reeder in der sechsten Generation, wie Theo im Internet herausgefunden hatte.

Theo hatte sich nicht angemeldet. Er hatte die Erfahrung gemacht, dass man ihn so weniger leicht abwimmeln konnte. Bei seinen Recherchen zu den beiden Mordfällen, in die er in den letzten Jahren verwickelt gewesen war, hatte sich das als äußerst hilfreiche Strategie erwiesen. ›Ich benehme mich tatsächlich schon wie ein Mordermittler‹, dachte er amüsiert.

Das Gebäude, in dem die Reederei residierte, entpuppte sich als gläserne Konstruktion, die Himmel und Elbe reflektierte, sodass sie beinahe mit der Umgebung verschmolz. Das Entree war hoch und lichtdurchflutet. An einem langen, hölzernen Empfangstresen saß ein junger Mann im Sakko. Theo wunderte sich kurz, dass in einer eher konservativen Branche ein Mann den Empfang leitete. Ein schmales Schild auf seinem Revers wies ihn als Jan Albrecht aus – offenbar ein jüngerer Spross der Familie, der sich von der Pike auf nach oben dienen sollte.

»Was kann ich für Sie tun, Herr …?«

»Matthies. Dr. Theo Matthies. Ist Herr Albrecht, Herr Peer Albrecht, im Hause?«

»In welcher Angelegenheit?«

»Es geht um eine familiäre Sache. Vielleicht können Sie ihm ausrichten, dass es um Elisabeth Albrecht geht.«

Der junge Mann hob die Augenbrauen und stieß einen leisen Pfiff aus. Dann griff er zum Hörer.

»Onkel Peer«, sagte er, ohne Theo aus den Augen zu lassen, »hier möchte dich jemand sprechen. Ein Doktor Matthies. Es geht um Großtante Elisabeth.« Er lauschte kurz, nickte und legte auf.

»Es wird gleich jemand kommen, der Sie nach oben begleitet.«

»Danke.« Theo nahm in einem der schweren dunkelbraunen Ledersessel Platz, die eine zweifellos kostspielige innenarchitektonische Hand im Foyer arrangiert hatte. ›Das scheint ja interessant zu werden‹, dachte er.

Peer Albrecht saß in einem schwarzen ledernen Bürostuhl und telefonierte. Hinter ihm bot sich Theo ein überwältigender Blick über den Hafen mit seinen Kränen und Frachtschiffen. Bunte Container stapelten sich wie Legosteine auf dem Kai. Weiter rechts konnte Theo das Trockendock erahnen, in dem Henno sich vor Jahrzehnten seine Asbestlunge eingefangen hatte. Eine Vitrine, in der bestimmt an die hundert Schiffsmodelle ausgestellt waren, erstreckte sich über eine der Wände. Die Miniaturschiffe waren alle Teil der einstigen oder aktuellen Flotte der Reederei, vermutete Theo. Er dachte an ein ähnliches Modell, das in seinem Bestatterbüro stand und noch von seinem Urgroßvater stammte. ›Wer weiß, vielleicht hast du ja sogar für Albrecht angeheuert‹, dachte er.

Albrecht drehte seinen Stuhl in Theos Richtung und hob eine Hand zum Zeichen, dass er gleich fertig wäre. »So machen wir es, Niels. Grüße an die Gattin.« Er erhob sich. »Nehmen Sie doch bitte Platz. Herr Dr. Matthies, nicht wahr? Kaffee oder Wasser?«

Theo ließ sich in einem der modernen Freischwingerstühle vor dem Schreibtisch nieder. »Nichts von beidem, vielen Dank.«

Albrecht legte die Fingerspitzen aneinander und blickte Theo an. Er war ein großer Mann mit grau meliertem Haar und einem dunkel gegerbten Gesicht, das perfekt zum Image eines Reeders passte. Er trug ein marineblaues Jackett mit goldenen Knöpfen. ›Ein Glück, dass er sich wenigstens die Admiralsepauletten verkneift‹, schoss es Theo durch den Kopf.

»Es geht also wieder einmal um Tantchen.« Albrechts Gesichtsausdruck signalisierte Resignation. »Was hat sie diesmal angestellt?«

»Soweit ich weiß, gar nichts.«

Der Reeder hob die Augenbrauen.

»Eigentlich bin ich lediglich auf der Suche nach ihr.«

»Tatsächlich.« Albrecht lehnte sich offenbar erleichtert in seinen Sessel zurück. Dann verzog er das Gesicht.

›Bandscheibe‹, diagnostizierte Theos Medizinerhirn. »Es ist ein bisschen kompliziert. Ihre Tante Elisabeth und meine Tante Marlene haben 1962 zusammen Kunstgeschichte studiert.«

»Aha. Und das soll jetzt eine Art geriatrisches Alumnitreffen werden?«

Theo zögerte. »Nicht ganz.«

Albrecht fixierte ihn »Ich bin auch gar nicht sicher, ob Elisabeth daran Interesse hätte. Sie war ja auch nicht besonders lange an der Uni. Hat jung geheiratet. Ja, so war das damals.«

»Lebt sie denn noch in Hamburg?«

»O ja. Aber mir ist immer noch nicht klar, was Sie von ihr wollen.«

Theo ergab sich in sein Schicksal und berichtete. Immerhin war die Geschichte spannend genug, um ihm die volle Aufmerksamkeit seines Gegenübers zu sichern. »Ihre Tante und meine, die waren damals offenbar eng befreundet. Und nun möchte ich einfach gern wissen, ob sie sich an irgendetwas erinnern kann.«

»Oh, da könnten Sie sogar Glück haben. Elisabeth hat ein Gedächtnis wie ein Elefant.«

Er griff nach einem Füllfederhalter und notierte eine Adresse. »Da sollten Sie gute Chancen haben, sie anzutreffen. Meines Wissens arbeitet sie da noch immer.« Er reichte ihm das Papier. »Oberhafenkantine« stand darauf. Theo staunte. Er kannte den Laden.

Die Oberhafenkantine war die letzte von über 20 Einrichtungen ihrer Art. Bis zu ihrem Tod hatte die zierliche Besitzerin Anita Haendel 72 Jahre lang die Hafenarbeiter mit Kaffee, Mettbrötchen und selbstgebratenen Frikadellen verköstigt. Das kleine backsteinerne Häuschen stand in der Stockmeyerstraße im Schatten einer S-Bahn-Trasse, deren Züge im Fünfminutentakt nur Zentimeter neben der Regenrinne vorbeibrausten. Auf zwei Stockwerken war hier eine Bar mit kleinem Restaurantbetrieb untergebracht. Das Besondere war nicht, dass der Laden so winzig war – das ganze Haus hatte nach diversen Überflutungen ziemlich Schlagseite. Schon wer es von außen sah, fürchtete, dass es jederzeit umkippen könnte. Wer es betrat, gewann sogleich den Eindruck, einen im Tee zu haben. Die Pendelleuchten schienen der Schwerkraft zu trotzen und schräg von der Decke zu baumeln. Und insbesondere die enge Treppe zur Stube im ersten Stock hatte es in sich. Theo ließ sich auf einem Platz am Fenster nieder, der gerade frei geworden war. Trotz des schönen Wetters war der Laden voll wie immer. Auch vor und hinter dem Haus stand ein bunt gemischtes Publikum mit Bierflaschen in den Händen. Theo warf einen Blick in die Speisekarte, woraufhin sein

Magen prompt einen Knurrlaut von sich gab. Neben Matjes und Frikadellen gab es auch Probierportionen Labskaus für Touristen. Die Hamburger Spezialität aus zerstampften Kartoffeln und Roter Beete, gemischt mit Cornedbeef, sowie einem Spiegelei und Rollmops stimmte die meisten eher misstrauisch. Eine ältere Dame nahm die Bestellung entgegen. Sie trug ein schwarzes Shirt mit dem Aufdruck »Prinzessin«, das in ihre fleischigen Oberarme schnitt. Das graue Haar stand ihr igelartig gegelt vom Kopf ab. Und an den Ohren baumelten lange Ohrringe. Ihr Kinn schlug zwei mächtige Falten. Die Augen aber waren schön: groß, dunkelbraun und von langen geschwungenen Wimpern umkränzt.

»Elisabeth Albrecht?«, fragte Theo.

Die Frau lachte. »Schon lange nicht mehr. Ich heiße jetzt Bülow.«

›Und nicht nur der Name hat sich geändert‹, dachte Theo. Von der jungen Frau aus dem Jahr 1962 waren nur noch die schönen dunklen Augen übrig. Er kam sich blöd vor, weil er vergessen hatte, ihren Neffen nach ihrem Ehenamen zu fragen.

»Heute nennen mich alle Elli.«

»Theo«, sagte Theo, »Theo Matthies.« Er beobachtete, ob der Name bei ihr eine Erinnerung auslöste. Doch ihr Gesicht blieb unbewegt.

»Ich bin der Neffe Ihrer Studienkollegin Marlene Matthies, die 1962 verschwunden ist.«

Sie brauchte einen Moment. »Marlene.« Sie wischte sich die Handflächen an der Jeans ab. »Was für eine Tragödie. Wie lange ist das jetzt her?«

»Mehr als fünfzig Jahre.«

»Du meine Güte.« Sie fuhr sich mit den pummeligen

Händen übers Gesicht. »Sie ist nie mehr aufgetaucht, stimmt's?«

»Bis jetzt. Ich glaube, man hat sie jetzt endlich gefunden.«

Elli ließ sich schwer auf den Stuhl gegenüber von Theo sinken. »Kläuschen, zwei Köm«, rief sie dem Mann hinterm Tresen zu.

»Elli, wir ham noch keine sechs!«

»Das ist ein Notfall.«

Theo lehnte sich zurück und betrachtete die Frau vor sich. Sie war so drall, dass das Fett ihr von innen die Falten wegbügelte. Wie über siebzig sah sie nicht aus. Theo hatte noch immer Mühe, sie mit dem aparten Geschöpf vom Foto in Verbindung zu bringen. Sie atmete schwer.

Kläuschen, ein tätowierter Bär von einem Mann, kam herüber und stellte ihnen zwei Schnäpse auf den Tisch.

»Wohl bekomm's.«

›Auweia‹, dachte Theo. ›Das wird böse enden.‹ Entschlossen griff er zum Glas. »Prost, Elli«, sagte er.

»Hau wech«, sagte Elli. Auch von ihrer Erziehung als höhere Tochter war nichts mehr zu merken.

Zwei Stunden und diverse Schnäpse später hatten Elli und Theo nicht nur Informationen in puncto Marlene, sondern auch ihre Lebensgeschichten ausgetauscht. Kläuschen hatte Ellis erneuten Hinweis »Issn Notfall« kommentarlos zur Kenntnis genommen und den Laden allein geschmissen, bis die Ersatzbedienung auftauchte.

Theo erzählte Elli davon, dass er ursprünglich der Bestattertradition den Rücken kehren wollte und Chirurg geworden war. Bis er Frau und ungeborene Tochter durch eine Krebserkrankung verloren hatte. Seinen anschließenden Wechsel ins Bestattungsunternehmen seines Vaters hatte

Elli, anders als die meisten anderen, gut nachvollziehen können. »Ist doch klar, bei den Toten kann wenigstens nix mehr schieflaufen.«

So hatte Theo es allerdings noch nicht betrachtet – fand die These allerdings bedenkenswert.

Elli ihrerseits hatte berichtet, wie sie Ende der 60er-Jahre ihrem vorbestimmten Leben als ebenso vorzeigbare wie ehrbare Reedersgattin »den Stinkefinger« gezeigt hatte. Sie hatte ihren Mann, »den unerträglichen Langweiler«, verlassen und war in eine der ersten Hamburger Kommunen eingezogen. »Die Uschi von Wandsbek«, sagte sie und zwinkerte ihm zu. »Seitdem bin ich das schwarze Schaf der Familie.« Sex, Drugs and Rock 'n' Roll – dazu jede Menge linke politische Überzeugungen. »Ich weiß nicht, was meine Eltern mehr gewurmt hat.«

»Warum habt ihr euch eigentlich verkracht, du und Marlene?«, fragte Theo irgendwann mit schwerer Zunge.

Sie drehte ihr leeres Schnapsglas auf dem Tisch. »Eine Männergeschichte natürlich«, sagte sie. »Ich war selbst über beide Ohren verschossen in Max Textor. Dass er Marlene mir vorgezogen hat, hat mich tief getroffen.«

›Max Textor‹, dachte Theo. ›Also doch! Was finden die Weiber bloß alle an dir?‹ Mit zunehmendem Alkoholpegel ließ seine sprachliche Kultiviertheit zumindest in seinen Gedanken nach.

»Im Grunde war es ein Glück. Hätte ich mir Max angeln können, wär' ich in einem bürgerlichen Leben versackt.«

»Aber er war doch verheiratet.«

»Das war mir egal.«

»Hattest du was … ich meine, hattest du auch was mit ihm? Oder war das nur so …« Er rülpste diskret. »Eine Schwärmerei.«

»Schwärmerei? Von wegen. Der hat nix anbrennen lassen, der gute Max.«

»Unzucht mit Schutzbefohlenen«, nuschelte Theo. »So ein Scheißkerl.«

»Aber bevor die Sache wirklich brenzlig wurde, hat er sich immer zurückgezogen und mit der Nächsten angebändelt.«

»Auch bei Marlene?«

Sie überlegte. »Das habe ich damals tatsächlich vermutet. Sie hat zumindest plötzlich sehr bedrückt gewirkt. Und ich hatte den Eindruck, er geht ihr aus dem Weg. Die Anzeichen kannte ich – aus eigner Erfahrung.«

»Scheißkerl«, nuschelte Theo nochmals, der selbst einige Frauenherzen auf dem Gewissen hatte.

»Andererseits hat sie sich nicht so leicht abwimmeln lassen wie ich. Ich hab ein paarmal gesehen, wie sie versucht hat, ihn abzufangen.«

»Du meinst, sie war eine Art Stalkerin?«

Elli lachte. »Das Wort gab's damals noch nicht.« Dann legte sie ihm die Hand auf die Schulter. »Ich glaube, du fährst jetzt mal besser nach Hause.«

Er schloss müde die Augen.

»Kläuschen, wir brauchen ein Taxi«, hörte er Elli wie durch Watte sagen.

Als Theo nach draußen wankte, schienen ihm die Lampen, die von der Decke baumelten, plötzlich senkrecht zu hängen.

DER ACHTE TAG

In einem Drohbrief haben Unbekannte Anschläge auf mehrere Deiche angekündigt. Die »Antifa-Flut-Brigaden« drohen damit, fünf Deichabschnitte zu beschädigen, »um bundesweit Menschen zu schaden«.

Am nächsten Morgen erwachte er erst, als jemand ihm die Bettdecke wegzog. Er hob den Kopf und ließ ihn stöhnend wieder auf sein Kissen fallen. »Verschwinde, May. Ich bin krank. Ich sterbe.«

Sie schnüffelte. »Von wegen. Du hast bloß einen Riesenkater.«

»Sag ich doch. Ich sterbe.«

»Da musst du dich hinten anstellen. Erst musst du noch die Beerdigung von Herbert Leppin begleiten. In einer Stunde geht das los.«

Er stöhnte erneut.

»Wer säuft, kann auch arbeiten.«

»Sklaventreiberin.«

Nach einer eiskalten Dusche, zwei Aspirin und einem halben Liter Kaffee fühlte er sich einigermaßen in der Lage, den Tag in Angriff zu nehmen. Sein Reetdachhaus mit dem benachbarten Bestattungsinstitut lag nur zwei Gehminuten vom Haupteingang des Friedhofs Finkenriek entfernt, sodass ihm noch genügend Zeit blieb, Blumenschmuck und Kerzen in der Friedhofskapelle zu arrangieren. Um den Transport des Sarges hatte sich bereits sein Gehilfe Kurti gekümmert, ein Sportstudent, der sich im Bestattungsinstitut das BAföG aufbesserte – und sich längst unentbehrlich gemacht hatte.

Der Tag zog sich in die Länge. Theo war froh, dass die Trauerrede der evangelische Pfarrer der Kreuzkirche übernahm – immer mehr Menschen waren aus der Kirche ausgetreten, sodass die Aufgabe, ein paar Worte zum Abschied zu finden, immer häufiger dem Bestatter zufiel.

Erst am Nachmittag, als Herbert Leppin 1,80 Meter tief unter der Wilhelmsburger Erde ruhte und Theo die Rechnung für die Bestatterleistung über 1230,– Euro (mittleres Preisniveau, ohne Friedhofgebühren) geschrieben hatte, war der Kater so weit verblasst, dass er genügend Elan verspürte, seine Recherchen in Sachen Marlene voranzutreiben.

In der Onlinedatenbank des Hamburger Telefonbuchs fand er nur vier Personen mit dem Namen Textor – einen Elektroinstallateur mit dem Vornamen Peter, einen Uwe Textor in Hamburg Horn, einen gewissen Mario Textor und eine Dr. Constanzia Textor in Harvestehude. Einen Max Textor fand er nicht. Natürlich konnte er längst gestorben sein. Oder er war schon vor Jahrzehnten umgezogen. Oder er lebte in einem Altenheim. Theo seufzte. Zwar hatte jeder Bürger die Möglichkeit, beim Einwohnermeldeamt nach verzogenen Personen zu forschen, doch dafür brauchte man das genaue Geburtsdatum des Gesuchten – oder die Anschrift, unter der dieser zuletzt gemeldet gewesen war. Beides war Theo unbekannt.

Er überlegte kurz. Trotz des hohen Alkoholpegels am Vorabend erinnerte er sich, dass er und Elli Telefonnummern ausgetauscht hatten. Sie hatte seine Visitenkarte vom Bestattungsinstitut eingesteckt. Im Gegenzug hatte sie ihm ihre Nummer auf ihrem Kellnerblock notiert und die Seite herausgerissen. Bloß wo zum Teufel hatte er die hingesteckt?

Er fand sie schließlich in der Tasche der Jeans, die er am Vortag getragen hatte.

Elli nahm sofort ab.

»Na, biste wieder auf dem Posten?«, fragte sie fröhlich mit einem Anflug von Schadenfreude.

»So halbwegs.«

»Nichts mehr gewöhnt, die jungen Leute. Das kommt davon, wenn alle nur noch Mineralwasser schlürfen. Ich halt' ja nichts von diesem Gesundheitswahn. Da ist man doch am Ende auch tot und hat sein Leben nicht gelebt.«

Theo lachte. »Hör mal, ich bin auf der Suche nach Max Textor. Im Telefonbuch stehen aber nur ein Peter, ein Mario, ein Uwe und eine Constanzia. Klingelt da irgendwas bei dir?«

»Probier's mal mit Constanzia. Max Textor war mit einer Italienerin verheiratet. Vielleicht ist sie es ja. Oder eine Tochter.«

Theo stand vor dem Haus in der Harvestehuder Oberstraße. Anders als die Nachbarhäuser, die frisch gestrichen wirkten, sah es ein wenig heruntergekommen aus. Der Putz hatte sich an einigen Stellen von der Fassade gelöst, zwischen den Pflastersteinen wuchsen Gräser, und die Heckenrosen im Vorgarten hatten sich in einen wuchernden Dornröschendschungel verwandelt.

Die schmiedeeiserne Pforte quietschte ein wenig, als Theo sie öffnete und hindurchging. Auf dem Messingschild an der Haustür stand in schnörkeligen Buchstaben »Dr. Constanzia Textor«. Er klingelte und lauschte. Als sich die Tür öffnete, erschrak er. Er hatte niemanden kommen hören. Dabei war der Mann, der vor ihm aufragte, sicher kein Fliegengewicht. Er war groß, sehr groß, und breitschultrig. Obwohl Theo ihn auf Ende fünfzig schätzte, waren die Muskeln an seinen Armen immer noch ausgeprägt. Unter seinem schwarzen Hemd wölbte sich ein beachtlicher Bauch. Sein Schädel war mit kurz geschorenen, rötlichen Haaren bedeckt, die sich, wären sie länger gewesen, wohl gelockt hätten. Wäre der Ausdruck in seinen eher hellen Augen nicht so freundlich gewesen, hätte er einschüchternd gewirkt.

»Ja bitte?«, fragte er. Seine Stimme war hoch für einen Mann und passte nicht zu dem kräftigen Körper. Theo bemerkte, dass er ein blau kariertes Küchentuch über die Schulter geworfen hatte. Offenbar war er gerade beim Abwasch. Seine Erscheinung passte so wenig in das noble, wenn auch leicht verwitterte Ambiente, dass Theo ihn unwillkürlich für einen Hausangestellten hielt.

»Matthies mein Name. Ich bin auf der Suche nach Max Textor.«

Der Riese blinzelte. Seine Augen waren von rotblonden Wimpern umkränzt.

»Da kommen Sie wohl besser mal rein.«

Er geleitete ihn durch eine holzvertäfelte Diele in die

Küche, die mit alten schwarz-weißen Fliesen ausgelegt war. An den Wänden befanden sich noch die ursprünglichen, schlichten elfenbeinfarbenen Kacheln, in denen das Alter eine feine Gravur von Sprüngen und Linien hinterlassen hatte. Auch die Abnutzungsspuren an den hölzernen Küchenmöbeln wirkten authentisch und nicht wie der künstliche »Shabby Chic«, der derzeit angesagt war.

»Nehmen Sie doch Platz.« Der Riese pflückte das Geschirrtuch von seiner Schulter und hängte es sorgfältig über den Griff des Backofens. In seinen Händen wirkte es nicht größer als ein Taschentuch. Mit präzisen Bewegungen schenkte er zwei Gläser voll Wasser aus einem Tonkrug. Eines davon stellte er vor Theo auf den Tisch. Irgendwo im Haus tickte eine Uhr. Theo stellte sich eine Standuhr aus dunklem Holz mit schwingendem Messingpendel vor. Durch die geöffnete Tür konnte er in den Garten schauen. Auch dieser wirkte auf sympathische Weise sich selbst überlassen. Der Baum, der in der Mitte des Rasens stand, war offenbar noch derselbe, den Theo von dem Foto kannte.

Schließlich brach er die friedliche Stille: »Entschuldigen Sie, dass ich hier einfach so unangemeldet auftauche, aber die Angelegenheit ist ein bisschen zu kompliziert, um sie am Telefon zu erklären.«

Der Riese sah Theo aufmerksam an. »Sie machen mich neugierig.«

»Max Textor. Können Sie mir sagen, wo ich ihn finde? Ist er überhaupt noch am Leben?«

»O natürlich, der alte Herr ist putzmunter. Aber er wohnt schon lange nicht mehr hier.«

»Ich würde ihn gern treffen.«

»Vielleicht erzählen Sie mir erst einmal, warum.«

Und Theo berichtete. Und während er erzählte, schlug

die Uhr tief im Innern des Hauses erst die halbe und dann die volle Stunde. Von dem Verdacht, dass Marlene und Max eine Affäre gehabt hatten, erzählte er nichts.

Der Riese hatte seinem Bericht schweigend gelauscht.

»Was ich nicht verstehe, ist, warum Sie glauben, dass Max Ihnen weiterhelfen kann. Ich meine, sie war seine Studentin. Was könnte er über die Hintergründe ihres Todes wissen?«

Theo zog die Kopie der Fotografie hervor. »Sehen Sie, diese Aufnahme ist im Sommer 1961 in diesem Garten entstanden. Das ist Max Textor im Kreise seiner Studenten. Links neben ihm steht Marlene, meine Tante. Und soweit ich es verstanden habe, hatten sie ein besonderes … Vertrauensverhältnis.«

Der Riese nahm das Bild und betrachtete es. »Ich verstehe«, sagte er dann. »Ich fürchte nur, er wird Ihnen nicht weiterhelfen können.« Ohne den Blick davon abzuwenden, legte er die Fotografie behutsam auf dem bleich gescheuerten Küchentisch ab. »Max lebt schon, seit ich mich erinnern kann, in seiner ganz eigenen Welt.«

»Und seit wann kennen Sie ihn schon?«

Der Riese lächelte. »Schon immer. Max Textor ist mein Vater.«

Damals

Marlene betrat erleichtert die kleine Bibliothek des kunsthistorischen Instituts. Es war ein heißer Tag, und in den Räumen war es wenigstens ein paar Grad kühler, wie sie dankbar bemerkte. Über die Semesterferien schrieb sie an einer Hausarbeit über Botticelli. Sie hatte sich das Thema ausgesucht, weil Max Textor die Italiener liebte. Als sie ihn leibhaftig am anderen Ende des Raumes vor einem kunstgeschichtlichen Wälzer sitzen sah, blieb sie abrupt stehen.

Seit dem Abend bei ihm daheim hatte sie ihn nicht mehr gesehen. Das war nun rund sechs Wochen her. Seine Haare waren etwas länger als gewohnt und heller, seine Haut hatte einen tiefen Bronzeton angenommen. Er hatte das Jackett über die Stuhllehne gehängt und die Ärmel seines weißen Hemdes hochgekrempelt. Unterhalb seiner Brust hatte sich ein Hemdknopf geöffnet, sodass der Stoff an dieser Stelle ein wenig aufklaffte. Wegen der Hitze hatte er auf ein Unterhemd verzichtet. Sein flacher, gebräunter Bauch war dicht mit blonden Haaren bedeckt. Sie sahen sehr weich aus. Marlene ertappte sich bei dem Wunsch, ihre Hand unter sein Hemd zu schieben, ihn zu berühren. Sie war 22 Jahre alt und hatte noch nie mit einem Mann geschlafen. Obwohl Henno sie zunehmend bedrängte, war sie dem Akt bisher immer ausgewichen. Sicher, sie liebte Henno und genoss es auch durchaus, wenn er seine Hand zwischen ihre Beine schob und sie zum Höhepunkt brachte. Aber der

Gedanke an die Penetration hatte ihr immer Angst gemacht. Doch in diesem Moment sehnte sie sich plötzlich mit einer Heftigkeit danach, die sie schwindlig machte.

Er blickte von seinem Buch auf und sah zu ihr hinüber. Keiner von ihnen sagte ein Wort. Außer ihnen war jetzt, mitten in den Semesterferien, niemand in den lichtdurchfluteten Räumen. Draußen fuhr ein Krankenwagen mit heulender Sirene vorbei. Im Sonnenlicht tanzten die Staubkörner. Marlene war überzeugt, dass er genau wusste, was in ihr vorging. Ohne sie aus den Augen zu lassen, schloss er langsam das Buch. Dann stand er auf und ging zu ihr hinüber. »Marlene«, sagte er. Er strich ihr mit beiden Händen das Haar aus der Stirn, umfasste ihr Gesicht mit beiden Händen und küsste sie.

Acht Monate war das inzwischen her. Bei der Erinnerung an diesen ersten Kuss berührte sie mit den Fingerspitzen ihre Lippen. Sie fühlten sich eiskalt an. »Er liebt mich«, flüsterte sie trotzig in den leeren Raum der Schrebergartenhütte hinein.

Den Sommer über und in den immer kühler werdenden Herbst hinein hatten sie sich mehrmals in der Woche getroffen. Sie liebten sich meist in seinem Büro an der Universität, manchmal auch in einem der vielen Räume hinter den Kulissen der Kunsthalle, wo jene Bilder lagerten, die keinen Platz an den Wänden der Ausstellungsräume fanden. Und auch ein paarmal in dem Schrebergartenhäuschen, das »Onkel Kurt« gehörte, einem älteren Herrn, den Marlene seit ihrer Kindheit kannte und dem sie immer gern bei der Gartenarbeit geholfen hatte. Dort gab es eine schmale Pritsche, auf der er gerne ein Nickerchen gemacht hatte. Obwohl sein Geist inzwischen im Schatten der Demenz erloschen war, kümmerte sich Marlene noch immer um den kleinen Garten.

Lange lagen sie auf der Pritsche aneinandergeschmiegt da, oft schweigend, manchmal aber auch einander leise voneinander erzählend. Über eine gemeinsame Zukunft sprachen sie nie.

Die Schachtel war schmal und weiß mit einem transparenten Fenster. Hanna nahm sich viel Zeit, um die Gebrauchsanweisung durchzulesen. Im Wesentlichen lautete sie: »Draufpinkeln, drei Minuten warten, Ergebnis ablesen«. Zwei violette Striche bedeuteten »Sie sind schwanger«, ein Strich »Alles beim Alten«.

Hanna atmete tief durch, setzte sich auf die Brille der Toilette und hielt das Teststäbchen einige Sekunden in den Strahl. Dann legte sie es vorsichtig in das Waschbecken mit dem Sprung.

Sie spülte, blieb aber auf der Toilette sitzen und betrachtete ihre Hände. Wie alles an ihr waren sie eher rundlich mit kurzen Nägeln. Kein Nagellack. Keine Ringe. Sie drehte die Handflächen nach oben und betrachtete die Linien. Ihr fiel ein, dass ihr vor Jahren eine Handleserin beruflichen Erfolg und eine große Liebe prophezeit hatte. Ersteres hatte sich bewahrheitet, beim Zweiten war sie sich nicht sicher. Von Familie hatte die Wahrsagerin nichts gesagt.

Sie schaute auf die Uhr. Obwohl die Zeit längst verstrichen war, blieb sie noch einen Moment sitzen. Durch das schmale, geöffnete Fenster hörte sie die Vögel im Hof zwitschern. Schließlich zog sie sorgfältig ihren Slip hoch. Dann fischte sie das Teststäbchen aus dem Waschbecken, um das Urteil entgegenzunehmen.

»Verdammt«, sagte sie.

Kurz darauf stand sie ein Stockwerk höher bei ihrer Nachbarin und Freundin Carola vor der Tür.

Geöffnet wurde sie von Leni, Carolas sechsjähriger Tochter. Auf ihrer winzigen, stets verstopften Nase saß eine ovale Nickelbrille. Sie trug weite Jeansshorts und ein ausgewaschenes Jungen-T-Shirt. Hanna wusste, dass Leni ihre Lieblingsklamotten vom Sohn einer befreundeten Familie geerbt hatte. Er war zwei Jahre älter, und Leni fand ihn einfach toll. Rüschen, Rosa und Blümchenmuster hingegen waren »blöd«. Sämtliche Mädchensachen hatte sie aus ihrem Kleiderschrank verbannt.

»Mama ist auf dem Balkon«, sagte sie anstatt einer Begrüßung. Dann drehte sie sich auf dem Absatz ihrer winzigen Chucks um und stürmte in ihr Zimmer.

Carola, die die Klingel ebenfalls gehört hatte, kam auf den Flur. Sie warf einen Blick auf Hanna. »Kaffee oder Schnaps?«, frage sie.

Hanna zögerte. »Kaffee«, sagte sie dann.

»Ist doch super.« Carola griff zu ihrer Zigarettenpackung, ließ sie dann aber doch liegen.

»Rauch ruhig eine«, sagte Hanna. »Das Kind hat schon so viel Nikotin abgekriegt, da kommt's nun auch nicht mehr drauf an.«

Carola schüttelte abwehrend den Kopf. »Lass mal.«

»Was mach' ich jetzt bloß?«

Carola beugte sich vor und griff nach einer von Hannas Händen, die diese flach vor sich auf die Tischplatte gelegt hatte. »Was war denn dein allererster Impuls, als du das Testergebnis gesehen hast?«

»Ich hab' ›verdammt‹ gedacht. Aber so richtig fühlen tue ich eigentlich nichts.«

»Warte mal.« Carola stand auf und ging hinaus. Kurz darauf kam sie mit zwei Bögen Papier zurück. Auf das eine malte sie »pro«, auf das andere »contra«.

Eine Viertelstunde später war die Contra-Liste deutlich länger. Sie reichte von »Wie soll ich mich als freie Journalistin mit einem Kind durchwurschteln?« über »Ich kann mit Babys nichts anfangen« und »Ich brauche viel Zeit für mich« bis hin zu »Und was, wenn es mit Theo nicht klappt?«.

Auf der Pro-Seite standen: »Eine Erfahrung, die man im Leben nicht verpassen sollte«, »Könnte sehr schön sein« und »Vermutlich letzte Chance, ein Kind zu kriegen«. Hanna war Anfang vierzig – fünf Jahre älter als Theo.

»Und jetzt bewertest du spontan auf einer Skala von eins bis zehn, wie wichtig dir jedes Argument ist.«

Hanna verteilte Punkte, Carola rechnete.

»Verdammt«, sagte sie.

»Verdammt was?«

»Verdammt: Gleichstand.«

Theo versuchte zum x-ten Mal, Hanna auf ihrem Mobiltelefon zu erreichen. Dabei lenkte er verkehrsregelwidrig, aber souverän seinen alten Citroën mit der linken Hand, während er mit der rechten das Smartphone ans Ohr presste. Doch wieder erreichte er nur die Mailbox. Dabei hätte er ihr zu gerne von dem Besuch im Hause Textor berichtet. Kurz entschlossen verließ er die Schnellstraße nach den Elbbrücken in Richtung Veddel und steuerte den Wagen in den Vogelhüttendeich. Hier hatte sein Kumpel Lars eine ehemalige Autowerkstatt angemietet, in der er aus den seltsamen Dingen, auf die er als Entrümplungsunternehmer stieß, verblüffende Kunstwerke bastelte.

Theo war fest davon überzeugt, dass Lars über kurz oder lang entdeckt werden würde und horrende Preise für seine künstlerischen Objekte verlangen könnte. Schon jetzt verkauften sie sich überaus gut.

Als er aus dem Wagen stieg, sprang Paul, der Mops, von einem bordeauxroten Plüschsofa herunter, dem ein Bein fehlte, und watschelte ihm entgegen. Er wollte die ihm zustehenden Streicheleinheiten kassieren.

Aus der Werkstatt drang das Dröhnen einer Schleifmaschine. Theo lehnte sich an den Türrahmen und sah Lars bei seiner konzentrierten Arbeit zu. Er war offenbar damit beschäftigt, eine kackbraun gestrichene Kommode von diversen Farbschichten zu befreien. Mit Schutzbrille und Mundschutz sah er aus wie ein Seuchenbeauftragter während einer Vogelgrippeepidemie.

Ohne den Kopf zu drehen, sagte Lars nach einer Minute: »Momentchen, Alter, ich hab's gleich.« Lars war ein Phänomen. Auch ohne hinzuschauen wusste er stets, welcher seiner Freunde den Raum betrat. Kurz darauf legte er den Schwingschleifer beiseite. Er erhob sich, schob die Schutzbrille auf die Stirn und klopfte sich den Farbstaub von den Beinen.

»Na, Lust auf 'ne Runde beim ›Anleger‹?«

»Aber immer.«

Der Biergarten mit Bootsverleih »Zum Anleger« war inzwischen eine Wilhelmsburger Institution. Der würfelförmige weiße Bungalow lag direkt am Ernst-August-Kanal. Theo erinnerte sich noch gut an die Zeit, als er im selben Gebäude in der Disco »Number One« abgerockt hatte. Jetzt standen im Garten zahlreiche Sonnenschirme in freundlichem Gelb, unter denen es sich trefflich am Wasser aushalten ließ. Der Laden der kosovarischen Familie Dreshaj – Vater Qazim, Mutter Ljiljana und die bildhübschen Töchter Suzana und Sofija – brummte: Obwohl es mitten in der Woche war, saßen unter fast jedem der Schirmchen händchenhaltende Paare, Familien, Grüppchen von Teenagern und eine Runde Skatbrüder, die sicher nicht das erste Bier intus hatte. Lars besorgte sich einen Teller mit Cevapcici und Pommes, Theo entschied sich für eine klassische Thüringer mit Extrasenf. Sie ergatterten den letzten freien Platz direkt am Wasser. Während Theo berichtete und seine Wurst fast unberührt blieb, verzehrte Lars schweigend und mit großem Appetit sein Grillgut.

»Max Textor ist also seit den 60er-Jahren in einem psychiatrischen Wohnheim, sagst du.« Lars betrachtete seinen letzten Pommes und schob ihn in den Mund. Paul, der vor ihm am Boden hockte und jeden Bissen aufmerksam verfolgt hatte, schnaufte vorwurfsvoll. Dann heftete er seinen Blick auf Theo. »He, Alter, betteln gehört sich nicht«, wies Lars ihn zurecht. Paul seufzte und ließ sich beleidigt auf den Boden plumpsen. Hinter ihm auf der Wiese tollten ein paar Hunde. Paul hatte kein Interesse mitzuspielen. Nicht, solange noch eine halbe Wurst auf Theos Teller lag.

»Kann das Zufall sein? Marlene wird ermordet, und kurz darauf landet ihr Professor, der ihr Geliebter gewesen sein soll, für den Rest seines Lebens in der Psychiatrie?«

Theo nickte. »Daran habe ich auch schon gedacht. Er könnte natürlich einfach nur wegen ihres Todes einen psychischen Zusammenbruch gehabt haben. Er könnte sie aber auch getötet haben. Die Frage ist nur, warum sollte er sie überhaupt umgebracht haben?«

»Vielleicht hat sie ihn unter Druck gesetzt. Eine Affäre, zumal mit einer Studentin, das konnte einem damals sicher die Karriere ruinieren. Alter, das war Anfang der 60er! Die sexuelle Revolution kam erst ein paar Jahre später.«

»Ich muss unbedingt mit Constanzia reden.«

»Wer ist das?«

»Seine Frau. Ich habe ja bisher nur mit dem Sohn gesprochen. Leider war sie vorhin nicht zu Hause. Offenbar ist sie noch recht umtriebig.«

»Dann scheint sie ja zumindest geistig noch auf der Höhe zu sein. Wie alt ist sie überhaupt?«

»91 hat der Sohn gesagt. Ein paar Jahre älter als ihr Mann.«

»Na, dann mach ihr mal deine Aufwartung, bevor es zu spät ist.«

Eine Barkasse legte am Steg neben dem Biergarten an, der erst seit ein paar Jahren wieder von den Hamburger Fährbetrieben angelaufen wurde. Das Boot brachte das Wasser im Kanal in Bewegung, das nun heftig gegen die Uferkante schwappte. Die Kanus und Tretboote, die die Dreshajs vermieteten, tanzten auf dem Wasser.

Lars grinste ihn an. »Lust auf eine Runde Tretbootfahren?«

Theo lachte. »Warum nicht? Aber eins sag ich dir: Ich setz mich in keinen von den Schwänen.«

Damals

Am 1. November, ihrem 23. Geburtstag, trennte sich Marlene von Henno. Er hatte sie in ein kleines, für seine Verhältnisse exquisites Fischrestaurant eingeladen. Die Rechnung würde ein tiefes Loch in seine Geldbörse reißen. Zur Feier des Tages trug er, statt des üblichen T-Shirts und Lederjacke, Hemd, Sakko und Krawatte. Das sonst so widerspenstige Haar hatte er ausnahmsweise sauber mit »Brisk«-Frisiercreme gebändigt. Er wirkte ungewohnt unsicher.

Die letzten Wochen waren nicht besonders gut verlaufen. Er hatte erst mit wachsendem Missmut, dann mit zunehmender Sorge registriert, dass Marlene kaum noch Zeit für ihn hatte. War bislang er derjenige gewesen, der den Ton in ihrer Beziehung angegeben hatte, lief er nun ihr hinterher. Er hatte sich zu einem weitreichenden Entschluss durchgerungen. Mit gerunzelter Stirn studierte er die Weinkarte. Sie sagte ihm nichts. Normalerweise trank er nur Bier. »Wir sollten einen Weißen nehmen«, sagte er mit gespielter Selbstsicherheit. Dass man zu Fisch keinen Rotwein trank, so viel wusste sogar er.

»Hübsch hier«, sagte Marlene und lächelte verkrampft. Sie wünschte sich weit weg von den bittenden Augen. Früher hatten sie unbefangen miteinander geplaudert und herumgealbert, eine Kommunikation in Anspielungen und Kürzeln, die auf vielen gemeinsamen Jahren beruhte.

Doch an diesem Abend verlief ihr Gespräch so zäh wie

schon in den Wochen zuvor. Marlene bestellte eine Scholle »Finkenwerder Art« mit ausgelassenen Speckstücken und Nordseekrabben. Hendrik hatte eine andere Hamburger Spezialität gewählt, Pannfisch – gebratene Fischstücke mit Bratkartoffeln. Der Wein schmeckte sauer und war zu warm. Trotzdem trank er zwei Gläser in rascher Folge. Er merkte, wie ihm der Alkohol zu Kopf stieg. Marlene hatte das Kinn in die Hand gestützt und den Blick weg von ihm auf den Fluss gerichtet.

Er nestelte die kleine Schachtel aus der Tasche des Sakkos. Dann langte er über den Tisch, griff nach ihrer Hand und zwang sie so, ihn anzusehen. Sie lächelte ihn mühsam an. »Entschuldige«, sagte sie, »ich bin heute irgendwie ein bisschen müde.«

»Marlene«, sagte er und merkte, dass seine Stimme belegt klang. »Was hältst du davon, wenn wir …« Etwas ungeschickt ließ er das Schmuckkästchen aus verblasstem rotem Samt aufspringen, in dem der Verlobungsring seiner Großmutter steckte. »… wenn wir heiraten würden?«

Marlenes Lächeln lag wie eingemeißelt auf ihren Lippen. Einen Moment sah sie ihm in die Augen. Dann entzog sie ihm mit einem Ruck ihre Hand.

»Ich kann nicht, Henno«, flüsterte sie. »Es tut mir leid.« Sie sprang auf und eilte aus dem Restaurant. Henno starrte ungläubig auf den Stuhl, auf dem sie vor Sekunden noch gesessen hatte. Er hatte das Gefühl, dass die anderen Gäste ihn anstarrten. Als die Bedienung kam, bat er mit tonloser Stimme um die Rechnung und verließ das Lokal so schnell er konnte.

Von da an begann er, ihr nachzuspionieren.

Als Theo gegen halb zehn nach Hause kam, versuchte er erneut, Hanna anzurufen. Wieder war nur die Mailbox dran. Er schwankte zwischen keimendem Groll und vager Besorgtheit. Warum zum Kuckuck rief sie nicht zurück? Normalerweise tauchte sie nur so ab, wenn sie an einer Story dran war. Aber davon war nicht die Rede gewesen. Er ließ sich auf das Sofa sinken und griff nach der Fernbedienung. In den Nachrichten zeigten sie wieder Bilder überfluteter Landschaften. Ein Deichbruch bei Fischbeck sollte geflickt werden, indem man gezielt zwei alte Lastkähne in der Lücke versenkte. »In welchem Maße für Hamburg Gefahr droht, darüber sind sich die Experten noch uneins«, sagte ein Reporter.

Theo schaltete den Fernseher ab. Solche Nachrichten waren nicht dazu geeignet, sein ohnehin angespanntes Nervenkostüm zu beruhigen. Er blätterte lustlos in ein paar Zeitschriften. Dann erhob er sich, ging zum Kühlschrank, warf einen Blick hinein und schloss ihn wieder. Schließlich zog er sein Mobiltelefon noch einmal hervor. Diesmal rief er nicht Hanna an, sondern seine Tante Inge. Er wusste, dass sie nie vor Mitternacht ins Bett ging.

»Augenblick«, sagte Inge statt einer Begrüßung. Dann hörte Theo sie im Hintergrund rumoren.

»Was treibst du denn da?«, fragte er, als sie endlich wieder am Apparat war.

»Ich hab' mir nur schnell einen Wein aufgemacht. Hab' mir gedacht, das könnte ein längeres Telefonat werden. Moment, ich nehm' dich nur rasch mit nach draußen.«

Sie öffnete die Tür und trat auf den Balkon. Inzwischen verdunkelte sich der Frühsommerhimmel zunehmend. »L'heure bleue« – die Blaue Stunde – war ihr die liebste Zeit des Tages. Sie setzte sich auf einen Stuhl und nahm einen Schluck. Im Hintergrund rauschte die Autobahn. Sie fand das Geräusch entspannend.

»Schieß los.«

Theo berichtete vom Stand der Ermittlungen. »Kannst du dir vorstellen, dass Marlene ihren Liebhaber unter Druck gesetzt hat?«

Inge zögerte. »Ehrlich gesagt, glaube ich das eher nicht. Die Marlene, die hatte ihren Stolz. Andererseits …« Sie dachte an eine schmerzliche Erfahrung, die sie selbst vor vielen Jahren gemacht hatte. »Andererseits macht man, wenn man wirklich verliebt ist, Dinge, die man sonst nie tun würde – im Guten wie im Bösen.«

»Da hast du wohl recht.«

Sie schwiegen beide einen Moment.

»Ich wollte dich übrigens auch schon anrufen. Die Sache mit Marlene, die treibt mich nämlich ganz schön um. Je länger ich mich mit der Zeit ihres Verschwindens befasse, desto mehr fällt mir ein.«

»Erzähl.«

Damals

Inge Matthies war extrem schlecht gelaunt. Nicht nur, dass sie statt der üblichen Eins eine Drei für ihren letzten Schulaufsatz kassiert hatte, sie hatte sich auch noch mit ihrer besten Freundin Antje gestritten. Seit die mit Jan aus der Neunten ging, hatte sie für Inge plötzlich keine Zeit mehr. Und alles nur, weil Antje schon ein bisschen Busen hatte! Dabei war Jan doch nun wirklich kein besonders toller Typ, und die Tatsache, dass er zwei Klassen über ihnen war, machte seine Pickel nicht wett. In Inge rumorte eine Mischung aus Wut und Kummer. Und dass sie bei dem ungemütlichen Wetter den langen Weg nach Hause zu Fuß gehen musste, ließ ihre Laune noch weiter sinken.

»Hallo, Inge«, sagte eine Stimme.

Sie blickte auf und sah Henno, Marlenes Freund, breitbeinig auf seinem Mofa sitzen. Er stützte sich mit übereinandergeschlagenen Unterarmen entspannt auf dem Lenker ab. Ein paar Haarsträhnen fielen ihm in die Stirn.

Inge blieb abrupt stehen. »Hallo, Henno.« Sie griff nach einem ihrer Zöpfe und verfluchte sich, dass sie sich am Morgen nicht wenigstens für einen Pferdeschwanz entschieden hatte.

»Wo ist denn dein Fahrrad?«

»Das? Och, das hat einen Platten.« Hingerissen betrachtete sie sein Gesicht. Henno, ja, der sah gut aus. Kein Vergleich zu diesem pickeligen Jan!

»Ich könnte dich schnell rumfahren, wenn du möchtest.«

Sie starrte ihn an. »Was, mich?«

Er lachte nur. »Warum denn nicht?«

»Ja dann … gerne.«

Er klopfte hinter sich auf den Sattel. »Na dann mal los, junge Dame.«

Zitternd vor Aufregung, aber um Lässigkeit bemüht, ließ sie sich so elegant wie möglich hinter ihm nieder.

»Festhalten«, sagte er und startete den Motor. Sie legte die Hände um seine Taille. Er roch nach Leder und Rasierwasser. Inge fand den Duft betörend. In dem Moment kam Antje aus dem Schulgebäude. Sie starrte Inge mit offenem Mund an. Es war ein Moment höchsten Triumphes.

Theo lachte. »Das kann ich mir lebhaft vorstellen.«

»Es war einfach großartig. Aber natürlich hat er das nicht aus Nettigkeit gemacht. Er wollte mich aushorchen. Über Marlene.« Sie trank den letzten Schluck Wein. »Von da an hat er mich regelmäßig abgepasst. Hat mir erzählt, dass Marlene und er gestritten hätten und er sie zurückerobern möchte. Ob ich ihm nicht dabei helfen könne. Du musst verstehen, ich fand ihn einfach toll. Und dass er ausgerechnet mich um Hilfe gebeten hat, das hat mir unglaublich geschmeichelt. Für den Kerl hätte ich wirklich alles getan.« Sie lachte. Dann wurde sie ernst. »Ich hab' gar nicht so richtig mitgekriegt, dass er es immer weiter getrieben hat. Irgendwann hab' ich meine Schwester regelrecht ausspioniert. Ich hatte nicht mal ein schlechtes Gewissen. Ich dachte ja, das ist alles für einen guten Zweck. Der Gedanke, dass sie Henno vielleicht wirklich einfach nicht mehr haben wollte, der ist mir gar nicht gekommen.«

»Das heißt, zwischen ihr und Henno war tatsächlich Schluss, aber er hat das nicht akzeptiert.«

»Das kann man wohl sagen. Verrückt, dass ich daran jahrelang nicht mehr gedacht habe. Nach Marlenes Verschwinden und dieser albtraumhaften Sturmnacht war irgendwie alles anders.«

Ein Windstoß ließ sie frösteln. Sie erhob sich, griff nach dem leeren Glas und ging zurück in ihre Wohnung.

»Könnte er denn mitbekommen haben, dass Marlene an dem Abend noch mal raus ist?«, fragte Theo.

Den Hörer unters Kinn geklemmt sagte sie: »Das kann schon sein. Er hat ja versucht, sie immer im Auge zu behalten. Das war kein Problem: Er hat ja quasi gegenüber gewohnt. Dauernd hing er am Fenster oder vor dem Haus herum.«

»Wie praktisch.«

»Sogar ein Fernglas hat er sich gekauft.«

»Er hätte ihr also ganz einfach folgen können.«

»Zweifellos.«

»Das Ganze klingt schon ziemlich krank.«

»Ich weiß. Aber damals war das für mich wie ein spannendes Agentenspiel. Und ich war so glücklich, dass mich mal jemand ernst nahm. Vor allem einer wie Henno.«

Nachdenklich beendete Theo das Gespräch. Henno wurde ihm langsam etwas unheimlich.

Er beschloss, ihn am nächsten Tag wieder aufzusuchen.

DER NEUNTE TAG

Die Lage in den Flutgebieten an der Elbe bleibt gefährlich. Im Landkreis Stendal brach ein Deich. Er sei zunächst auf einer Länge von zehn Metern eingerissen. Durch die Kraft der Wassermassen habe sich der Durchbruch auf »massive 50 Meter« erweitert, sagt ein Sprecher.

Das Schwarz-Weiß-Foto mit dem geriffelten weißen Rand war vielleicht gerade mal neun mal fünf Zentimeter groß. Ein junges Paar saß im Gras. Der Mann trug einen Anzug und ein weißes Hemd, aber keinen Schlips. Er hatte die Beine lang in Richtung Kamera ausgestreckt und stützte sich hinten mit den Armen ab. Er blickte herausfordernd in die Kamera. Die junge Frau in Ringelshirt und Caprihosen hatte die Knie sittsam angewinkelt und schmiegte sich an ihren Liebsten. Ihr blondes, halblanges Haar wurde von einem weißen Haarband zurückgehalten. Ihr Kopf ruhte an seiner Brust, eine Hand lag auf seinem Bauch. Sie lächelte versonnen. Das Lächeln von Marlene – er war es nie mehr losgeworden. Henno legte das Bild auf das Tischchen neben seinem Sessel, auf dem sich die letzten Ausgaben der »Hamburger Morgenpost« stapelten. Es war das einzige Bild von Marlene, das er noch besaß. Alle anderen hatte er nach ihrem Verschwinden im Ofen verbrannt. Er hatte es zwischen die

Seiten seiner Bibel gesteckt, die er zur Konfirmation von seiner Patentante bekommen hatte. Darin gelesen hatte er nie. Auch das Bild hatte er jahrzehntelang nicht angerührt. Er hatte es erst nach dem Anruf dieses Mannes hervorgeholt, der behauptete, Marlenes Neffe zu sein. Aber das Bewusstsein, dass es dort war, war in seinem Hinterkopf immer präsent gewesen, ein feiner, bohrender Schmerz, den er ignorieren konnte, der aber nie ganz verschwand.

Er erinnerte sich noch gut an den Tag, an dem es entstanden war. Christi Himmelfahrt 1960 war das gewesen, ein sonniger Tag Ende Mai. Sie hatten nach dem Kirchgang mit Freunden eine Fahrradtour ins Alte Land unternommen. Die Obstbäume, für die der Landstrich südlich der Elbe bekannt war, hatten in voller Blüte gestanden. Wenn er genau hinsah, konnte er auf dem Foto ein paar Blütenblätter in Marlenes Haar entdecken.

Marlene hatte gerade ihre letzte Abiturprüfung hinter sich gehabt, und er verdiente gutes Geld in der Werft von »Blohm & Voss«. Er hatte die schwere Arbeit im Hafen immer geliebt, die sprühenden Funken der Schweißgeräte, die Kameradschaft – ein Job für echte Kerle. Er mochte den Hafen, die Atmosphäre von großer, weiter Welt, die die riesigen Frachtschiffe mit sich brachten. Ein bisschen würde das auch auf ihn abfärben, hatte er gedacht und war stolz auf seinen Beruf gewesen. Eine Arbeit, die nun, Jahrzehnte später, seine Lungen zerfraß und ihm seine letzten Kräfte raubte. Aber das, was der Beruf ihm angetan hatte, war nichts im Vergleich zu dem, was Marlene in ihm zerstört hatte. Der Job hatte seine Gesundheit ruiniert, Marlene sein Leben.

In gewisser Weise schien nach ihrem Verschwinden erst

einmal alles leichter. Die Menschen bedauerten ihn wegen des Verlustes, bewunderten seine Tapferkeit. Sie hatte offenbar niemandem von der Trennung erzählt, nicht einmal ihrer Freundin Karin, dem Mopsgesicht.

Später musste er dann feststellen, dass ihn Marlene, obwohl sie nicht mehr da war, nicht mehr losließ. Jede Frau, die er in den Armen hielt, verglich er mit ihr. Keine konnte ihm genügen. Er war nicht dumm. Er wusste, dass er sie verklärte. Und wenn er sie gerade nicht verklärte, dann war sie für ihn das Miststück, das Flittchen, die Hure, die ihn betrogen hatte. Und diese verächtliche Haltung übertrug er auf alle anderen Frauen gleich mit. Er hatte es mit keiner lange ausgehalten, hatte nie geheiratet, keine Kinder gezeugt. Bis zu seinem vierzigsten Lebensjahr war das unproblematisch gewesen – er sah gut aus und hatte nie Schwierigkeiten gehabt, die Frauen in sein Bett zu kriegen. Die sexuelle Freizügigkeit der 68er-Jahre machte die Sache noch leichter. Die Schule hatte ihm nie gefallen, aber er war intelligent. Er las Sartre und Camus und erntete dafür in intellektuellen Kreisen viel Bewunderung – nicht nur von Frauen. Ein echter Arbeiter mit Intellekt, das kam damals gut an. Aber irgendwann forderte der harte Job zunehmend seinen Tribut. Wer im Hafen malochte, alterte vor seiner Zeit. Irgendwann begann es, ihn zu schmerzen, wenn er andere Väter mit ihren Kindern sah. Seine Verachtung für diese kleinbürgerliche Spießigkeit wich zunehmend einem Gefühl von Neid und Bedauern. Auch dafür gab er Marlene die Schuld.

Er erinnerte sich noch schmerzhaft genau an den Tag, an dem er ihr auf die Schliche gekommen war. Nach seiner Frühschicht war er, wie fast jeden Tag nach dem desaströsen

Heiratsantrag, zur Uni gefahren und hatte ihr aufgelauert. Oft war sie mit einer Gruppe Studienkollegen zusammen. Argwöhnisch beobachtete er ihre Gesten, welchen der Männer sie am Arm berührte, bei wem sie sich einhakte, welcher sie anlächelte. Ob sie einen von ihnen vorzog, konnte er nicht sagen. Offenbar behandelte sie alle gleich. Jedes Lachen von ihr schnitt ihm ins Herz. Während er litt, schien sie zunehmend aufzublühen. An einem Tag kurz vor den Weihnachtsferien zahlte sich seine Geduld schließlich aus. Er folgte ihr bis zu einer Seitenstraße unweit des Unigeländes. Dort sah er, wie sie sich kurz umschaute und dann in ein wartendes Auto stieg. Es war ein brandneuer VW Karmann Ghia, ein schnittiges, sportliches Modell, das ihn vermutlich ein Jahresgehalt gekostet hätte. Als der Wagen an ihm vorbeifuhr, konnte er einen Blick auf den Fahrer erhaschen. Er war offenbar recht klein, ziemlich alt und absolut unscheinbar. Das Gefühl, das sich damals in seiner Brust ausbreitete, war reiner, bohrender Hass. Er hatte geargwöhnt, dass Marlene etwas mit einem ihrer Kommilitonen angefangen hatte. Niemals hätte er sie für so oberflächlich gehalten, dass sie ihm einen Mann vorzog, nur weil der Geld hatte und ein schickes Auto fuhr.

Es klingelte. Mühsam erhob er sich und schlurfte zur Tür. Der Sauerstoffschlauch war gerade so lang, dass er sie knapp erreichen konnte. Davor stand schon wieder dieser Bestatter. Er lächelte.

»Entschuldigen Sie, dass ich noch mal so bei Ihnen reinschneie.«

»Mir geht's heute nicht so gut.« Henno hatte keine Lust, mit dem Neffen von Marlene zu reden. Das würde die Vergangenheit nur noch stärker aufwühlen.

»Sehen Sie, ich habe ein paar Dinge in Erfahrung gebracht, die ich gern kurz mit Ihnen besprechen würde. Es geht auch ganz schnell.«

Henno zögerte. Der Typ wirkte nicht so, als würde er sich leicht abschütteln lassen. Am besten, er brachte es gleich hinter sich.

»Na gut, dann kommense man rein.« Er schlurfte zu seinem Sessel zurück und ließ sich hineinfallen. Das Bild auf dem Tisch drehte er rasch um. Er japste nach Luft. Schon der kurze Weg zur Tür und wieder zurück hatte ihn überfordert. Das Sauerstoffgerät konnte den Kollaps seiner Lunge nicht mehr ausreichend kompensieren.

Theo blieb stehen. »Soll ich wieder Kaffee kochen?«

Henno winkte ab.

Zögernd ließ Theo sich auf dem unbequemen Stuhl nieder. Er beschloss, direkt zur Sache zu kommen.

»Ich habe mit meiner Tante Inge gesprochen – Marlenes kleine Schwester, falls Sie sich erinnern.«

Henno nickte. »Die kleine Inge. Das war ganz eine Wilde.«

»Sie hat mir erzählt, dass Marlene sich von Ihnen getrennt hatte. Und dass sie ihr in Ihrem Auftrag … nun ja, nachspioniert hat.«

Henno schwieg einen Moment. In seinem Kopf rauschte es. »Wir hatten natürlich ab und an unsere Differenzen, Marlene und ich«, sagte er dann langsam. »Sie dürfen nicht vergessen, dass wir schon acht Jahre ein Paar waren. Und natürlich hat sie das Studentenleben, ich sag' mal, erst mal fasziniert. Aber wir haben zusammengehört, Marlene und ich. Daran bestand nie ein Zweifel.«

»Wenn Sie daran keinen Zweifel hatten, warum haben Sie ihr dann nachspioniert?«

»Spioniert!« Henno keuchte, statt zu lachen. »Ich hab' sie im Auge behalten wollen. Damit ihr nichts passiert.«

Theo glaubte ihm kein Wort, beschloss aber, die Sache erst mal auf sich beruhen zu lassen.

»Am Abend des Sturms – wussten Sie da, dass Marlene noch mal aus dem Haus gegangen ist?«

»Woher hätte ich das wissen sollen?«

»Sie haben doch selbst zugegeben, dass Sie sie im Auge behalten wollten.«

»Dass sie bei dem Wetter noch mal raus ist, damit habe ich wirklich nicht gerechnet. Und außerdem hatten wir alle Hände voll damit zu tun, das Haus wetterfest zu machen, Vattern und ich.«

Als Theo die Tür hinter sich ins Schloss zog, brummte sein Mobiltelefon kurz. Eine SMS von Hanna. »Das wurde aber auch Zeit«, knurrte er. ›Wir müssen reden. Heute Abend bei dir? XXX Hanna.‹ Das klang ernst. Immerhin hatte sie ihm drei Küsse geschickt. Er lächelte und steckte das Telefon wieder ein. Während er die Treppe hinunterstieg, grübelte er über das vorangegangene Gespräch nach. Wirklich erfahren hatte er nichts. Aber zumindest hatte er ein Gespür für den Mann entwickelt. Traute er Henno den Mord an Marlene zu? Die Antwort lautete: Ja.

Damals

Nervös blickte Marlene auf ihre Armbanduhr. Sie war schmal und schlicht, und der diskret auf dem Zifferblatt eingelassene Markenname verriet, dass sie teuer gewesen sein musste. Max hatte sie ihr vor ein paar Wochen zum Geburtstag geschenkt. Sie hatten sich in einem Café in den Alsterarkaden verabredet. Doch nun hatte er sich bereits um zwanzig Minuten verspätet, was ungewöhnlich war. Ausgerechnet heute, dachte Marlene. Ihr Mund war trocken, doch als sie noch einen Schluck trinken wollte, merkte sie, dass ihre Kaffeetasse bereits leer war. Draußen hasteten die Fußgänger durch dichtes Schneetreiben. Ihre Füße waren noch immer eiskalt. Statt ihrer warmen Stiefel, wie es vernünftig gewesen wäre, hatte sie Pumps angezogen. Sie wollte gut für ihn aussehen.

In den letzten Wochen hatten sie sich seltener gesehen. »Wir müssen in nächster Zeit vorsichtig sein, Amore«, hatte er gesagt, als sie gemeinsam die erfolgreiche Verteidigung seiner Habilitation gefeiert hatten. Sie wusste, dass er darauf hoffte, eine Professur angeboten zu bekommen. Eine Affäre mit einer Studentin wäre da sicher nicht hilfreich. Und tatsächlich fürchtete sie, dass ihre Liaison nicht unbemerkt geblieben war. Elisabeth hatte bereits ein paar spitze Bemerkungen gemacht, die sie erschreckt hatten. Ihre etwas gönnerhafte, aber freundschaftliche Art war einer verächtlichen Kühle gewichen. In ihrem Liebestaumel war es

Marlene bisher egal gewesen. Aber sie wusste, dass es Max gefährlich werden könnte.

Wieder blickte Marlene auf die Uhr, als ein Schatten auf den Tisch fiel. Hoffnungsvoll hob sie den Blick. Doch vor ihr stand nicht ihr Geliebter. Vor ihr stand seine Frau.

Die Zeit blieb stehen und setzte sich dann wieder ruckelnd in Bewegung.

»Ich darf mich doch setzen?«, fragte Constanzia Textor. Sie wartete Marlenes Antwort nicht ab, sondern zog den zweiten Bistrostuhl, der an dem Tisch stand, nach hinten, um sich mit einer geschmeidigen Bewegung darauf niederzulassen. Sie zupfte ihre Lederhandschuhe von den schlanken Fingern und bettete sie auf die Marmorplatte des Tisches. Dann öffnete sie ihren Mantel Knopf für Knopf.

Marlene starrte sie an. Ihr Kopf war leer, und ihr Herz raste in einem Brustkorb, der zu eng geworden schien.

Ein Kellner wieselte herbei, die Karte in der Hand. Constanzia winkte ab. »Einen Kaffee. Schwarz.«

›Wie Max‹, dachte Marlene automatisch. Max war der einzige Mensch, den sie bislang kennengelernt hatte, der seinen Kaffee schwarz trank. In seinem Büro stand eine italienische Kaffeemaschine, ein fauchendes Ungetüm, mit dem er ein höllisch starkes, schwarzes Gebräu fabrizierte, das er »Espresso« nannte. Sie blinzelte und schob das Bild von Max, der ihr lächelnd eine winzige italienische Tasse reichte, beiseite.

Constanzia musterte sie. Mit einer Hand spielte sie an ihrem Mantelkragen. Sie schien vollkommen gelassen.

Marlene hatte das Gefühl, mit jeder Sekunde, die verstrich, ein bisschen mehr zu verblassen. Sie schaute die Frau vor sich an, die so viel souveräner, eleganter, schöner war als sie selbst. ›Was hat er bloß von mir gewollt?‹, dachte sie und merkte in derselben Sekunde, dass sie bereits in der Vergangenheitsform dachte. Dann holte sie tief Luft und drückte den Rücken durch.

»Ich habe mit meinem Mann gesprochen.« Dass Constanzia »mein Mann« sagte und nicht »Max« machte die Positionen klar. Hier die Ehefrau, da die Geliebte. ›Ich bin die Geliebte‹, dachte Marlene trotzig. ›Geliebte, das bedeutet doch, dass er mich liebt.‹

»Wir sind darin übereingekommen, dass er die – nun ja Liaison – mit Ihnen beendet.«

Marlene holte kurz und schmerzhaft Luft. ›Übereingekommen‹, dachte sie.

Der Kellner brachte eine Tasse und stellte sie mit gekonntem Schwung vor Constanzia auf den Tisch. »Einen Kaffee für Madame«, sagte er. Marlene hatte eine Viertelstunde darauf warten müssen, bedient zu werden.

Constanzia öffnete ihre Handtasche, zog ein Päckchen Zigaretten heraus und entzündete eine.

»Sie wissen vermutlich, dass Sie nicht die erste Studentin sind, mit der Max eine Affäre angefangen hat«, sagte sie leichthin.

Marlene starrte auf den Rauch, der aus der glühenden Zigarettenspitze stieg und sich in bläulichen Kringeln zur Decke wand.

»Vor Ihnen war es diese Elisabeth und davor …« Constanzia winkte ab, wischte die Scharen junger Frauen mit einer Geste beiseite, die sagte: belanglos.

›Elisabeth‹, dachte Marlene. ›Das kann doch nicht sein.‹ Und gleichzeitig wurde ihr schlagartig bewusst, dass das Elisabeths seltsames Verhalten in letzter Zeit erklären würde. Ihr Blick streifte über die Menschen im Café. Eine junge Frau in schwarzem Kleid und weißer Schürze servierte einer winzigen alten Dame ein ebenso winziges Glas Likör. Ein Herr im Anzug versteckte sich hinter einer Zeitung. Eine dicke Frau im Kostüm mit Pelzbesatz schob sich ein Stück Torte in den rot geschminkten Mund. ›Schwarzwälder Kirsch‹, registrierte Marlene.

»Sehen Sie, Max liebt ganz einfach die Frauen. Er genießt es, von ihnen bewundert zu werden, sie in sich verliebt zu machen. Aber Verliebtheit – so was ist natürlich niemals von Dauer.«

»Aber wir lieben uns«, sagte Marlene mit dünner Stimme.

Constanzia lächelte mitleidig. »Wissen Sie, in Ihrem Alter, da glaubt man immer, dass es die große Liebe ist.«

»Aber Max ...«

»Oh, ich bin überzeugt, in einem Moment der Leidenschaft glaubt sogar er selbst daran«, sagte Constanzia milde. Doch ihre Augen wurden dabei schmal. »Aber sobald es Probleme gibt, kehrt er auf den Boden der Tatsachen zurück.« Sie zuckte die Schultern in höflichem Bedauern. »Sehen Sie, Max weiß genau, was er will. Er will eine Karriere. Er will eine Professur. Die wird er aber nicht bekommen, wenn bekannt wird, dass er mit seinen Studentinnen schläft. Und erst recht nicht, wenn er sich von seiner Frau trennt.« Sie klopfte die graue Ascheschlange, die an ihrer Zigarette gewachsen war, im Aschenbecher ab. »Sehen Sie, Max und ich sind seit vielen Jahren zusammen. Und wir verstehen uns immer noch gut – was weiß Gott keine Selbstverständlichkeit ist.«

Marlene senkte den Blick. Sie dachte an den Sommerabend im Garten und wie Max das Haar seiner Frau berührt hatte.

»Meine Familie ist reich. Das Haus, in dem wir wohnen,

gehört mir. Ohne mich könnte er sich seinen Lebensstil nicht leisten – und ich versichere Ihnen, er hängt an dem Leben, das er mit mir führen kann, genauso sehr wie an mir.«

Marlene zweifelte nicht daran. Die feinen Anzüge, die Restaurants. Max war ein anspruchsvoller Mann. Aber konnte all das mehr wiegen als die Liebe? Dann dachte sie an Elisabeth.

»Sehen Sie, Max braucht mich und alles, was ich verkörpere. Er wird mich niemals aufgeben. Und wenn Sie ihn wirklich lieben, dann müssen Sie ihn gehen lassen. Und zwar jetzt.« Constanzia drückte die Zigarette im Aschenbecher aus, holte ein paar Münzen aus dem Portemonnaie und legte sie auf den Tisch. Dann erhob sie sich. »Wenn Ihretwegen seine Karriere scheitert, wird er Ihnen das nie verzeihen.«

»Ich kann ihn nicht einfach aufgeben«, sagte Marlene. »Dazu ist es zu spät.« Ihre Stimme war leise, aber ihr Blick war fest. Constanzia starrte sie einen Moment an. Dann legte sie langsam ihren Mantel ab und setzte sich wieder.

Der Jugendstilbau an der Rothenbaumchaussee war einer der schönsten in Hamburg, wie Theo fand. Roter Klinker geschmückt mit weißen Stuckaturen. Eine breite Freitreppe führte ins Innere des von einer Kuppel gekrönten, palastartigen Baus. Er war eigens zu dem Zweck errichtet worden, kulturelle Zeugnisse zu beherbergen, die aus aller Welt in die Hafenstadt kamen. Und so erwarteten die Besucher im Inneren exotische Schätze aus allen fünf Kontinenten.

Als Kind hatte Theo das Hamburger Völkerkundemuseum zunächst mit großen Augen an der Hand seiner Mutter erkundet.

Später war er mit seiner Kindheitsfreundin Nele den Erwachsenen voran durch die Räume gelaufen, durch die Abteilung mit den Eskimos, in der die Figuren wie von einer plötzlichen Eiszeit überrascht in ihren Alltagstätigkeiten eingefroren worden waren: beim Fischfang mit Harpune, beim Bearbeiten des Robbenleders.

Nele und er waren neugierig umhergestreift, immer begleitet von einem Gefühl angenehmen Gruselns, denn irgendwo saß gleich rechts hinter einem Türrahmen in einer dunklen Nische die südamerikanische Hockermumie. Von ihren Angehörigen vor rund 600 Jahren fest wie ein Paket verschnürt, bot sie den Besuchern die gebleckten Zähne zum Gruß.

Obwohl Theo als Kind eines Bestatters mit dem Tod viel besser vertraut war als die meisten seiner Spielkameraden – und auch als die meisten Erwachsenen –, löste der Anblick der Hockermumie eine Mischung aus Faszination und Horror bei ihm aus. So, wie sie da hinter der Glasscheibe in gedämpftes Licht getaucht saß, das Gesicht dem Betrachter zugewandt, hatte er, anders als bei den Toten, die aufgebahrt in der Friedhofskapelle lagen, bei ihr nie den Eindruck, dass sie wirklich tot war. Es war, als blickte aus den Augenhöhlen, in denen die Augäpfel schon längst zu Staub zerfallen waren, noch immer die junge Frau, die sie einst gewesen war. Sie war ein »Memento mori« – ein »Bedenket, dass ihr sterben müsst« aus einer anderen Welt.

Theo fand es aus heutiger Sicht erstaunlich, dass ihr mumifizierter Körper ausgestellt werden durfte. Denn eigentlich besaß Deutschland – wie zu erwarten – eines der strengsten Bestattungsgesetze der Welt. 36 Stunden maximal durften die Angehörigen ihre Toten in der eigenen Wohnung behalten, um Abschied zu nehmen. Spätestens dann gerieten sie in die Maschinerie des Bestattungswesens, das Theo nur zu gut kannte. Das hatte einerseits hygienische Gründe. Anders als in vielen anderen Ländern durfte hierzulande aber auch die Asche der Verstorbenen nicht mit heimgenommen werden, um im eigenen Garten oder dem Lieblingsplatz des Toten verstreut zu werden. Unter anderem wollte man so sicherstellen, dass Omis Urne nicht irgendwann im Müll landete. Eine Frage der Pietät also, die für die Moorleichen und ägyptischen Mumien, Opfer von Pompeji, die Schrumpfköpfe der Kopfjäger aus Borneo, aber auch die plastinierten, enthäuteten Leichen eines Gunther von Hagens offenbar außer Kraft gesetzt wurde. Im Dienste der Aufklärung zogen sie die Menschen magisch an. Der Tod, im Alltag noch immer ein Tabu, erschien hier in verfremdeter Gestalt. Er war hier so weit von dem eigenen Sterben entfernt, dass die Menschen sich ihm nähern konnten, fasziniert und zugleich von leisem Schaudern erfüllt.

Als seine Mutter starb, hatten die Besuche im Völkerkundemuseum ein abruptes Ende genommen. Sie war auf ihrem Fahrrad von einem Autofahrer angefahren worden, der unerkannt in der Nacht verschwunden war – ein sinnloser Tod, ein Tod, dem Theo später mit der eigenen Berufswahl die Stirn bieten wollte. Als Arzt wollte er vor allem eines: Leben retten. Das qualvolle Sterben seiner Frau hatte ihm seine eigene Ohnmacht vor Augen geführt. So hatte er beschlossen, sich Tod und Sterben nicht länger entgegenzustellen, sondern zum Teil seines Lebens zu machen – ein Entschluss, den nur die wenigsten nachvollziehen konnten.

Als Theo jetzt, nach vielen Jahren, erstmals wieder durch die einst vertrauten Räume schritt, begleitete ihn das Echo des Klackerns, das die Pumps seiner Mutter auf dem Marmorboden hervorgerufen hatten.

Sein Ziel war an diesem Tag die Südseeabteilung mit ihren geheimnisvollen Masken und dem Prunkstück des Museums: Rauru, das kunstvoll geschnitzte Versammlungshaus der Maori.

Der Mann, den er hier treffen wollte, hieß Leo Kaspari. Er war einer der Kommilitonen, die auf der Liste standen, die Hanna von der Professorin erhalten hatte.

Das sonnige warme Wetter hatte zur Folge, dass sich nur wenige Besucher im Museum aufhielten. In der Südseeabteilung waren die Wände schwarz, was die bunten Masken geheimnisvoll in Szene setzte: die Fischmaske mit der langen spitzen Schwertschnauze, das breit lächelnde Gesicht in Weiß mit der Strohperücke.

Aus den Lautsprechern fluteten Maorigesänge, die die mystische Atmosphäre verstärkten.

Anders als andere vertraute Dinge seiner Kindheit erschien Theo das Haus Rauru zu seiner Überraschung nicht kleiner als aus Kinderperspektive. Es war aus massiven Balken dunklen und rötlichen Holzes konstruiert. Wände und das Spitzdach bestanden aus kunstvoll geflochtenen Matten. Das Holz war aufwendig mit Schnitzereien verziert, die Figuren aus der Mythologie, aber auch die Ahnen darstellten. In Gestalt der Schnitzereien waren sie ihren lebenden Nachfahren stets präsent und stellten ihnen ihre Kraft zur Verfügung. In die Augenhöhlen hatten die maorischen Meister Perlmutt eingesetzt, was den Blicken einen höchst lebendigen Ausdruck verlieh. Wer das Gebäude betrat, fühlte sich unweigerlich beobachtet.

»Herr Matthies, nehme ich an?«, sagte eine Stimme neben ihm. Sie gehörte einem zierlichen älteren Herrn mit tiefen Lachfalten und einem gesträubten grauen Schnurrbart, der Theo an ein Walross erinnerte. Der Mann trug einen grauen Anzug. Am Revers heftete ein Schild, das ihn als Museumswärter auswies.

»Und Sie sind Leo Kaspari?«

»Derselbe.« Der Mann deutete eine Verbeugung an und zwinkerte Theo freundlich zu.

»Danke, dass Sie sich Zeit nehmen.«

»Oh, Zeit habe ich hier reichlich, wie Sie sehen.« Kaspari breitete die Arme aus und drehte sich anmutig um die eigene Achse. »Sie sind heute erst der zehnte Besucher – ich habe mitgezählt.«

»Ist das nicht ein bisschen einsam?« Theo konnte sich keinen schrecklicheren Job vorstellen als einen, bei dem er den ganzen Tag chronisch unterbeschäftigt in den immer selben Räumen umherwandeln musste.

»Keineswegs. Wie Sie sehen, habe ich reichlich Gesellschaft«, sagte Kaspari und deutete auf die hölzernen Gestalten.

»Ja, die sind schon eindrucksvoll, die Burschen.«

Kaspari lächelte, sodass sich sein Schnurrbart noch stärker sträubte. »Aber wegen der exotischen Kameraden hier sind Sie sicher nicht gekommen. Sie wollten mit mir über Marlene reden.« Er zog ein großes Stofftaschentuch aus der Hosentasche und putzte sich die Nase. »Es ist seltsam. Ich habe erst neulich an sie denken müssen. Nach all den Jahren. Vermutlich wegen dieser Flutbilder, die man momentan überall sieht.«

»Ich wäre Ihnen wirklich dankbar, wenn Sie mir ein bisschen weiterhelfen könnten.«

»Ich bin nicht sicher, ob ich das kann. Ich habe keine Ahnung, was in jener Nacht geschehen sein könnte.«

»Erzählen Sie einfach, woran Sie sich noch erinnern aus der Zeit, in der Sie sie kannten.«

»Marlene«, begann Kaspari, »das war wirklich ein ganz feiner Mensch. Einer, der lieber zugehört hat, als selbst zu reden. Dafür hat sie umso genauer beobachtet.« Er schmunzelte Theo über seine randlose Brille hinweg an. »Sie war die Einzige aus der Gruppe, die mitgekriegt hatte, dass ich homosexuell bin. Dabei habe ich mich so ins Zeug gelegt! Mit den Mädels auf Teufel komm raus geflirtet – nur damit niemand bemerkt, wie es wirklich um mich steht. Sehen Sie, bis 1969 war Sex auch unter erwachsenen Männern in der Bundesrepublik noch strafbar!«

»Der berüchtigte Paragraf 175.«

»Ja. Die Reformen waren eine große Erleichterung für mich. Aber damit hatte die Diskriminierung natürlich noch längst kein Ende.«

»Und Marlene?«

»Richtig, Marlene. Das werde ich nie vergessen. Es war auf einer Faschingsfete der evangelischen Studentengemeinde. Kirchlich organisiert, aber geknutscht wurde natürlich trotzdem. Mir hat das Herz geblutet, weil mein damaliger Traumprinz, Jürgen Marquardt, mit irgendeiner kleinen Bauchtänzerin poussiert hat. ›Den hast du schon sehr lieb, den Indianerhäuptling da drüben‹, hat sie nur gesagt. Mir ist das Herz in die Hose gerutscht. Aber sie hat nur fein gelächelt und meine Hand gedrückt. ›Ich mag auch einen, den ich nicht haben kann‹, hat sie gesagt.«

»Wissen Sie, wer das gewesen ist?«

»Nein, das weiß ich nicht, das hat sie mir nie anvertraut. Aber eines weiß ich: Die Sache ist nicht folgenlos geblieben.«

»Wie meinen Sie das?«

»Das muss irgendwann um die Weihnachtszeit herum gewesen sein. Wir haben uns zum Lernen getroffen, Marlene und ich. Als sie bei mir im Studentenwohnheim ankam, war sie kreidebleich um die Nase. An diesem Vormittag hat sie sich zweimal übergeben. ›Ich weiß gar nicht, was los ist‹, hat sie gejammert, ›das geht jetzt schon seit Wochen jeden Morgen so.‹ Ich wusste gleich, was Sache ist – ich hab' drei ältere Schwestern.«

»Sie meinen, Marlene war schwanger?« Theo starrte ihn an.

»Ohne jeden Zweifel. Ich hab' ihr einen diskreten Arzt empfohlen und sie begleitet. Der dachte natürlich, das Kind wär' von mir. Was hat der mich böse angeschaut!«

»Und Marlene? Was wollte sie tun?«

»Reden wollte sie mit dem Vater des Kindes. Aber was daraus geworden ist, das weiß ich nicht. Sie ist ja dann in der Sturmflut ertrunken – das haben wir zumindest alle geglaubt.«

Als Theo seinen Citroën in die Hofeinfahrt steuerte, sah er, dass Hanna bereits auf ihn wartete. In ihrem schwarzen Leinenkleid lehnte sie an ihrem Mini. Er dachte an den Zweitschlüssel, den er für sie vor ein paar Tagen hatte anfertigen lassen und der in seiner Schreibtischschublade auf sie wartete. ›Das wird auch Zeit‹, dachte er. Er stieg aus dem Wagen, ging zu ihr hinüber und küsste sie auf den Mund. Sie roch nach frisch gemähtem Gras und Zitrusfrüchten.

Hanna mochte die Art, wie er ihr leicht die Hand auf den Rücken legte, während sie ins Haus gingen. Wenn sie zusammen waren, hatten sie fast immer Körperkontakt – Schultern, die sich berührten, seine Hand auf ihrer Hüfte, in ihrem Nacken.

»Ich komme um vor Durst«, sagte er und holte eine Flasche Wasser aus dem Kühlschrank, die sofort beschlug. »Du auch?« Sie nickte, und er schenkte zwei Gläser ein.

»Gehen wir ein Stück«, sagte sie, als er ausgetrunken hatte. Sie selbst hatte an ihrem Glas nur genippt.

Ohne sich abzusprechen, schlugen sie den Weg zum Friedhof Finkenriek ein, durch den man direkt zur Elbe gelangte.

Theo hätte ihr gern von dem Gespräch mit Leo Kaspari berichtet, doch er spürte, dass ihr etwas auf der Seele lag.

Hanna hatte sich entschieden. Sie würde das Kind bekommen – aber nur, wenn sie das Gefühl hatte, dass Theo hundertprozentig dahinterstand. Ein Kind alleine großziehen, der Gedanke verstärkte die Beklemmungen, die ihr der Gedanke daran, Mutter zu werden, ohnehin bereitete.

Am Ende des Friedhofs, kurz vor dem Deich, blieb sie vor einem Grab stehen. »Nadeshda Matthies, geb. Semjonow, *15.04.1975, †15.04.2005« war darin eingraviert. Darunter stand in zierlichen Lettern »Emilie Matthies, */†15.04.2005«. Das Grab seiner Frau und seiner Tochter.

Hanna war klar, dass der Ort, den sie für ihre Eröffnung gewählt hatte, ein bisschen makaber scheinen mochte.

Aber Nadeshda und das Kind waren ein Teil von Theo – nicht nur seiner Vergangenheit, sondern auch seiner Zukunft. Ihr war klar, dass der Verlust seiner Familie seine Haltung zu einem neuen Kind beeinflussen würde – in welcher Weise auch immer. Und darum musste er sich genau hier für sie und das Kind entscheiden, hier bei Nadeshda und Emilie.

Sie holte tief Luft. »Ich bin schwanger«, sagte sie dann.

Theo starrte sie an, dann wanderte sein Blick zu dem Grab. Hannas Worte versetzten ihn an jenen Tag zurück, als

Nadeshda das Gleiche zu ihm gesagt hatte. In ihrem Blick hatte die gleiche Zurückhaltung gelegen, das gleiche Abwarten auf seine Reaktion – ein Déjà-vu. Aber das Gefühl überwältigender Freude, das damals auf den ersten Schreck gefolgt war, wollte sich nicht einstellen. Stattdessen traf ihn der Schmerz mit solcher Macht, als hätte er sie erst vor einer Woche und nicht vor Jahren verloren. Er wandte sich ab. Wäre Nadeshda damals nicht gestorben, würde seine Tochter inzwischen zur Schule gehen. Er starrte auf den Grabstein, in dem ihr Name eingemeißelt stand, und fuhr die Buchstaben mit dem Finger nach. Er stellte sich ein dünnes Mädchen mit blonden Haaren vor, eine Miniaturausgabe ihrer Mutter. Er stellte sich vor, wie sie auf seinem Schoß saß und sich an ihn schmiegte, während er ihr eine Geschichte vorlas. Und jetzt sollte ein anderes Kind ihren Platz einnehmen? Ein anderes Kind …

Er drehte sich wieder um zu Hanna, doch die stand nicht mehr da, sondern hatte sich bereits ein ganzes Stück von ihm entfernt. Sie ging sehr aufrecht, und wie üblich wippten ihre schwarzen Locken bei jedem Schritt.

»Hanna«, rief er, »nun lauf doch nicht gleich weg!«

Aber sie ging unbeirrt weiter, zwischen den Gräbern von Menschen hindurch, die noch betrauert wurden oder längst vergessen waren.

»Hanna!«, rief er noch einmal. Doch er hatte nicht die Kraft und auch nicht den Wunsch, ihr hinterherzueilen. Stattdessen ging er langsam durch die kleine Pforte am Ende des Friedhofs hinaus auf den Deich. Er sehnte sich danach, auf die Elbe zu schauen und seine Gedanken und seinen Schmerz dem Wasser anzuvertrauen, bis er sich irgendwann leer und leicht fühlte.

Als er heimkam, dämmerte es bereits. Er stellte fest, dass seine Haustür unverschlossen war. ›Hanna‹, dachte er und hoffte einen Moment, dass sie doch geblieben wäre. Aber dann fiel ihm ein, dass er noch keine Gelegenheit gehabt hatte, ihr seinen Schlüssel zu geben.

Stattdessen wartete May an dem großen Tisch in der offenen Küche auf ihn. Sie saß einfach nur da, las nicht, hörte keine Musik. Sie saß da und wartete auf ihn. In den Händen hielt sie einen ungeöffneten Brief.

»Was ist passiert?«, fragte er.

»Es geht um Line«, sagte sie.

Line Lüders hatte Theo kennengelernt, als er dem Tod einer alten Frau nachging, der ihm verdächtig vorgekommen war. Im Verlauf seiner »Ermittlungen« hatte er nicht nur Hanna, sondern auch Line und ihren Mann Emil getroffen – und sofort sehr gemocht. Line war die beste Freundin der Toten gewesen und trotz ihrer Alzheimererkrankung eine wichtige Zeugin – und überdies eine zauberhafte Person. Theo hatte sehr beeindruckt, mit welcher Hingabe Emil Lüders an seiner kranken Frau hing. Für Emil war das vollkommen selbstverständlich gewesen – Line hatte ihn, den jüdischen Burschen, jahrelang vor den Nazis versteckt, ihn versorgt, ihn davor bewahrt, in all den Jahren in dem klaustrophobisch engen Versteck den Verstand zu verlieren. »Jetzt bin ich an der Reihe, für sie zu sorgen«, hatte Emil damals zu ihm gesagt.

Und jetzt war seine Line offenbar gestorben. »Er hat eine Nachricht auf dem Anrufbeantworter des Instituts für dich hinterlassen. Und dann war hier auch noch dieser Brief, den hat er anscheinend eigenhändig eingeworfen.« Sie zögerte kurz. »Irgendwas stimmt da nicht.«

Theo nahm den Brief, auf dem in altmodischen, blauen

Tintenbuchstaben sein Name stand. Er öffnete das Kuvert und las.

»Lieber Theo,

heute Nacht war es so weit, und meine Line ist, wie man so schön schaurig sagt, den Weg allen Fleisches gegangen. In den letzten Monaten hat sich ihr Zustand zunehmend verschlechtert, sodass ich, ihrem Wunsch entsprechend, ihr das verschriebene Antibiotikum nicht verabreicht habe, als sie an einer Lungenentzündung erkrankt ist.

Nun ist meine Liebste mir also vorangegangen, und wie Du Dir denken kannst, will ich sie nicht lange warten lassen. Mit ihrem Tod habe ich meine letzte Aufgabe auf dieser Welt erfüllt. Es war – dank ihr – ein gutes, ein wunderbares Leben! Und ich verabschiede mich leichten Herzens davon.

Wenn Du diese Zeilen liest, bin ich bereits fort. Ich habe all die Jahre die Zyankalikapsel aufbewahrt, mit der ich mich im Falle eines Falles dem Zugriff der Nazis entziehen wollte. Nun ist sie doch noch mein Ticket in eine andere Welt geworden.

Verzeih, dass ich Dir die Aufgabe aufbürde, die letzten Dinge zu regeln. Aber ich wüsste niemanden, der dafür besser geeignet wäre. Für die wenigen Menschen, die mir noch nahestehen, wäre das dann doch ein allzu großer Schock.

Grüß mir Deine Hanna.

Werdet glücklich!

Herzlichst

Emil

PS: Der Schlüssel liegt unter der Fußmatte.

Theo ließ den Brief sinken und sah May in die Augen. »Zyankali«, sagte er. »Er hat ohne seine Frau nicht länger leben wollen.«

Er ging die kurze Strecke zum Haus von Emil und Line zu Fuß. Das erste Mal hatte er das alte Ehepaar gemeinsam mit Hanna besucht. Er und Hanna hatten einander gerade erst kennengelernt und sich darangemacht, das Geheimnis um den Tod von Anna Florin zu lüften. Es war bitterkalt gewesen, und er erinnerte sich noch gut an die violette Mütze, die sie über ihre Locken gestülpt hatte.

Damals waren die Kinder Schlittschuh gelaufen auf dem Callabrack, dem einen der zwei Teiche, zwischen denen sich die Straße Am Papenbrack erstreckte. An diesem Abend lag er ruhig und still unter dem Mond, nur ein paar Enten quakten verschlafen im Schilf.

Er öffnete die Pforte zu der Doppelhaushälfte in Fachwerkbauweise und erwartete kurz, dass der kleine schwarze Mischlingshund der Lüders ihm wie sonst entgegengesprungen kam. Doch es blieb alles still. Was wohl aus ihm geworden war? Zweifellos hatte Emil dafür gesorgt, dass sich jemand um das verwaiste Tier kümmern würde.

Er fand den Schlüssel, wie von Emil beschrieben, unter der Fußmatte und öffnete die Tür. In dem engen Treppenhaus roch es nach Äpfeln. Er tastete nach dem altmodischen Lichtschalter. Das Licht der Messinglampe fiel auf eine Leiste mit Garderobenhaken, auf denen sich Unmengen von Mänteln, Schals und Mützen drängten. Line und Emil hatten einer Generation angehört, die nach den mageren Kriegsjahren nichts wegwerfen konnte. Die Küche war ein weiteres Beispiel dafür, ebenso das winzige Wohnzimmer, in dem Nippes und Bilder sämtliche freien Flächen auf dem Mobiliar und an den Wänden bedeckten. Auf dem Küchentisch fand er einen kleinen, säuberlichen Stapel Briefe, die in derselben altmodischen Handschrift adressiert waren wie der, der in seiner Jackentasche steckte.

Er überlegte kurz, ob sich das Schlafzimmer wohl unterm Dach oder im Souterrain befand. Er entschied sich für das Dachgeschoss und ging die enge, schmale Stiege hinauf.

Dort fand er sie, Seite an Seite in ihrem Ehebett, das sie vermutlich sieben Jahrzehnte miteinander geteilt hatten.

Emil hatte Line liebevoll hergerichtet. Sie trug ein hübsches Blumenkleid, das weiße Haar war frisch gewaschen und gebürstet. Auf ihren trockenen Lippen lag etwas Lippenstift in einem dunklen Rosaton. Auch Emil trug einen guten Anzug und blank geputzte Schuhe. Doch für ihn war der Tod nicht sanft gekommen. Als Mediziner wusste Theo, was Zyankali im Körper anrichtete. Erst in Kombination mit der Magensäure verwandelte es sich in ätzende Blausäure, die heftige Schmerzen verursacht. Sie gelangt erst nach und nach ins Blut, wo sie endlich die Sauerstoffaufnahme blockiert und so zum langsamen Erstickungstod führt. Die Geschichte vom Biss auf die Zyankalikapsel, der augenblicklich tötete, war ein Mythos.

Emils Körper war in Embryonalhaltung zusammengekrümmt, seine Hände hatten sich im Bettlaken verkrallt. Nur seine Gesichtszüge hatten sich im Tod entspannt. Theo trat zu ihm. Er war bereits kühl, aber noch nicht starr. Gern hätte er ihn in eine würdigere Position gebettet, doch er wusste, dass sein Todesfall trotz des Abschiedsbriefs von der

Polizei untersucht werden musste. Er zog sein Handy hervor und rief Hadice an. Sie war zwar nicht zuständig, aber auch sie hatte die beiden Toten gekannt und gemocht.

Sie meldete sich nach dem ersten Klingeln.

»Theo, was gibt's?«

»Line ist gestorben, Line Lüders.«

»Ach herrje.«

»Und Emil hat sich das Leben genommen. Mit Zyankali, wie es scheint. Ich bin jetzt hier bei den beiden. In ihrem Haus.«

»Ich schicke eine Streife vorbei und den Amtsarzt.«

»Danke.«

»Theo? Alles in Ordnung mit dir?«

»Sicher. Ich komme schon klar.« Aber da war er sich nicht wirklich sicher.

Während er auf die Polizei wartete, betrachtete er die Toten auf ihrem Bett. Siebzig gemeinsam verbrachte Jahre – das würde er mit keiner Frau mehr schaffen. Er dachte an Nadeshda, er dachte an Hanna, und er dachte an die Kinder, die er gezeugt hatte. Ihm wurde einmal mehr bewusst, er hatte nur dieses eine Leben, und davon war bereits mindestens ein Drittel verstrichen. Er war 37 Jahre alt. Sechs lange Jahre davon hatte er Medizin studiert, die anstrengende Facharztausbildung zum Chirurgen gemacht, einen Doktortitel erworben. Um dann all das hinter sich zu lassen und schließlich doch Bestatter zu sein wie sein Vater, sein Großvater und sein Urgroßvater. Er hatte in Nadeshda eine Frau gefunden, mit der er geglaubt hatte, eine Familie gründen zu können, und sie verloren. Und jetzt war da Hanna, mit der alles so ganz anders war als mit Nadeshda, die immer wieder zweifelte, die sich ihm immer wieder entzog, während er bereit wäre, sich wieder voll und ganz auf eine Beziehung einzulassen. Aber stimmte das wirklich? War es nicht vielleicht so, dass er sich ihr nur so weit öffnen konnte, weil sie einen Rest Distanz wahrte? Und wahrte sie diese vielleicht nur, weil sie spürte, dass er, Theo, sich nicht hundertprozentig einließ? Konnte er das überhaupt noch einmal nach Nadeshdas Tod?

Er seufzte, stand auf und trat ans Fenster. Im Mondlicht erschien die Birke im Hof wie mit Lametta geschmückt.

Er wusste, dass er die Zeit mit Nadeshda verklärte. Meistens war sie fröhlich gewesen, sprühend vor Energie. Aber es hatte auch die dunklen Phasen gegeben, in denen sie stumm auf dem Bett lag, tagelang, nicht aß, nicht sprach, nicht arbeitete, sich nicht wusch. Und in einer dieser Phasen hatte er sie mit einer Kollegin betrogen. Ausgerechnet als sie schwanger war, nur wenige Wochen bevor sie die schreckliche Diagnose Bauchspeicheldrüsenkrebs erhalten hatte. Theo stöhnte und presste die Stirn gegen die kühle Scheibe. Die Frauen in seinem Leben hatten offenbar recht damit, ihm nicht zu vertrauen. Er dachte an Hannas Gesicht, als sie auf seine Reaktion auf die Nachricht von der Schwangerschaft wartete.

Er wandte sich wieder um, zu den Toten auf dem Bett. Emil und Line hatten nie Kinder haben können. Stattdessen hatten sie gemeinsam den Sohn von Lines bester Freundin Anna großgezogen. Manchen Menschen gelang es, das Beste aus dem zu machen, was das Schicksal für sie bereithielt. Er beschloss, zumindest zu versuchen, dasselbe zu tun. Dass Hanna ein Kind erwartete, war ein Geschenk, eine zweite Chance. Hanna war eine zweite Chance.

Er wählte ihre Nummer und erreichte nur die Mailbox. Und weil er nicht wusste, wie er ausdrücken sollte, was er dachte und empfand, lauschte er nur ihrer Stimme und legte dann auf.

Er hörte, wie ein Wagen vor dem Haus hielt, und sah aus dem Fenster.

Dann ging er den Beamten entgegen.

Damals

Es war der zweite Weihnachtstag, ein Montag. Marlene stand schon seit geraumer Zeit vor dem Haus in der Oberstraße – zum ersten Mal seit der Gartenparty, auf der sie erst so glücklich gewesen war und am Ende so am Boden zerstört. Die Heckenrosen waren längst verblüht. Nur einige, von Reif überzuckerte Hagebutten hingen noch an den Sträuchern. Sie leuchteten unwirklich rot in der vorangeschrittenen Dämmerung. Aus den anderen Häusern der Straße fiel Licht auf den Bürgersteig. Viele Fenster hatten keine Gardinen, sodass sich die prächtigen Kronleuchter, Möbel und Christbäume dem Betrachter wie auf einer Theaterbühne darboten. Das Haus von Max Textor und seiner Frau aber lag weitgehend im Dunklen. Nur aus einem Seitenfenster schien Licht auf den bereiften Rasen.

Sie musste an das traurige Märchen von Hans-Christian Andersen vom Mädchen mit den Streichhölzern denken, das in einer Weihnachtsnacht erfroren war. ›Wenn ich hier noch lange herumstehe, wird mir das auch nicht anders gehen‹, dachte Marlene. Sie gab sich einen Ruck und stieg die Stufen zu der geschnitzten Tür hinauf. Der Klingelknopf fühlte sich eisig unter ihrer Fingerspitze an. Sie holte tief Luft und presste sie energisch darauf. Im Inneren des Hauses ertönte ein melodischer Klingelton. Sie wartete und lauschte, glaubte zu hören, wie sich Schritte näherten. Ganz aufrecht stand sie da, mit klopfendem Herzen, die Hände in den Taschen zu Fäusten geballt.

Die Frau, die ihr die Tür öffnete, war klein und zierlich wie ein Kind. Sie reichte Marlene gerade mal bis zur Brust. Der dunkle, nach innen geschlagene Pony stieß an ein spitz zulaufendes Brillengestell. Hinter den dicken Gläsern wirkten die Augen übergroß.

»Ja bitte?«, sagte die Frau. Sie dehnte das »i« in »bitte« ungewöhnlich lang. Ihre Stimme war überraschend dunkel.

»Ist Doktor Textor zu sprechen? Ich bin … eine Studentin von ihm. Es ist … es ist wirklich wichtig.«

»Tute mir leid. Der Signor und die Dottoressa sind nicht zugägän.« Jetzt war der italienische Akzent unüberhörbar. ›Die Haushälterin‹, dachte Marlene. Max hatte ihr erzählt, dass er eine italienische Haushälterin hatte. Paola hieß sie.

»Wann erwarten Sie sie zurück?

»Sie sind gefahren nach Italia. Zu die Famiglia von die Signora. Komme erst wieder nächste Jahre.«

»Ach.« Marlene hatte sich so darauf konzentriert, all ihren Mut für die Begegnung zusammenzunehmen, dass ihr gar nicht in den Sinn gekommen war, dass er nicht da sein könnte.

»Nächstes Jahr«, echote sie.

Die kleine Frau musterte sie. »Si. Möchte Sie vielleicht eine Nachricht hinterlassen?«

Marlene zögerte. Die Frau vor ihr überkreuzte fröstelnd die Arme vor der Brust und betrachtete sie.

»Komme Sie herein, Signorina. Sie sehe schon aus wie eine Eiszapfe.«

Sie führte sie in die Küche und bedeutete ihr, am großen Küchentisch Platz zu nehmen.

»Es macht Ihnen nichtse aus, offe ich. Aber hier es iste

warme. Die Reste von die Hause heize ich nicht, wenn die Herrschaften sind fort.«

»Es ist sehr gemütlich hier«, sagte Marlene leise.

»Ich mache Ihnen eine schöne Cappuccino.«

Die Haushälterin hantierte an der Espressomaschine. Sie schien ein ähnliches Modell zu sein wie jenes, das Marlene aus Max' Büro kannte. Auch die weiße, dickwandige Tasse, die die Haushälterin schließlich vor ihr auf den Tisch stellte, sah genauso aus wie die, die Max ihr immer gereicht hatte.

»Trinke Sie. Ist gut. Nicht wie Ihre Filterkaffee.« Die Haushälterin nickte ihr ermutigend zu.

Marlene griff nach der Tasse und führte sie langsam an die Lippen. Das vertraute Aroma brachte mit einem Schlag die Gedanken an Max zurück. Als sie die Tasse wieder absetzte, klirrte sie leise gegen die Untertasse. Erst jetzt bemerkte sie, wie sehr ihre Hände zitterten.

»Hätten Sie vielleicht ein Blatt Papier für mich und einen Stift?«

»Naturalmente.« Die Haushälterin musterte sie noch immer durch ihre Brille hindurch. Obwohl sie stand und Marlene saß, überragte sie sie nur um wenige Zentimeter. »Warte Sie eine Momente.« Sie ging hinaus.

Marlene hielt den Blick auf den schwarz-weiß gefliesten Boden gesenkt. Sie wollte sich nicht umschauen, wollte nicht zu viel mitbekommen von dem Leben, das Max ohne sie führte.

Sie hatte ihn zuletzt vor einigen Tagen gesehen, kurz nach der Begegnung mit seiner Frau. Constanzia Textor hatte schnell erfasst, wie es um sie stand. »Dio mio, Sie sind schwanger«, hatte sie gesagt, und kurz hatte die gleichmütige Fassade, die sie während des Gesprächs zur Schau *getragen hatte, einen Riss bekommen. Dahinter loderte Zorn, stellte Marlene fest. Zorn auf sie, Marlene, dem naiven Mädchen, das so dumm gewesen war, sich schwängern zu lassen. Zorn aber auch auf Max, den Ehemann, der seine Frau in diese Situation gebracht hatte. Recht schnell hatte Constanzia die Fassung zurückgewonnen. Sie hatte mit den Fingern auf der Tischplatte getrommelt. Ihre Nägel waren kurz geschnitten, aber sorgfältig manikürt. ›Ärztinnenhände‹, dachte Marlene.*

»Ich kann Ihnen helfen«, hatte Constanzia schließlich gesagt, ihre Hand auf Marlenes Unterarm gelegt und ihr fest in die Augen geschaut. »So was lässt sich regeln.«

»Wie meinen Sie das?«

»Sie wissen doch, dass ich Frauenärztin bin. Ich weiß, was in einer solchen Situation zu tun ist.«

›Sie will es mir wegmachen‹, dachte Marlene und zuckte zurück. »So was ist verboten«, hörte sie sich sagen.

Constanzia zündete sich eine weitere Zigarette an und wedelte ungeduldig den blauen Dunst fort. »Verboten. Verboten. So ein Verbot haben sich natürlich Männer ausgedacht.« Sie lachte kurz und freudlos auf. »Aber wir Frauen, wir wissen, dass ein Kind eine Katastrophe sein kann. Wir helfen uns gegenseitig. Immer schon. Seit Jahrtausenden. Die Männer, die haben doch keine Ahnung, was das bedeutet.« Sie zog an ihrer Zigarette, ohne Marlene aus den Augen zu lassen. Dann beugte sie sich wieder vor. »Hören Sie, ich habe so was schon oft gemacht. Sehr oft. Ein kleiner Eingriff und dann ist alles wie zuvor.«

»Ich weiß nicht.« Marlene blickte auf ihre Hände, die fremd und kalt in ihrem Schoß lagen. »Ich muss darüber nachdenken.«

»Natürlich. Denken Sie darüber nach. Aber Sie werden

sehen, dass die Möglichkeit, die ich Ihnen anbiete, die beste ist. Die einzige, wenn Sie nicht Ihr Leben ruinieren wollen. Sie sind doch noch so jung.«

»Aber Max …«

»Der braucht davon nichts zu erfahren. Glauben Sie mir, es ist besser so.« Constanzias Stimme klang jetzt energisch.

Zum Abschied hatte sie ihr eine Visitenkarte gereicht. »Rufen Sie mich an, jederzeit«, hatte sie gesagt. »Aber warten Sie nicht zu lange.«

Seitdem brannte das Bewusstsein um das elegante Stück Karton, das in ihrem Portemonnaie steckte, in ihrem Hirn. Sie trug die Karte immer bei sich, Fluch und Verlockung zugleich. »Danach ist alles wieder wie zuvor«, klang ihr die vernünftige Stimme noch immer im Ohr. Doch das stimmte nicht. Die Zeit ließ sich nicht zurückdrehen. Erinnerungen ließen sich nicht auslöschen.

Entgegen Constanzias Rat hatte sie versucht, mit Max zu reden. Doch sein Büro an der Universität war stets verschlossen. Sie setzte alle Hoffnung auf diesen einen letzten Seminartag vor den Weihnachtsferien. Sie war viel zu früh aufgetaucht und hatte wieder vor verschlossener Tür gestanden. Als Max schließlich auftauchte, wartete bereits eine Gruppe von Studenten mit ihr. Er lächelte, machte wie gewohnt ein paar Scherze, doch sein Blick glitt über sie hinweg. In dieser letzten Stunde vor den Weihnachtsferien wollte er Dias von venezianischen Malereien zeigen. Entschlossen setzte sie sich neben ihn, in der Hoffnung, ihm ein paar Worte zuflüstern zu können. Oder im Schutz der Dunkelheit vielleicht seine Hand zu berühren, um etwas Trost zu finden, zu spüren, dass er noch bei ihr war. Doch kaum *dass sie sich gesetzt hatte, erhob er sich. Er ging hinüber zum Diaprojektor und bedeutete dem Studenten, der die Aufgabe übernommen hatte, weiterzuschalten, sich zu setzen.*

›Er geht mir aus dem Weg‹, dachte Marlene. Die Erkenntnis breitete sich in ihrer Brust aus wie ein Schwarm schwarzer Vögel mit scharfen Krallen und spitzen Schnäbeln.

In der Dunkelheit konnte sie ihn nur vage neben dem Projektor erkennen. Nur wenn er von einem Dia zum nächsten wechselte, leuchtete sein vertrautes Gesicht merkwürdig fremd im bläulichen Licht auf. Sie blinzelte, als er schließlich den Projektor aus- und das Deckenlicht anschaltete.

»Meine Damen, meine Herren, ich wünsche Ihnen ein gesegnetes Weihnachtsfest«, sagte er und lächelte in die Runde. Und wieder glitt sein Blick über sie hinweg, blieb nicht, wie sonst, diese eine bedeutsame Sekunde an ihr haften. Bevor sie reagieren konnte, war er auch schon verschwunden.

Sie schrak zusammen, als sie spürte, wie etwas um ihre Beine strich. Eine Katze rieb sich mit aufgerichtetem Schwanz an ihr. Sie maunzte und sah auffordernd zu Marlene hinauf.

»Das iste Michelangelo«, sagte die Haushälterin. »Der vermisst seine Herrchen.«

›Und ich habe nicht einmal gewusst, dass du eine Katze hast‹, dachte Marlene.

Die Haushälterin reichte ihr einen kurzen Bleistift und ein billiges, liniertes Papier, das an einem Ende etwas ausgefranst war. Offenbar hatte sie es von einem Notizblock abgerissen.

»Tute mir leid. Das iste alles, was isch abe.«

»Das spielt keine Rolle, vielen Dank.«

Die Frau wandte sich diskret ab und machte sich am Spülbecken zu schaffen.

Marlene zögerte kurz. »Lieber Max«, schrieb sie dann, »es ist etwas geschehen. Ich muss Dich unbedingt sehen. Du findest mich jeden Tag zwischen 14 und 17 Uhr in der Bibliothek. Bitte komm so schnell Du kannst. Marlene«

Sie faltete das Papier zweimal. Es sah armselig aus. »Für Dr. Max Textor, persönlich«, schrieb sie darauf. Als sie sich erhob, erfasste sie ein Schwindel, der sie zwang, sich an der Lehne des Stuhles festzuhalten.

»Alles in Ordnung mit Ihnen, Signorina?«

»Es geht schon.« Sie zwang sich zu einem Lächeln. »Wenn Sie so freundlich wären, das dem Doktor zu geben.«

»Naturalmente. Ich gäbe es ihm gleich, wenn er ist wieder da.« Sie streckte die winzige Hand aus und nahm ihr das Papier behutsam ab.

Marlene fragte sich, ob sie die erste Studentin war, die unangemeldet hier aufkreuzte, verzweifelt, weil sie plötzlich Luft für ihn war.

»Grazie«, sagte sie und lächelte schief. Und dann machte sie sich auf die lange Heimfahrt ans andere, weniger elegante Ende der Stadt.

Von da an verbrachte sie ihre Nachmittage in der Bibliothek. Für den Fall, dass er eher kommen sollte als geplant. Der vertraute Raum war still und einsam, ein warmer heller Kokon in der früh einsetzenden Dunkelheit, in dem sie sich unerwartet geborgen fühlte. Sie schrieb an ihrer Hausarbeit, die ihr überraschend mühelos von der Hand ging, jene

Arbeit über Bellini, die Max lesen würde, würde lesen müssen. In dem Wunsch, ihm zu gefallen, ihn zu beeindrucken, ihn wieder für sich einzunehmen, ging sie vollständig auf und sah, dass das, was sie schrieb, besser war als alles, was sie je zustande gebracht hatte. Und so, eingesponnen in die Bücher und das Schreiben, merkte sie es nicht einmal, als er endlich den Raum betrat.

»Marlene«, sagte er.

Sie sah auf. Unfähig aufzustehen, blieb sie sitzen, und er kam zu ihr herüber, nahm sie in den Arm und küsste sie auf den Scheitel. Sie sagte kein Wort, presste nur das Gesicht an seinen flachen Bauch und schloss die Augen. Er roch vertraut nach Pfeifentabak und dem Aftershave, von dem sie nicht wusste, wie es hieß.

»Komm«, sagte er nach einer Weile, »wir gehen hinüber in mein Büro.« Und sie ließ sich von ihm in ihren Mantel hüllen. Wie einem Kind knotete er ihr sorgsam den hässlichen Schal, den ihre kleine Schwester ihr zu Weihnachten gestrickt hatte, um den Hals.

»Was ist denn das für ein Ungetüm«, sagte er, und sein Lächeln brachte endlich den schweren Eisklumpen zum Schmelzen, der ihr seit Wochen auf der Brust gelegen hatte. Und sie lachte und dachte: ›Es wird alles gut.‹

Später in seinem Büro saß sie auf der Couch, auf der sie sich so oft geliebt hatten. Er hatte sich einen Stuhl herangezogen, nah genug, dass er ihre Hände in seine nehmen konnte.

»Es tut mir so leid, Marlene«, sagte er, »das hätte nicht passieren dürfen.«

»Du weißt es also.«

Er zögerte kurz. »Constanzia hat es mir erzählt.«

Sie wollte ihm ihre Hände entziehen, doch er hielt sie fest.

»Wir müssen jetzt das Richtige tun«, sagte er.

»Sie will es wegmachen.« Marlene biss sich auf die Unterlippe, damit er ihr Zittern nicht bemerkte.

»Sie ist eine großartige Ärztin.«

»Aber das ist doch … Das ist doch krank, wenn deine Frau unser Kind …«

»Da ist noch kein Kind«, sagte er sanft. »Das ist, wenn überhaupt, ein Fischlein.« Er griff nach einem Stück Papier und malte ein knubbeliges Ding darauf, ein gekrümmtes unförmiges Etwas mit einem grotesken Kopf und einem Schwanz.

Entsetzt starrte sie darauf. Sie wusste, dass er gut zeichnen konnte.

»Es ist kein Kind, es ist nur die Option auf ein Kind.«

Verwirrt schaute sie ihn an.

»Marlene«, sagte er, »du bist noch so jung. Du kannst noch viele Kinder haben. Wir können noch viele Kinder haben. Aber …«

›Wir?‹, dachte sie und sagte: »Aber was?«

»Aber nicht jetzt.«

Sie schwieg.

»Sieh mal, wenn ich erst einmal diese Professur habe, dann kann die mir keiner mehr wegnehmen. So eine Berufung ist auf Lebenszeit. Und dann, dann wären wir frei, verstehst du?«

»Aber ich bin doch nun mal jetzt schwanger.«

Er erhob sich, trat ans Fenster und schaute hinaus in den nachtdunklen Nachmittag.

»Ich stamme aus kleinen Verhältnissen«, sagte er dann. »Ich habe noch drei ältere Schwestern, aber ich bin der einzige Sohn. Ich war der Einzige, der länger zur Schule gehen durfte. Meine Schwestern, die sind mit 14 abgegangen, ›in Stellung‹, wie das damals noch hieß, als schlecht bezahlte Dienstmädchen in reichen Häusern.« Er schwieg, und sie sah, wie sein Atem die Fensterscheibe beschlug. »Amelie, die Älteste von uns, die war so viel begabter als ich. Aber sie hat sich nie beklagt, dass ich und nicht sie studieren durfte.«

»Was ist aus ihr geworden?«

»Oh, sie hat dann bald geheiratet. Den Sohn der Familie, für die sie gearbeitet hat.« Im dunklen Fenster spiegelte sich sein Lächeln. Er wandte sich zu ihr um. »Was für ein Skandal! Aber sie hat trotzdem nie studieren können, wie sie es sich gewünscht hatte. Archäologin wollte sie werden, davon hat sie schon als Kind geträumt. Troja! Tutanchamun! Aber sie hat sich nie beklagt. Es war für sie selbstverständlich, dass ich, das Nesthäkchen, eine Ausbildung bekomme. Nur, weil ich ein Junge war.«

Er breitete die Arme aus, in einer hilflosen Geste, und ließ sie wieder sinken. »Verstehst du nicht, dass ich ihretwegen das Beste aus dem machen muss, was man mir geschenkt hat?«

Marlene holte tief Luft. Sie hob zu einem Einwand an, den er mit einer Geste erstickte.

»Constanzia ist eine großartige Ärztin. Sie hat schon vielen Frauen in deiner Situation geholfen.«

›In meiner Situation‹, dachte Marlene. ›Jetzt ist das also wieder meine Situation, nicht unsere.‹

»Warum macht sie so was?«

Er schwieg. Dann sprach er, ohne sie anzusehen. »Constanzia ist mit 16 Jahren schwanger geworden. Sie hatte sich verliebt und da ist es eben passiert. In ihrer Angst ist sie zu einer Engelmacherin gegangen wie so viele Frauen vor ihr und nach ihr. Es war wohl … ein schreckliches Gemetzel. Sie hat es nur knapp überlebt, aber sie kann keine Kinder mehr bekommen.«

»Und darum tötet sie jetzt die Kinder anderer Frauen? Weil sie selbst keine mehr haben kann?«

Er sah ihr in die Augen. Zum ersten Mal erlebte sie ihn wirklich wütend. Aber seine Stimme blieb ganz ruhig.

»Du weißt nicht, wovon du sprichst«, sagte er kalt. »Zu Constanzia kommen verzweifelte Frauen aus allen Bevölkerungsschichten. Dafür nimmt sie kein Geld. Und wenn das jemals herauskommt, kann sie dafür ins Gefängnis gehen. Viele haben schon allein versucht, ihr Kind loszuwerden. Sie springen von Tischen, sie steigen Treppen hoch und herunter, pumpen sich Seifenlösung in die Vagina … aber so einfach lässt sich das Leben nicht auslöschen.« Er atmete stoßweise. »Manchmal kommen sie zu uns nach Hause, blutend, weil sie versucht haben, sich das Kind mit einer Stricknadel aus dem Unterleib zu kratzen oder mit einer Fahrradspeiche, Herrgott, was weiß ich … Und es ist nicht selten, dass sie sterben, mit durchbohrtem Uterus, unter schrecklichen Qualen.« Er sah sie eindringlich an. »Constanzia will den Frauen besser helfen, als ihr geholfen wurde. Ohne Schmerzen. Ohne Verstümmelungen. Wenn so ein … Abbruch medizinisch sachgemäß durchgeführt wird, können die Frauen später wieder schwanger werden, wenn sie es wünschen. Und sie sterben nicht bei dem Versuch, eine Schwangerschaft zu beenden, die für sie eine Katastrophe wäre.«

Marlene bemerkte, dass sie ebenso stoßweise atmete wie er. »Du liebst sie«, stellte sie fest.

»Herrgott, natürlich liebe ich sie. Sie ist meine Frau.«

Er fuhr sich mit beiden Händen über das Gesicht. »Und sie ist ein ganz wunderbarer Mensch.«

Marlene senkte den Blick.

Mit drei Schritten war er bei ihr, nahm ihr Gesicht fast grob in seine Hände und presste seine Stirn an ihre. »Aber das heißt nicht, dass ich dich nicht noch mehr liebe«, flüsterte er.

›Und was ist mit Elisabeth und all den anderen?‹, dachte Marlene, doch sie sagte nichts und hielt sich fest an seinen Worten.

»Ich denke darüber nach«, sagte sie.

»Natürlich«, sagte er. Und dann ließ er sie gehen.

Am nächsten Morgen war sie krank.

Sie lag in ihrem Bett unter der Dachschräge und blickte zum Fenster, in dem nichts als der monochrome graue Himmel zu sehen war. Auf einem Regal saßen noch ihre alten Puppen, daneben standen säuberlich die Bücher, die sie in ihrer Jugend geliebt hatte: »Der Schatz im Silbersee«, »Försters Pucki«, »Der kleine Lord«. ›Es wird Zeit, dass ich sie wegräume‹, dachte sie müde.

Auf dem Tisch neben dem Bett stand eine Tasse mit Kamillentee, der längst kalt geworden war. Ihr Vater hatte ihn ihr gebracht – die Mutter musste sich auch heute um die Toten und deren Angehörigen kümmern. Für die eigene Familie war im Leben von Roswitha Matthies wenig Platz.

Am Morgen hatte das Quecksilberthermometer 38,5 Grad angezeigt. Die Mattigkeit, die das Fieber mit sich brachte, machte Marlene angenehm gleichgültig. Sie wusste, sie würde eine Entscheidung treffen müssen. Aber das würde nicht heute sein. In der Nacht hatte sie sich eingebildet, ein leichtes Ziehen im Bauch zu spüren. Sie war im Dunklen mit nackten Füßen die Treppe hinunter zur Toilette getappt, doch in ihrer Unterhose war kein Tropfen Blut. Die Hoffnung, die Schwangerschaft möge sich doch noch als Irrtum entpuppen, war einmal mehr enttäuscht worden.

Sie erinnerte sich noch gut an den Tag ihrer ersten Regelblutung. Sie war dreizehn Jahre alt gewesen. Außer sich vor Entsetzen und in der tiefen Überzeugung, sterben zu müssen, hatte sie sich weinend auf dem Klo eingesperrt. Als sie sich schließlich ihrer Mutter anvertraut hatte, hatte diese nur geseufzt und gesagt: »Ist es jetzt also so weit.« Dann hatte sie ihr ein paar Binden gegeben, sie scharf angesehen und gesagt: »Komm mir bloß nicht mit 'nem Kind nach Hause!«

Erst ihre Freundin Karin hatte ihr den Zusammenhang zwischen den Blutungen und ihrer neu gewonnenen Fähigkeit, Kinder zu kriegen, erklärt.

›Komm mir bloß nicht mit 'nem Kind nach Hause …‹

Sie dachte an Karla, ihre Schulkameradin, die mit 17 vom Gymnasium abgegangen war, als ihr Bauch immer dicker wurde. Inzwischen arbeitete sie als Fabrikarbeiterin bei »3M« in der Georg-Wilhelm-Straße, wo sie den Tag damit verbrachte, Gießharz wie Honig in Plastikgläschen abzufüllen. Sie hatte Karla einmal zufällig getroffen, sich am Spielplatz zu ihr auf eine der Bänke gesetzt. Das Kind, ein stilles Mädchen mit blonden Rattenschwänzen, hatte im Sandkasten gespielt. Karla, die beim Lächeln immer so hübsche Grübchen in den Wangen gehabt hatte, erschien ihr geschrumpft und verblasst. Sie hatte dunkle Ringe unter den Augen und rauchte nervös.

»Das Schlimmste ist, dass ich die Kleine in diese verdammte Krippe bringen muss«, hatte sie gesagt. »Da *binden sie die Kinder auf dem Töpfchen an den Tischbeinen fest, damit sie sie nicht so oft windeln müssen.«*

Wütend warf sie ihre Zigarette auf den Boden und trat sie aus.

»Kann deine Mutter sie nicht nehmen?«

Karla schüttelte den Kopf. »Die hat nur gesagt: ›Da hast du dich selbst reingeritten, jetzt sieh zu, wie du damit fertigwirst.‹«

Ein kleiner Junge wackelte auf unsicheren Beinchen hinüber zu Karlas Töchterchen. Einträchtig begannen die Kinder, Sandkuchen auf den Rand des Sandkastens zu türmen.

Marlene sah ihre ehemalige Mitschülerin von der Seite an, deren Augen wiederum auf ihrem Töchterchen ruhten.

»Bereust du es manchmal?«

Karla warf ihr einen Blick zu. Eine Antwort gab sie ihr nicht.

Marlene schloss die Augen. Und zog sich die Decke bis unters Kinn. Ein uneheliches Kind. Sie wusste nicht, ob sie das schaffen würde.

In der Nacht erwachte sie. Durch das Dachfenster schien der Mond direkt auf ihr Kopfkissen, so hell, dass sie die Visitenkarte entziffern konnte. Teurer Prägedruck auf dickem weißem Papier. »Dr. Constanzia Textor, Gynäkologin« stand darauf und die vornehme Praxisadresse in Harvestehude. Sie zerriss die Karte und ließ die Überreste wie Schneeflocken neben ihrem Bett zu Boden rieseln.

Am nächsten Morgen schlug sie mit einem Ruck die Augen auf und klaubte die Papierschnipsel wieder zusammen. Ein

Teil fehlte, das sie auf allen vieren auf dem kalten Boden krabbelnd suchte, bis sie es in einem ihrer Pantoffeln fand. Aufatmend notierte sie sich die Nummer auf ein unverfängliches Stück Papier.

Sie wartete, bis ihre Eltern und die kleine Schwester das Haus verlassen hatten. Dann ging sie auf Socken hinunter in die Diele, wo das Telefon stand. Ohne zu zögern, wählte sie die Nummer.

»Gynäkologische Praxis Dr. Textor. Was kann ich für Sie tun?«

»Mein Name ist Marlene Matthies. Ich würde gern Frau Dr. Textor sprechen.«

»Sie sind bereits Patientin?«

»Nein, noch nicht. Aber sie kennt mich.«

»Augenblick. Ich versuche, Sie durchzustellen.«

Während sie wartete, las sie, was auf dem gestickten Tuch stand, das über dem Telefon in einem Rahmen an der Wand hing. »Hilf dir selbst, so hilft dir Gott« stand da. Sie fröstelte und zog die Strickjacke, die sie über ihrem Nachthemd trug, enger um sich.

»Constanzia Textor.«

»Guten Morgen, Frau Doktor. Ich bin es, Marlene Matthies.«

»Marlene. Schön, dass Sie anrufen.«

»Ich habe mich entschieden.«

»Das ist gut. Dann kommen Sie am besten so bald wie möglich vorbei.«

»Ginge es gleich heute?«

»Warten Sie einen Moment.«

Marlene hörte, wie die Ärztin in einigen Papieren blätterte. »Heute Abend passt es. Die Praxis schließt um 18 Uhr. Am besten, Sie kommen gegen acht, dann können wir ungestört … reden.«

»Ich werde da sein.«

»Und … Marlene? Sprechen Sie mit niemandem darüber, hören Sie?«

Marlene fröstelte. Ihre Schenkel, die links und rechts vor ihr in die Höhe ragten, waren von Gänsehaut überzogen. Sie zuckte zusammen, als sich das kalte Metall in ihren Unterleib schob.

»Sie müssen versuchen, sich zu entspannen«, hörte sie Constanzia sagen. Die Hände der Ärztin steckten in Latexhandschuhen und fühlten sich auf ihrem Leib künstlich an.

Die Untersuchung durch den Allgemeinmediziner, zu dem ihr Freund Leo sie gebracht hatte, war bereits demütigend gewesen. Aber sie stand in keinem Vergleich zu dem, wie sie sich jetzt fühlte, entblößt und ausgeliefert vor der Frau ihres Geliebten, die sie mit steinerner Miene betrachtete. In ihren Ohren blitzten Perlenstecker. Auch in dem weißen Arztkittel sah Constanzia Textor elegant aus.

Marlene wandte den Kopf zur Seite und sah durch das Oberlicht des Fensters in das Schneetreiben im Licht der Straßenlaterne. Sie spürte, wie das Instrument in ihr sich ausdehnte. Eine Träne löste sich, rann seitlich aus ihrem Augenwinkel und versickerte in ihrem Haar.

Constanzia hatte ihr genau erklärt, was passieren würde. Sie würde sie erst untersuchen und dann eine örtliche Betäubungsspritze in den Muttermund setzen. »Das wird wehtun«, hatte sie gesagt, »aber anschließend werden Sie nichts mehr spüren, außer vielleicht einen Druck im Unterleib.« Sie hatte sie gemustert. »Werden Sie das schaffen?«

Marlene hatte genickt.

»Normalerweise machen wir solche Eingriffe unter Vollnarkose. Mit Äther.«

»Normalerweise? Aber ich dachte, so was sei … verboten.«

Constanzia hatte geseufzt. »Es gibt Ausnahmen. Wenn das Leben der Mutter durch die Schwangerschaft gefährdet ist beispielsweise. Aber ich will meine Narkoseärztin nicht mit hineinziehen. Darum muss es so gehen.«

Marlene nickte stumm. Irgendwie fand sie, war sie es dem Fischlein schuldig, wach zu sein, wenn es passierte. Ihr Blick wanderte zur Wand, wo Schautafeln von Föten in unterschiedlichen Reifestadien zu sehen waren.

Marlene zuckte zusammen, als die Ärztin das Instrument aus ihr herauszog. Es landete mit einem Scheppern in einer Metallschale.

»Ziehen Sie sich bitte wieder an.«

Wortlos verschwand Marlene hinter dem Wandschirm, wo sie Rock, Stiefel, Strümpfe und Höschen abgelegt hatte. Sie war verwirrt. Hatte es nicht schon heute passieren sollen? Schließlich trat sie verlegen hinter dem Sichtschutz hervor. Constanzia saß bereits wieder an ihrem Schreibtisch.

»Bitte nehmen Sie Platz.«

Marlene strich den Rock glatt und setzte sich mit zusammengepressten Knien auf den Stuhl. Sie meinte noch immer, die kalten Arme des Metallinstruments in sich zu spüren.

Die Ärztin warf einen Blick in ihre Unterlagen, lehnte sich zurück und musterte sie.

»Sie haben gesagt, Ihre letzte Blutung war Ende November?«

»Ja.«

»Ist Ihnen irgendetwas Ungewöhnliches aufgefallen? War sie beispielsweise schwächer oder stärker als üblich?«

Marlene zuckte die Schultern. »Sie war eher schwächer. Aber mein Zyklus ist ohnehin nicht wirklich regelmäßig.«

»Und davor?«

Marlene dachte nach. »Anfang Oktober, glaube ich.«

»Ich verstehe.« Die Ärztin klappte ihre Unterlagen zu. »Die Blutung, die Sie hatten, das war vermutlich keine Monatsblutung, sondern eine Zwischenblutung.«

»Ist das ein Problem?«

»Meiner Ansicht nach sind Sie nicht Anfang des dritten, sondern Ende des vierten Monats.«

Marlenes Augen wanderten zu den Schautafeln mit dem heranwachsenden Kind. Unter einem davon stand: »16. Woche«. Das war kein Fischlein mehr. Das war ein winziger Mensch.

»Ich kann den Fötus nicht mehr entfernen. Es ist zu spät.«

Marlene schluckte.

»Und jetzt?«, flüsterte sie.

Constanzia beugte sich vor. »Ich hätte da einen Vorschlag.«

Als Marlene einige Zeit später das Haus verließ, bemerkte sie die Gestalt, die im Dunklen stand, nicht.

Henno hatte über eine Stunde auf sie gewartet. Diesmal hatte er gehofft, sie in flagranti mit ihrem Liebhaber erwischen zu können. Er hatte das saubere Pärchen in aller Öffentlichkeit zur Rede stellen wollen. Doch statt ihrem Geliebten hatte Marlene offenbar dessen Gattin einen Besuch abgestattet, wie ihm ein Blick auf das Praxisschild verriet.

Was wollte sie nur von der Frau?

Während er zum hell erleuchteten Fenster der Praxis hinaufstarrte, spielte er verschiedene Szenarien durch und verwarf sie wieder. Für einen normalen Arztbesuch war es jedenfalls zu spät. Hatte die Frau Doktor sie einbestellt, um der Nebenbuhlerin den Kopf zu waschen? Wollte Marlene sie mit der Affäre konfrontieren, um eine Trennung durchzusetzen?

Als sie an ihm vorbeiging, wollte er sie am Arm packen und ansprechen, doch sie lief mit in sich gekehrtem Blick die Straße entlang. Sie hatte den Kragen hochgestellt, die Hände tief in die Manteltaschen vergraben. Sie wirkte nicht, als hätte sie eine Auseinandersetzung mit einer eifersüchtigen Ehefrau hinter sich.

Was mochte sich wohl hinter den erleuchteten Fenstern abgespielt haben?

Er folgte ihr in sicherem Abstand bis zur Straßenbahn, die sie zur Innenstadt bringen würde. Schnee stäubte auf ihrer roten Mütze, dem darunter hervorscheinenden Haar und dem Mantel. Sie anzusehen tat ihm weh – und er wusste nicht, was ihn mehr schmerzte, sein brennender Zorn oder die verlorene Liebe.

DER ZEHNTE TAG

Im Kernkraftwerk Krümmel warten die Betreiber auf das Wasser. Erstmals in der Geschichte des Meilers werden sie im Ernstfall die Fluttore schließen. Noch hat die Flut den kritischen Pegel nicht erreicht.

Trotz des schönen Wetters saßen sie im Dämmerlicht des Aufenthaltsraums: seine Großmutter, Dr. Anselm, ihr rotbestrumpfter, stummer Begleiter, sowie das Ehepaar Krämer, zwei verhutzelte krähenartige Gestalten, die Theo nur schwer auseinanderhalten konnte. Sie saßen um einen Tisch herum und spielten Canasta. Roswitha Matthies' sehnige Hände krallten sich um nur noch vier Karten. Sie versuchte, ihrem Spielpartner mit rollenden Augen Zeichen zu geben. Vermutlich sollte er möglichst viele Karten von der Hand kriegen, damit sie Schluss machen konnte. Er zuckte bedauernd mit den Schultern und nahm eine weitere Karte auf.

»Verflixte Kiste!« Roswitha griff nach einem Glas Orangensaft, das neben ihr stand. Sie leerte es mit Schwung und knallte es anschließend auf den Tisch wie ein Cowboy im Western seinen Whisky.

»Darf ich ausmachen?«, piepste eine der Krähen links von ihr und kündigte so ihrem Partner an, in der nächsten Runde das Spiel beenden zu wollen.

Roswitha schloss kurz die Augen, sandte offenbar ein Stoßgebet zum Himmel und griff dann nach der nächsten Karte auf dem dahinschmelzenden Stapel. Konzentriert starrte sie sie an – dann ging ein Leuchten über ihr Gesicht. »Canasta!«, rief sie. Legte die Karten ab und stieß triumphierend die Faust in die Luft, sodass das lose Fleisch an ihren Armen hin und her schwang.

Theo biss sich auf die Lippen, um nicht laut zu lachen. Seine sonst so bärbeißige Großmutter verwandelte sich beim Kartenspielen stets in ein fröhliches Energiebündel. Das war schon so, seit Theo denken konnte. Rommé, Canasta, Poker – sobald seine Großmutter ein Päckchen Karten in die Hand bekam, legte sie los. In diesen Momenten erhaschte er einen Blick auf die lebhafte junge Frau, in die sich sein Großvater einst verliebt hatte und die Theo nur von alten Familienfotos kannte.

Zufrieden raffte sie die Münzen auf dem Tisch an sich.

»Zockerin«, sagte Theo und küsste sie auf die Wange. »Du wirst noch all dein Hab und Gut verspielen.«

Sie warf ihm einen spöttischen Blick zu. »Von wegen! So bessere ich meine magere Rente auf!«

Theo hoffte, dass sie nicht auf ihre alten Tage noch das Internet entdecken und dort groß im Poker einsteigen würde. Zuzutrauen wäre es ihr.

»Gehen wir auf dein Zimmer. Ich muss etwas mit dir bereden.«

»Geht nur, wir anderen sind sowieso fast pleite«, sagte eine der beiden alten Krähen.

Roswitha stemmte sich hoch, stopfte ihr Geld in die Handtasche und hakte sich dann bei ihrem Enkel unter. »Abmarsch«, sagte sie.

In ihrem Zimmer angekommen ließ sie sich in ihren Sessel sinken. Theo schloss sorgfältig die Tür und zog sich einen Stuhl heran.

»Ich nehme an, es geht wieder um Marlene.« Die buschigen Augenbrauen seiner Großmutter zogen sich zusammen.

Theo holte tief Luft. »Hast du gewusst, dass sie schwanger war, als sie verschwand?«

Seine Großmutter fixierte ihn mit Blicken. Ihre Augen waren ebenso dunkel wie seine. »Wie kommst du denn auf so was?«

»Ein Kommilitone von ihr hat es mir erzählt.«

»Ein was?«

»Ein ehemaliger Mitstudent.«

»Und woher will der das wissen?«

»Er hat sie begleitet. Zum Arzt.«

Seine Großmutter schob das Kinn vor. »Ärzte«, sagte sie nur verächtlich.

»Habt ihr deswegen gestritten, du und Marlene, an dem Tag, an dem sie verschwand?«

Roswitha starrte ihn noch einen Moment an. Dann sank sie in sich zusammen wie ein aufblasbares Schwimmtier, aus dem man die Luft gelassen hatte. Sie blickte zur Wand, an der die Rahmen mit den Familienfotos hingen. Zum ersten Mal bemerkte Theo, dass sie sie wie einen Stammbaum angeordnet hatte: Die Eltern seiner Großmutter, die einen Kaufmannsladen in Wilhelmsburg betrieben hatten. Seinen Urgroßvater, der das Beerdigungsinstitut gegründet hatte und der ihr Schwiegervater gewesen war – ein Herr mit weißem Bart und Kapitänsmütze. Seine jung verstorbene Frau. Dann das Hochzeitsbild von Roswitha und ihrem Mann. 1938 war das gewesen, wusste er. Dann die drei Kinder, sein eigener Vater, Inge und Marlene. Und schließlich das Hochzeitsfoto von ihm und Nadeshda.

Marlenes Bild war von allen das kleinste, in einem nur hühnereigroßen Rahmen, ein unscharfes Porträt. Er nahm es von der Wand und hielt es seiner Großmutter hin.

Ihr Blick glitt darüber hinweg und richtete sich dann wieder aufs Fenster. Durch die gekippten Scheiben drangen der Duft frischgemähten Rasens und das rhythmische Zischen eines Rasensprengers. »Du verstehst das nicht. Du weißt nicht, wie es damals war.«

Er setzte sich wieder, das Bild hielt er in der Hand.

»Weißt du, ich hab' mein Leben lang geschuftet, als dein Großvater im Krieg war, und auch, als er dann wiederkam und nicht mehr der Alte war. Das Bestattungsunternehmen hat uns alle durch den Krieg gebracht und auch durch die Zeit danach. ›Gestorben wird immer‹, hat mein Schwiegervater immer gesagt, und damit hat er so viel mehr recht gehabt, als er es je geahnt hätte.« Sie verzog kurz das Gesicht, und Theo begriff, dass sie an den Krieg mit seinen vielen Toten dachte. »Aber so eine Bestattung, das ist eine Frage der Pietät. Die Leute sind zu uns gekommen, weil sie wussten, dass wir anständige Leute sind. Die Konkurrenz schläft nicht, mein Junge – auch nicht im Bestattungswesen!«

Theo nickte. Bestattungen waren ein Geschäft, das man nicht unbegrenzt steigern konnte. Die Zahl der Toten in einer Stadt blieb weitgehend konstant – normalerweise.

»Ein Skandal hätte uns das Genick gebrochen! Uns allen!«

»Und ein uneheliches Kind, das war damals noch ein Skandal.«

»Ich hab' ihr gesagt, sie soll zusehen, dass der junge Mann sie heiratet.«

»Welcher junge Mann?«

»Na, ihr Freund. Dieser Henno. Aber der war ihr wohl

nicht mehr gut genug, dem feinen Fräulein Kunststudentin.«

»Und? Was hat sie dazu gesagt?«

»Gelacht hat sie. ›Das ist leider nicht möglich‹, hat sie gesagt.«

»Ich glaube nicht, dass er der Vater war.«

»Das habe ich dann auch erfahren! Es hat ja nicht gereicht, dass sie sich ein Kind anhängen lassen hat – es musste ja auch noch ein verheirateter Mann sein!«

»Und dann?«

»Ich hab' ihr gesagt, das ist mir egal. Dass sie sich dem Henno notfalls vor die Füße werfen soll, damit er sie nimmt. Der hätt' das gemacht! Der war vollkommen vernarrt in sie.«

»Hauptsache, der Schein wird gewahrt …«

»Was weißt denn du, du Grünschnabel? Damals waren das andere Zeiten. Da ging es nicht darum, sich selbst zu verwirklichen, wie es heutzutage immer so schön heißt! Oder seinen Lebenssinn zu finden!« Sie funkelte ihn an. »Damals ging es darum, irgendwie über die Runden zu kommen!«

»Aber Marlene hat das nicht so gesehen, vermute ich.«

»Marlene. Die schien immer so lieb und still. Dabei hat sie einen eisenharten Dickschädel gehabt.«

»Und dann hast du sie vor die Tür gesetzt.«

Roswitha schüttelte den Kopf. »Sie war es, die gegangen ist. ›Ich weiß, was ich tue‹, hat sie gesagt, das Fräulein Hagestolz. Und dass sie jemanden trifft, der ihr hilft. Dann hat sie ihren Mantel angezogen und ein Kopftuch umgebunden. ›Wenn du jetzt gehst, brauchst du gar nicht mehr wiederkommen‹, hab' ich gesagt. Aber sie hat sich nur umgedreht und ist raus in den Sturm.« Sie klaubte mit zittrigen Händen ein Taschentuch aus der Kitteltasche und tupfte sich die Mundwinkel ab.

»Und du bist ihr hinterher, Mutter«, sagte eine Stimme. Theo schaute auf. Im Türrahmen lehnte seine Tante Inge.

»Es ist doch nicht zu fassen«, sagte Theo, als sie eine halbe Stunde später an einem Imbiss am Stübenplatz saßen. Theo hatte ein paar Krimis in der Buchhandlung Lüdemann bestellt, die gleich ums Eck lag, und Inge hatte spontan beschlossen, ihn zu begleiten.

Seine Großmutter hatte sich strikt geweigert, das Thema weiterzuverfolgen, und abgestritten, dass Inges Erinnerungen der Realität entsprachen.

»Mutter, ich bin mir da aber vollkommen sicher. Und du warst nicht nur kurz draußen, du warst ewig unterwegs!«, hatte Inge interveniert.

»So ein Unfug.«

»Ich erinnere mich genau daran, weil ich solche Angst hatte um euch beide bei dem Sturm.«

Ihre Mutter hatte unwirsch abgewinkt. »Das musst du mit einer anderen Nacht verwechseln. War ja nicht die einzige Sturmflut, die wir in all den Jahren hatten.«

Inge hatte die Augen verdreht und es aufgegeben.

Jetzt biss sie mit Appetit in einen Döner Dürum, bei dem die Fleischstückchen nicht in einem Fladenbrot, sondern in einem aufgerollten dünnen Fladen steckten.

Durch das Fenster konnten sie auf den Wilhelmsburger Busbahnhof blicken. Der dortige kreisrunde Pizzaimbiss hatte ein paar Tische und Stühle nach draußen gestellt, auf denen Männer unterschiedlichen Alters und verschiedenster

Nationalität in der Sonne saßen. Ein kleiner Junge wehrte sich mit Händen und Füßen dagegen, einen knallroten Minihubschrauber zu verlassen, der nach dem Einwurf von 50 Cent Flugbewegungen simulierte.

»Ich verstehe einfach nicht, warum sie es so vehement abstreitet.« Inge war noch immer erbost.

Theo, der keinen Hunger hatte, rührte in seinem türkischen Mokka.

»Sie kann es doch nicht selbst getan haben, oder?«, fragte er.

»Bist du verrückt?« Inges Döner blieb in der Luft hängen. Etwas Soße tropfte auf den Teller vor ihr. »Die bringt doch nicht ihre eigene Tochter um, nur weil sie schwanger ist!«

»Soll es alles schon gegeben haben.«

»Aber doch nicht Muttern!«

»Sie hat sich ziemlich aufgeregt, als ich sie auf Marlenes Schwangerschaft angesprochen habe. Heute noch, nach fünfzig Jahren! Sie hat gesagt, das hätte eure gesamte Existenz gefährdet. Und in einem Anfall von Verzweiflung und Wut? Wer weiß ...«

Inge legte den angebissenen Döner auf ihrem Teller ab.

»Wie lange war sie denn weg?«, wollte Theo wissen.

Inge zuckte die Schultern. »Keine Ahnung, ich bin dann irgendwann ins Bett und hab' mir die Decke über den Kopf gezogen.« Inge runzelte die Stirn. »Mensch, Theo. Noch wissen wir ja nicht mal, ob die Tote überhaupt Marlene ist.«

Das musste Theo zugeben. Er hatte bereits mehrfach bei Hadice nachgefragt, wie es mit dem DNA-Abgleich stünde, aber die hatte abgewinkt und nur gesagt, fünfzig Jahre alte Fälle hätten nun mal nicht die oberste Priorität.

»Du hast recht«, sagte er. »Und woher hätte Roswitha denn auf die Schnelle auch eine Waffe herhaben sollen?«

Inge schwieg. Sie zupfte ein Tomatenstückchen von ihrem Teller und steckte es sich in den Mund.

»Inge?«

»Vattern hatte doch diese Pistole, noch aus dem Krieg. Die lag immer in einer Schachtel in der Kammer in der Diele.«

»Stimmt. Davon hat mir Papa erzählt und dass ihr als Kinder heimlich damit gespielt habt.«

»Ich weiß nur nicht, wo die geblieben ist. Die habe ich ewig nicht gesehen. Und ich weiß auch nicht, wann zuletzt.«

»Oha!«

»Nichts oha. Ich kann mir Muttern nun wirklich nicht vorstellen, wie sie Marlene mit einer Pistole in der Hand nachjagt.« Sie rieb sich stöhnend die Schläfe. »Theo, das ist völlig verrückt. Sie hätte die Leiche dann ja auch noch vergraben müssen.«

»Vielleicht hat sie das ja erst nach dem Sturm gemacht. Vielleicht hat ihr jemand geholfen.«

»Und wer soll das bitte schön gewesen sein?«

»Keine Ahnung, euer Vater?«

Sie schüttelte den Kopf. »Das nun wirklich nicht. Marlene war sein Augenstern. Dass sie nach Marlene Dietrich benannt worden ist, war seine Idee. Da hat er sich endlich mal durchgesetzt. Außerdem war Vattern ja seit dem Krieg nicht mehr wirklich in Form.«

»Aber Roswitha war kräftig, hat mein Vater mir immer erzählt. Die hatte kein Problem, einen Toten alleine in den Sarg zu wuchten.«

Inge griff wieder nach ihrem Döner, biss aber nicht hinein, sondern starrte ihn an.

»Was ist?«, fragte Theo.

»Henno. Henno war an jenem Abend noch mal bei uns. Das hatte ich total vergessen.«

Theo legte langsam den winzigen Löffel neben seine Mokkatasse ab.

»Er wollte fragen, ob bei uns alles in Ordnung ist – bei dem Sturm, meine ich. Und er hat nach Marlene gefragt.« Sie zog die Augenbrauen hoch. »Ich hab' ihm gesagt, dass sie noch mal raus ist, glaube ich.«

»Und hätte er die Pistole unbemerkt mitnehmen können?«

»Vermutlich. Er wusste ja, wo sie lag. Als Kinder hat uns das Ding immer fasziniert, insbesondere die Jungs. Und er ist ja damals praktisch täglich bei uns ein und aus gegangen.«

»Und das Ding lag einfach bei euch in einer Schublade?«

Sie zuckte die Schultern. »Damals hat man das noch nicht so eng gesehen. Da gab es überall noch alte Kriegswaffen in den Häusern. Papa war bei seiner Rückkehr ziemlich traumatisiert. Der hat manchmal nachts im Schlaf geschrien. Der wollte die Pistole sicherheitshalber behalten.«

»Dann muss ich wohl noch einmal mit Henno reden. Wenn der auch noch gewusst hat, dass Marlene schwanger war, hätte er ein erstklassiges Motiv.« Theo seufzte. Auf eine weitere Begegnung mit Hendrik Westphal verspürte er nur wenig Lust.

»Die Frage ist nur, wie kann Henno gewusst haben, wohin sie wollte?«

»Auch wieder wahr.« Er trank seinen letzten Schluck Mokka und betrachtete nachdenklich die Schlieren, die in der winzigen Tasse zurückgeblieben waren.

Nach seinem Großeinkauf diverser aktueller Romane in der gemütlichen Wilhelmsburger Buchhandlung – wie üblich nahm er zu den von ihm bestellten Büchern auch noch mindestens genauso viele Spontankäufe – verabschiedete er sich von Inge, die ihn begleitet hatte. Er wollte das Gespräch mit Henno schnell hinter sich bringen und gleich bei ihm vorbeischauen. Er wohnte unweit des Platzes in der Veringstraße. Doch als er diesmal klingelte, blieb der Türöffner stumm. Damit hatte Theo nicht gerechnet. Hendrik Westphal machte nicht den Eindruck, als wäre er häufig außer Haus.

»Zu wem möchten Sie denn?« Vor ihm stand eine junge, offenbar türkischstämmige Mutter, die Zwillinge vor sich herschob. An den Griffen des Kinderwagens baumelten Tüten voller Gemüse, auf der Ablage unterhalb des Wagens hatte sie Windelpakete verstaut. Zwei kleine Jungen starrten ihn aus großen Augen an.

»Zu Hendrik Westphal.« Theo hielt ihr die Tür auf, was sie mit einem dankbaren Blick quittierte.

»Das ist der Typ mit dem Sauerstoffgerät, oder? Den haben sie gestern mit Tatütata abgeholt. Ist nicht das erste Mal.«

»Sie wissen nicht zufällig, wohin sie ihn gebracht haben?«

»Nee, wirklich nicht. Ich würde es in ›Groß Sand‹ probieren.«

Daran hatte Theo auch als Erstes gedacht. Als Bestatter war er mindestens einmal im Monat in dem Krankenhaus, in dem nicht nur viele Wilhelmsburger zur Welt kamen, sondern auch die meisten starben.

»Besten Dank«, sagte er und ließ die Tür hinter der jungen Frau ins Schloss fallen. Das Gespräch mit dem alten, kranken Mann musste also noch warten.

Bevor er sich auf den Rückweg machte, checkte er kurz seine E-Mails auf dem Smartphone. Neben einer Einladung zu einer Bestattermesse – Särge, Urnen und der neuste Schrei auf dem Leichenwagensektor – fand er tatsächlich eine Nachricht von Hanna. Rasch öffnete er sie. Sie war sehr kurz.

»Lieber Theo«, schrieb sie, »ich bin für ein paar Tage nach Dänemark gefahren, um mir über ein paar Dinge klar zu werden. Ich melde mich, wenn ich wieder da bin. Hanna.«

Theo stöhnte. Es war zum Verrücktwerden! Immer, wenn es schwierig wurde, tauchte Hanna ab. Schnell schrieb er zurück: »Liebste Hanna, bitte entscheide nichts, bevor wir nicht miteinander geredet haben. Ich vermisse Dich. Theo.« Dann schob er das Smartphone wieder in die Hosentasche. Fürs Erste konnte er im Fall Marlene nichts mehr unternehmen.

Kaum war er ein paar Schritte gegangen, spürte er es in seiner Tasche vibrieren. Die Nummer auf dem Display sagte ihm nichts.

»Bestattungsinstitut Matthies, Theo Matthies«, sagte er.

»Du meine Güte.« Die Frau am anderen Ende klang amüsiert. »Guter Mann, da müssen Sie einen doch vorwarnen, dass Sie Bestatter sind, sonst bekommt man ja noch einen Herzinfarkt.« Die Stimme klang alt, aber fest, mit einem leichten Akzent. ›Italienisch‹, dachte er – und wusste, wer die Anruferin war.

»Frau Dr. Textor?«

»In der Tat. Mein Sohn hat mir berichtet, dass Sie mich sprechen möchten. Wie ich höre, geht es um meinen Mann.«

»Ja genau, vielen Dank, dass Sie sich so schnell melden.« Ein Streifenwagen heulte mit Blaulicht an ihm vorbei.

»Entschuldigen Sie, ich bin gerade unterwegs. Sagen Sie, könnte ich vielleicht bei Ihnen vorbeischauen? Die Angelegenheit ist etwas … kompliziert.«

Constanzia Textor lachte. Es klang wie das Lachen einer viel jüngeren Frau. »Natürlich. Allerdings habe ich in dieser Woche einige Termine. Aber wenn es so eilig ist, könnten Sie gern morgen Vormittag auf einen Sprung vorbeischauen. Sagen wir gegen elf Uhr?«

»Ausgezeichnet. Vielen Dank.«

»Bis morgen dann also.« Sie hängte ein.

»Das läuft ja besser als gedacht«, freute sich Theo. Der Haken an der Sache war allerdings, dass er am nächsten Vormittag eine Beerdigung leiten sollte. Rasch wählte er Mays Nummer.

»May? Theo hier.«

»Was gibt's? Ich bin in Eile.«

»Hör mal, kannst du Frau Benning morgen übernehmen?«

»Tut mir leid, ich hab' einen Arzttermin.«

»Könntest du den nicht verschieben? Ich muss dringend jemanden treffen – und die Dame verreist morgen.«

»Sag nicht, es geht wieder um deine Knochenlady!«

»Offen gestanden, doch.«

»Mein Gott, Theo, wenn du in deiner Freizeit wieder einmal Privatdetektiv spielen willst, ist das deine Sache. Aber ich hab' keine Lust, deswegen dauernd für dich einzuspringen.«

»Ich weiß, und es tut mir leid. Aber mir lässt die Sache nun mal keine Ruhe.«

May stöhnte.

»Komm schon. Du hast auch einmal Babysitten bei mir gut.«

»Zweimal Babysitten. Und du gehst nächste Woche mit Lilly zum Zahnarzt.«

»Das ist Erpressung.«

Mit Lilly zum Zahnarzt zu gehen war eine echte Strafe. Die sonst so coole Zehnjährige verwandelte sich in ein trotziges Kleinkind, das sich beharrlich weigerte, den Mund zu öffnen.

»Das ist der Deal.«

Theo erkannte an Mays Stimme, dass sie grinste.

Er kapitulierte »Okay. Dann also Zahnarzt.«

Er hoffte sehr, dass der Besuch bei Constanzia Textor das Opfer wert war. Er steckte das Handy ein und nieste. Durch die laue Abendluft schwebten Flocken von den Bäumen, die ihn in der Nase kitzelten. So viele ungelöste Fragen, so viele lose Fäden. Und dann auch noch die Sache mit Hanna. Theo dröhnte der Schädel. Er beschloss, bei Lars vorbeizuschauen.

Lars, der Entrümplungsunternehmer mit Doktortitel der Philosophie, sammelte nicht nur Gegenstände, die keiner mehr wollte, und hauchte ihnen neues, wundersames Leben ein. Er sammelte auch angeschlagene Menschen. Ihn umgab eine Aura von Wohlwollen und Gelassenheit, an der man sich wärmen konnte wie an einem Kamin. Wer ihm sein Herz ausschüttete, der fühlte sich auf tröstliche Weise wahr- und angenommen – obwohl Lars meist gar nicht viel sagte. Theos Freund hatte die seltene Gabe, sich einer Sache, einem Menschen voll und ganz zu widmen. Anders als er selbst, dessen Gedanken häufig herumstreiften wie ein Rudel unerzogener Hunde. Lars war, fand Theo, besser als jeder Psychologe.

Als er den Hinterhof im Vogelhüttendeich betrat, stutzte er erst und musste dann laut lachen.

Lars hatte eine komplette 80er-Jahre-Wohnlandschaft aufgebaut: eine schwarze Couch mit bunten geometrischen Mustern, einen gläsernen Couchtisch mit Stahlrahmen, einen Deckenfluter aus Metall. Zur Komplettierung des Ensembles hatte er einen Röhrenbildfernseher angeschlossen, über den nun die Tagesschau flimmerte.

Neben Lars saß eine überschlanke Blondine. Sein Arm ruhte hinter ihr auf der Lehne der Couch. ›Seit wann stehst du denn auf Barbiepuppen‹, hatte Theo im ersten Moment gedacht, bis er feststellte, dass die Dame tatsächlich aus Plastik war.

Er ließ sich an die andere Seite der Plastiklady plumpsen und fischte sich Lars' Cola vom Glastisch.

»Nettes Mädchen«, sagte er.

Lars zwinkerte ihm zu und hielt ansonsten den Blick auf den Bildschirm gerichtet. Ihm zu Füßen lag Mops Paul, der gelangweilt ebenfalls die Nachrichten verfolgte.

»An der Elbe in Niedersachsen bereiten sich Katastrophenstäbe auf neue Rekorde vor«, sagte ein Sprecher. Ein Theo unbekannter Politiker erschien auf dem Bildschirm: »Es erwartet uns ein Hochwasser in einer Dimension, die wir noch nicht hatten. Ich rechne damit, dass wir Katastrophenalarm ausrufen müssen, auch vorsorglich, damit alle Helfer zur rechten Zeit am rechten Platz sind.«

»Wann die Elbe in Niedersachsen ihren Höchststand erreichen wird, ist noch unklar«, fuhr der Kommentator fort. »Experten vom Bundesamt für Seeschifffahrt und Hydrografie gehen inzwischen davon aus, dass das Deichvorland zwischen Geesthacht und der Insel Wilhelmsburg überflutet wird.«

Es folgten weitere Bilder von überschwemmten Landstrichen. Allerorts: Land unter.

»Alter, ist das bitter. Zum Glück sind wir hier sicher.«

»Glaubst du.«

Lars sah ihn erstaunt von der Seite an. »Du fürchtest doch nicht ernsthaft, dass wir hier absaufen.«

Theo zuckte mit den Schultern.

Lars griff zu der großen Fernbedienung und schaltete den Fernseher aus. Auf dem Bildschirm schrumpfte das Bild zu einem hellen Punkt, der erlosch.

Der Mops erwachte von der plötzlichen Stille, erhob sich und streckte sich mit nach oben gerecktem Hinterteil.

Theo ging zu dem alten Boschkühlschrank hinüber, der am Eingang der Werkstatt vor sich hin dröhnte, und zog zwei weitere Flaschen Cola hervor. Eine warf er Lars zu, die andere schraubte er auf und leerte sie zur Hälfte in einem einzigen durstigen Zug.

»Und, was machen die Recherchen?«

Theo setzte sich und drehte die Flasche nachdenklich zwischen den Handflächen. »Ich verliere allmählich die Übersicht«, sagte er dann und berichtete.

Lars hörte schweigend zu.

»Eine Sache würde mich schon interessieren«, sagte er schließlich. »Diese ominöse Verabredung im Schrebergarten ist doch ziemlich seltsam. Ich meine, es war mitten im Winter. Außerdem: Wer hat da wen hinbestellt? Marlene ihren geheimnisvollen Helfer? Oder der sie?«

»Meine Großmutter hat nichts von einem Schrebergarten gewusst. Die Familie selbst hatte jedenfalls keinen.«

»Trotzdem könnte Marlene doch Zugang zu dem Garten haben, ohne dass jemand davon wusste. Vielleicht hat sie sich da öfter mit ihrem heimlichen Liebhaber getroffen.«

»Das stimmt. Immerhin war der ja verheiratet«, sagte Theo.

»Vielleicht war es ja auch sein Schrebergarten.«

»Hier? In Wilhelmsburg? Der hat doch ganz feudal in Harvestehude residiert.« Theo schüttelte den Kopf.

»Weiß man's? Vielleicht war das ja sein geheimes Liebesnest.«

»Das kann ich mir nicht vorstellen.« Theo stellte seine Colaflasche mit einem Knall auf dem Glastisch ab.

»Aber ich weiß jemanden, der das wissen könnte.«

Er hatte Glück. Marlenes Freundin Karin Kowalski meldete sich schon beim zweiten Klingeln. Theo erläuterte ihr kurz, worum es ging.

»Der Schrebergarten! Du meine Güte. Natürlich weiß ich, wem der gehört hat.«

»Und wem?«

»Onkel Kurt. Das war der Bruder meiner Mutter. Wir sind als Kinder da oft zum Spielen hingeradelt. Ich war vor allem daran interessiert, mir den Bauch mit Kirschen vollzuschlagen. Aber Marlene, die hat die Pusselei im Garten wirklich gemocht.«

»Und als sie älter wurde? Hat sie da auch noch Zugang gehabt zu dem Garten?«

»Natürlich. Als Onkel Kurt immer verwirrter wurde, hat sie sich so gut wie alleine darum gekümmert. Und sie hat auch sonst viel Zeit dort verbracht. Zum Lernen und so.« Sie lachte.

»Wissen Sie, was seltsam ist? Ihre Mutter hat behauptet, sie hätte keine Ahnung gehabt, was Marlene mit dem Garten zu tun gehabt haben könnte.«

»Oh, das wundert mich nicht. Sie hat immer versucht, Marlene für sich einzuspannen – Rechnungen schreiben für die Bestattungen, Hausarbeiten und so. Das mit dem Studium hat sie nie begriffen. Da hat Marlene es nicht an die große Glocke gehängt, wenn sie sich in den Garten abgesetzt hat.«

»Und was war mit Henno? Hat der gewusst, dass der Garten Marlenes Refugium war?«

»Aber sicher. Immerhin waren die zwei lange ein Paar. Damals war es für junge Leute nicht so einfach, ungestört zu zweit zu sein. Wir haben ja alle noch zu Hause gewohnt.« Sie lachte wieder, dann wurde sie ernst. »Hat man sie wirklich da gefunden? In Onkel Kurts Schrebergarten?«

»Es scheint so.«

»Ich hatte ja keine Ahnung. In der Zeitung stand nur ›in Elbnähe‹.«

Theo bedankte sich und beendete das Gespräch.

»Und?«

»Bingo«, sagte Theo. »Hendrik Westphal kannte das Versteck.«

»Dann könnte er auch geahnt haben, wohin sie an jenem Abend wollte.«

Das Display auf Theos Smartphone zeigte neue Nachrichten an. Schnell öffnete er den Posteingang – doch von Hanna war nichts dabei. Grimmig stopfte er das Gerät in seine Tasche.

»Wartest du auf was Spezielles?« Lars hatte wie immer einen Radar fürs Unausgesprochene.

Theo schwieg. »Hanna«, sagte er dann nur.

Lars warf ihm einen langen Blick zu. »Stimmt was nicht mit euch beiden?«

»Sie ist schwanger.«

»Gratuliere!«

»Ich hab' wohl nicht ganz so reagiert, wie sie es sich erhofft hat.«

»Mensch, Theo«, sagte Lars.

»Ich weiß, Alter«, sagte Theo.

DER ELFTE TAG

Das Berliner Robert-Koch-Institut rät zur Vorsicht: Das Hochwasser birgt Gefahren für die Gesundheit der Bewohner und Helfer. Es enthalte Umwelt- und Fäkalkeime. Diese könnten zum Beispiel durch Hautwunden in den Körper eindringen.

Am nächsten Morgen stand Theo pünktlich um elf erneut am anderen Ende der Stadt vor der herrschaftlichen Villa. Dieses Mal öffnete ihm nicht der Sohn des Hauses, sondern ein winziges, gebeugtes Weiblein. Hinter der dicken Brille funkelten die dunklen Augen hellwach.

»Dottore Matthies? Komme Sie. Die Signora erwartet Sie schon.«

Diesmal wurde Theo nicht in die Küche geführt, sondern in einen Raum, auf den die Bezeichnung »Salon« besser passte als »Wohnzimmer«. Hier schien die Zeit seit den 50er-Jahren stehen geblieben zu sein: Um einen nierenförmigen Tisch gruppierten sich zwei zierliche Cocktailsessel und ein Sofa, auf dem eine elegante alte Dame saß. Ihr noch immer volles, weißes Haar war zu einem kunstvollen Knoten geschlungen. Sie hielt sich aufrecht, war sehr schlank und trug einen schmal geschnittenen, weißen Hosenanzug zu flachen Pumps. Neben ihr lag ein Zwergdackel, den Kopf auf ihren Schoß gebettet. Theos Ankunft bewirkte lediglich, dass er kurz die Augen öffnete und sogleich gelangweilt wieder schloss. Zur Begrüßung streckte die Dame des Hauses Theo eine verkrümmte, von Altersflecken übersäte Hand entgegen. Sie lächelte charmant.

»Entschuldigen Sie, dass ich Ihnen nicht entgegengekommen bin, aber meine Hüfte spielt nicht mehr so richtig mit.«

Theo nahm auf einem der Sessel Platz. »Vielen Dank, dass Sie sich Zeit für mich nehmen.«

»Oh, auch in meinem Alter freut man sich über den Besuch gut aussehender junger Männer.« Sie lachte.

›Die flirtet ja‹, dachte Theo verblüfft.

»Und außerdem war ich neugierig, wie ich gestehen muss.« Sie griff nach einer Zigarettenschachtel, die auf dem Tisch lag. Theo beeilte sich, ihr mit dem daneben platzierten silbernen Feuerzeug Feuer zu geben.

»Vielen Dank.« Sie lehnte sich zurück und betrachtete ihn mit einem amüsierten Lächeln.

»Mein Sohn hat mir erzählt, dass man das Skelett einer Studentin von Max gefunden hat.«

»Meine Tante Marlene«, sagte Theo und unterschlug, dass die Identität der Toten noch immer nicht zweifelsfrei feststand. »Sie verschwand während der Sturmflut 1962. Man hat geglaubt, sie sei ertrunken.«

»Das ist ja eine wirklich traurige Geschichte. Ich verstehe nur nicht ganz, wie wir Ihnen da weiterhelfen können. Das alles ist fünfzig Jahre her, und Ihre Tante war wohl lediglich eine Studentin meines Mannes, nicht wahr?«

Theo beschloss, direkt zur Sache zu kommen. »Soweit ich inzwischen herausgefunden habe, hatte sie eine, nun ja, besondere Beziehung zu Ihrem Mann.«

»Sie meinen, die beiden hatten eine Affäre.« Trotz ihrer verkrümmten Finger streifte sie erstaunlich geschickt die Asche von ihrer Zigarette. Dann lächelte sie erneut amüsiert. »Schockiere ich Sie?«

»Keineswegs, ich bin nur etwas überrascht. Sie wussten davon?«

»Mein Lieber, natürlich wusste ich davon. Ich wusste immer davon, wenn Max wieder eine Liebelei hatte.«

»Hat Ihnen das nichts ausgemacht?«

»O doch, natürlich. Insbesondere, weil er damit seine Laufbahn gefährdet hat. Aber Max war einfach das, was man damals noch einen ›Homme à Femmes‹ genannt hat. Er hat die Frauen geliebt, und sie sind auf ihn geflogen. Das war mir schon klar, als wir uns kennenlernten. Und es war ja genau diese Anziehung, die er auf das weibliche Geschlecht ausgeübt hat, die ihn so faszinierend gemacht hat. Außerdem ...«, sie hob kokett die Augenbrauen, »hat mir das ebenfalls gewisse erotische Freiräume verschafft.« Angesichts von Theos konsterniertem Blick warf sie den Kopf in den Nacken und lachte mädchenhaft. »Sehen Sie, junger Mann, Sie haben offenbar eine völlig verquere Vorstellung von den 60er-Jahren. Der Begriff ›freie Liebe‹ mag eine Erfindung der 70er gewesen sein, aber jenseits der kleinbürgerlichen Kreise hat es solche Arrangements schon immer gegeben. Und diese jungen Dinger, mit denen er sich vergnügt hat, die waren vielleicht ein Ärgernis, aber niemals eine Bedrohung für unsere Ehe.«

Theo merkte, dass ihn die Herablassung, mit der die Frau über Marlene sprach, zu ärgern begann. »Wussten Sie, dass dieses ›junge Ding‹ schwanger war?«

Ihre Augen wurden schmal. »Tatsächlich? Daran erinnere ich mich nicht. Wissen Sie, mein Mann ist kurze Zeit später erkrankt, da hatten wir andere Sorgen als seine früheren Liebschaften.«

»Ich würde gerne mit ihm reden.«

»Das ist leider nicht möglich.«

Theo nickte verständnisvoll. »Ihr Sohn hat mir bereits erzählt, dass Ihr Mann seit vielen Jahren in einer psychiatrischen Einrichtung lebt.«

»So ist es. Sehen Sie, Max hatte im Frühjahr 1962 eine Hirnhautentzündung, von der er sich nicht mehr erholt hat. Seither lebt er in seiner eigenen Welt.«

»Ich würde trotzdem gern versuchen, mit ihm zu reden. Verstehen Sie, uns, der Familie, ist sehr daran gelegen, herauszufinden, was damals geschehen ist.«

»Tut mir leid, aber das halte ich für keine gute Idee. Ich fürchte, die Konfrontation mit seiner Vergangenheit könnte ihn aufregen und seinen Zustand verschlimmern.«

»Papa und sich aufregen?« Unbemerkt war Mario Textor, der Sohn des Hauses, hereingekommen. »Das wäre wirklich mal eine Abwechslung.« Sofort sprang der Hund vom Schoß seiner Herrin und begrüßte den Hünen mit Gebell. Der bückte sich und tätschelte dem hechelnden Vierbeiner freundlich den Rücken. Dann richtete er sich wieder auf. »Eigentlich kann man froh sein, wenn er einen überhaupt zur Kenntnis nimmt, so abwesend, wie er manchmal ist.«

Theos Blick wanderte zurück zu Constanzia Textor, deren Lächeln nun verkrampft wirkte. »Wie dem auch sei. Es ist gut, dass du kommst, mein Junge. Dann kannst du Herrn Matthies gleich hinausbegleiten. Ich fühle mich ein wenig erschöpft.«

»Natürlich.« Theo erhob sich und reichte der alten Dame zum Abschied die Hand.

Mario Textor brachte ihn bis zur Tür.

»Seit er krank ist, schirmt sie ihn vor allem Unangenehmem ab. Wie gesagt, aus meiner Sicht spricht nichts dagegen, wenn Sie meinen Vater besuchen. Aber machen Sie sich keine allzu großen Hoffnungen.«

»Vielen Dank, aber ein Versuch kann nicht schaden.«

»Er ist in einem psychiatrischen Wohnheim in der Nähe von Bad Bramstedt untergebracht. Wenn Sie möchten, melde ich Sie da an.«

Jasmin Yilmaz, die Psychiaterin von Max Textor, war eine kräftige, hochgewachsene Frau mit ersten Silbersträhnen im kurzen schwarzen Haar. Ihr Handschlag war fest und ihr Lächeln sparsam. Theo schätzte sie auf etwa Mitte 40. Ihr direkter, dunkler Blick erinnerte ihn an Hadice. Hadice – wenn er an die Kommissarin dachte, beschlich ihn ein ungutes Gefühl. Zweifellos wäre sie nicht damit einverstanden gewesen, was er in den letzten Tagen getrieben hatte.

»Sie möchten also Max Textor besuchen«, sagte die Psychiaterin, nachdem Theo auf dem Stuhl vor ihrem Schreibtisch Platz genommen hatte. Der Raum war hell und freundlich mit honigfarbenem Parkett, das einen angenehmen Geruch von Bohnerwachs verströmte. Durch das Fenster fiel der Blick auf das parkartige Gelände des Heims. Ganz zweifellos war dies ein Ort, an dem besser betuchte Menschen ihre Angehörigen unterbrachten.

Er hatte kurz damit gerungen, sich als Freund der Familie auszugeben, um Komplikationen zu vermeiden. Doch als Mediziner wusste er, wie heikel eine Konfrontation mit der Vergangenheit für psychisch labile Menschen sein konnte.

Daher hatte er beschlossen, offen zu sein. Kurz fasste er sein Anliegen und die Hintergründe zusammen.

Die Ärztin hörte ihm schweigend zu, dann nickte sie nachdenklich.

»Das ist natürlich nicht ganz ohne Risiko, was Sie da vorhaben.«

»Wie genau lautet denn seine Diagnose?«

»Ganz eindeutig ist das leider nicht. Offiziell leidet Max Textor unter einer ›atypischen schizoaffektiven Störung‹. Das heißt, er schwankt wie bei einer bipolaren Störung zwischen Manie und Depression, hat aber außerdem noch Wahnvorstellungen, ähnlich wie bei einer Schizophrenie. Aber Sie wissen vermutlich, wie schwierig eine klare Diagnose im Bereich der Psychiatrie mitunter ist.«

Theo nickte. Nicht jeder Patient passte in eine der vorgesehenen Schubladen.

»Untypisch ist, dass sich sein Zustand seit Jahrzehnten kaum verändert hat. Er spricht auch kaum auf Neuroleptika an. Seine Wahnvorstellungen scheinen sich durch die Medikamente nicht zu bessern. Meine Meinung ist, dass der Wahn, in dem er verfangen ist, weniger auf einer Botenstoffwechselstörung im Gehirn basiert, als dass er einen echten Schutzmechanismus darstellt. Kurz, Max Textor hat sich aus der realen Welt zurückgezogen.«

»Aufgrund einer traumatischen Erfahrung?«

»Ganz genau.«

»Ich dachte, er hatte eine Hirnhautentzündung.«

»Das stimmt. Das hat sicher dazu beigetragen, dass er … sich so zurückgezogen hat.«

»Wenn das Trauma tatsächlich der Tod der jungen Frau gewesen sein sollte …«, begann Theo.

»Sie meinen, der Mord«, warf sie ein.

Er nickte. »… dann könnte ja eine direkte Konfrontation damit ihn möglicherweise aus seiner Wahnwelt herauslocken.«

»Das ist unwahrscheinlich, aber nicht ausgeschlossen. Als seine Ärztin stelle ich mir allerdings die Frage, inwiefern das für den Patienten überhaupt noch wünschenswert wäre.« Sie neigte sich vor. »Max scheint nämlich durchaus zufrieden, wenn nicht sogar glücklich zu sein mit seinem Leben. Und das ist vermutlich mehr, als die meisten Menschen von sich sagen können. Und außerdem – er ist jetzt 87 Jahre alt und lebt seit fünfzig Jahren in psychiatrischen Einrichtungen. Wie groß ist da die Wahrscheinlichkeit, dass er in ein halbwegs normales Leben zurückfindet?«

»Ich verstehe.«

»Andererseits …«, sagte sie und Theo schöpfte wieder Hoffnung. »Andererseits geht es hier natürlich um einen Mord. Gibt es abgesehen von Ihnen noch weitere Angehörige?«

»Meine Großmutter. Und meine Tante Inge, die Schwester.«

»Ich kann verstehen, dass Sie endlich Gewissheit darüber haben wollen, was damals geschehen ist. So eine jahrzehntelange Ungewissheit ist – zermürbend.«

Theo hatte den Eindruck, dass sie aus eigener Erfahrung sprach.

»Was ich allerdings nicht verstehe, ist, warum Sie mich aufsuchen und nicht die Polizei ermittelt.«

»Offen gestanden steht die Identität der Toten noch nicht zweifelsfrei fest.«

»Das heißt, unter Umständen gibt es keine Verbindung zwischen Max Textor und der Toten?«

»Das ist möglich. Aber ehrlich gesagt bin ich persönlich fest davon überzeugt.« Er erzählte von den Übereinstimmungen der Gesichtsrekonstruktion.

»Sie sehen, auch gesunde Menschen wie Sie können sich

in bestimmte Vorstellungen verrennen. Wenn Sie so wollen – eine Art Wahn.« Sie lächelte. »Haben Sie eventuell ein Bild von Ihrer verschollenen Tante dabei?«

Theo verblüffte die Bitte, er zog aber einen Umschlag aus der Innentasche seines Jacketts hervor. »Hier, das ist sie. Marlene.«

Die Ärztin betrachtete es aufmerksam. Dann blickte sie auf und reichte es ihm zurück. Sie erhob sich. »Das ändert die Lage ein wenig.«

Theo schaute sie fragend an.

Sie winkte ab. »Das werden Sie gleich selbst sehen.«

Theo erhob sich und verstaute das Bild wieder in seiner Tasche.

»Außerdem glaube ich manchmal, dass es Max Textor vielleicht doch nicht ganz so gut geht, wie es den Anschein hat«, fuhr die Psychiaterin fort. »Sie sollten mal seine Bilder sehen – die sind richtig unheimlich.«

»Bilder?«

»Er malt. Er malt jeden Tag.«

Auf dem Gelände verteilt befanden sich mehrere Gebäude unterschiedlicher Baustile. Es gab ein villenähnliches Haus, das, wie Dr. Yilmaz erklärte, vorwiegend Menschen mit mehrfachen psychischen Beeinträchtigungen bewohnten. Außerdem ein idyllisches Backsteinhaus für jüngere Patienten. Und dann ein lang gestrecktes Gebäude, in dem ältere Patienten wie Max Textor untergebracht waren.

»Wie ist er denn so, Ihr Patient?«

»Oh, Max ist ein charmanter alter Herr, Sie werden ihn mögen. Ein echter Gentleman. Er ist immer äußerst zuvorkommend. Die älteren Damen hier sind alle ein bisschen in ihn verliebt.«

›Manche Dinge ändern sich eben nie‹, dachte Theo.

»Worin äußert sich überhaupt sein Wahn?«

»Also im ersten Moment scheint er völlig normal, auch wenn er manchmal etwas abwesend wirkt. Allerdings hängt er in einer Zeitschleife fest – irgendwann Anfang der 60er-Jahre. Er glaubt, er sei noch immer Dozent für Kunstgeschichte. Wenn er nicht malt, bereitet er imaginative Vorlesungen vor. Und er glaubt, dass Kennedy noch immer Präsident der Vereinigten Staaten ist.«

Mit einem Chip öffnete sie die Pforte zu dem Garten, in dem sich die Patienten der Station frei bewegen konnten.

»Er lebt also in einer geschlossenen Abteilung«, stellte Theo fest.

»Wir bevorzugen hier den Ausdruck ›beschützendes Wohnen‹«, korrigierte ihn die Ärztin. »Alles andere klingt irgendwie nach Knast.«

Theo lachte.

Max bewohnte nicht nur einen, sondern hatte zwei Räume zur Verfügung. Angesichts der Unmengen von Bildern, die sich an den Wänden des einen, als Atelier eingerichteten Zimmers stapelten, war das schon aus Platzgründen dringend notwendig. Der andere Raum diente als kombiniertes Wohn- und Schlafzimmer. Es war bescheiden eingerichtet: ein Bett, ein Tisch mit zwei Stühlen und ein monumentaler Ohrensessel. Die einzige Extravaganz stellte eine imposante Espressomaschine da – keiner der neumodischen Kaffeevollautomaten, die mit umweltbelastenden Alupads bestückt werden, sondern ein echter Klassiker. Theo trat bewundernd näher.

»Baujahr 1960«, sagte jemand hinter ihm. »Das ist das allerneuste Modell.« Max Textor lächelte freundlich. Theo fand, dass er noch fast genauso aussah wie auf den Fotos, die er gesehen hatte. Das Leben in seiner Zeitschleife, abgeschirmt von den alltäglichen Sorgen, schien ihn jung gehalten zu haben. Ein bisschen zerknittert, ein bisschen verblasst vielleicht. Aber anders als auf den Fotos konnte er nun zum ersten Mal selbst sehen, was Max Textor so anziehend gemacht hatte für Marlene und all die anderen. Er strahlte eine ungeheure Präsenz und positive Energie aus – sogar jetzt noch, mit 87 Jahren.

»Max«, sagte Dr. Yilmaz, »das ist Theo Matthies. Er würde sich sehr gern Ihre Bilder ansehen.«

Max blinzelte verwirrt. »Matthies?«, murmelte er. Dann setzte er wieder sein zuvorkommendes Lächeln auf. »Selbstverständlich! Sind Sie Galerist?«

»Leider nein. Aber ich mag Malerei, auch wenn ich nicht viel davon verstehe.«

»Das ist nicht so schlimm. Malerei kann man auch ohne große kunsthistorische Bildung verstehen. Echte Kunst trifft einen über das Auge direkt ins Herz – nicht, dass ich so verwegen wäre, meine Bilder für Kunstwerke zu halten.«

Der kleine Mann legte Theo freundschaftlich eine Hand auf die Schulter und geleitete ihn in sein Atelier. Dort begann er die Bilder, die mit dem Gesicht zur Wand standen, eins nach dem anderen umzudrehen. »Wie Sie sehen, versuche ich verschiedene Epochen der italienischen Kunst zu kopieren. Hier, das ist im Stil von Bellini, und hier ein ›da Messina‹. Wie ich festgestellt habe, ist das die beste Methode, um die Kunst wirklich von innen heraus zu verstehen, nicht nur mit dem Kopf.« Er lächelte und legte eine Hand flach auf seine Brust.

Theo war sprachlos. Trotz der leuchtenden Farben verströmten die Bilder eine unheilvolle Atmosphäre, deren Ursprung Theo sich nicht auf Anhieb erklären konnte. Allen Bildern gemein war die zentrale Figur einer überschlanken jungen Frau. Ihr Gesicht jedoch blieb immer verborgen, sei es, weil sie es von dem Betrachter abwandte, sei es, weil der Schatten einer Haube es verbarg oder ein Fächer. Ihre Körperhaltung wirkte scheu, fast linkisch. Theo war sofort davon überzeugt, dass es sich um Marlene handelte. Ihm wurde schwindelig. 50 Jahre lang hatte dieser Mann immer und immer das Bild seiner toten Geliebten gemalt. Ihn schauderte.

»Das ist alles dieselbe Frau, nicht wahr?«, sagte er leise.

Der alte Mann nickte.

»Warum haben Sie nie ihr Gesicht gezeigt?«

»Sie hatte keines mehr«, wisperte Max.

Theo, der an den Schuss dachte, der durch Marlenes Auge gedrungen war und ihren Hinterkopf zertrümmert hatte, stellten sich die Nackenhaare auf. War das die letzte Erinnerung, die Max Textor von Marlene hatte? Ein zerschossenes Gesicht?

Er zog das Foto seiner Tante aus der Tasche und reichte es ihm. Der alte Mann nahm es zögernd in die Hand und erstarrte.

»Woher haben Sie das?« Seine Stimme klang mit einem Mal brüchig. »Und wer sind Sie überhaupt?«

»Ich bin Theo, der Neffe von Marlene Matthies. Sie erinnern sich doch an sie?«

»Sie hat mir nie erzählt, dass sie einen Neffen hat …« Urplötzlich schwammen die Augen des alten Mannes in Tränen. »Marlene«, flüsterte er, und seine Hände zitterten so heftig, dass er das Bild fallen ließ. Theo hob es auf, während Dr. Yilmaz behutsam den Arm ihres Patienten ergriff und ihn zu seinem Sessel führte.

»Sie ist verschwunden«, sagte er zittrig. »Eines Tages war

sie plötzlich fort.« Er nahm die Brille ab und presste den Nasenrücken zwischen zwei Fingern zusammen.

Theo beschloss, direkt zur Sache zu kommen.

»Marlene hatte eine Verabredung, an jenem Abend, als sie verschwand. Erinnern Sie sich? Am 12. Februar 1962. Dem Tag der Sturmflut. Das waren nicht zufällig Sie, den sie treffen wollte?«

»Wie kommen Sie darauf?«

»Sie waren doch ihr Liebhaber.«

Max Textor wurde noch blasser als zuvor. Seine Lippen wirkten bläulich. Sein Blick irrte von seiner Ärztin zu Theo und wieder zurück. »Ich kann mich nicht erinnern«, flüsterte er schließlich. Theo glaubte ihm. Was immer in jener Nacht geschehen war, Max Textor hatte es tief in seinem Inneren verschlossen und den Schlüssel weggeworfen.

»Ich glaube, das ist genug für heute«, sagte Dr. Yilmaz ruhig.

Der alte Mann packte Theo am Ärmel. »Das Bild. Kann ich das behalten?«

»Natürlich.« Theo reichte es ihm. »Auf Wiedersehen, Dr. Textor.«

Der alte Mann antwortete nicht, sondern strich mit dem Daumen immer wieder über das Foto. Erst als Theo und die Psychiaterin den Raum verließen, sagte er: »Wenigstens habe ich das Kind retten können.«

»Was hat er damit gemeint?«, überlegte Theo laut, als sie gemeinsam zurück zum Hauptgebäude gingen. »Das Kind ist doch vermutlich mit seiner Mutter gestorben.«

»Vielleicht ist Ihre Tante ja gar nicht in jener Nacht gestorben. Vielleicht hat sie das Kind heimlich bekommen und ist erst später ermordet worden.«

»Das ist doch absurd.«

Sie zuckte mit den Schultern. »Ich weiß jedenfalls, dass Constanzia Textor keine Kinder bekommen konnte.«

»Aber ich habe doch ihren Sohn kennengelernt.«

»Mario Textor ist adoptiert worden. Das hat er mir selbst erzählt.«

»Das wird ja immer scheußlicher. Die Mutter zu töten, damit man an das Kind herankommt?«

Sie schnitt eine Grimasse. »Sie glauben gar nicht, wozu Menschen alles fähig sind, sobald ihre Urinstinkte zutage treten.«

Nachdenklich schloss Theo kurz darauf seinen Wagen auf. Dr. Yilmaz hatte zweifellos recht. Die Hülle, die den rationalen, zivilisierten Menschen vom Steinzeitmenschen trennt, ist dünn und brüchig.

Der Wagen hatte sich in der Sonne unangenehm aufgeheizt. Er fluchte, kurbelte die Fenster herunter und startete den Citroën in der Hoffnung auf Fahrtwind. Manchmal überlegte er ernsthaft, sich ein neues Auto anzuschaffen. Eines, das sich bei Regen nicht an feuchten Zündkerzen verschluckte und eine Klimaanlage besaß, beispielsweise. Sein Telefon vibrierte, und er fischte es aus seiner Brusttasche.

»Theo, Hadice hier. Wir haben jetzt das Ergebnis des DNA-Abgleichs.«

Theo schluckte. Einen Moment lang hoffte er, er habe sich geirrt und sein Skelett würde zu einer völlig Fremden gehören.

»Du hattest recht. Es ist Marlene.«

›Also doch‹, dachte er. ›Also doch, also doch, also doch.‹ Er atmete tief aus.

»Bist du noch dran?«

»Natürlich. Hör mal, ich komme am besten gleich zu dir. Da gibt es allerhand, was ich dir erzählen muss.«

Hadice stöhnte. »Mir schwant Böses.«

Das Polizeipräsidium am Bruno-Georges-Platz war ein bizarrer Koloss. Theo hatte ihn einmal aus der Luft bestaunt, als sein Urlaubsflieger eine Extrarunde über der Hansestadt drehen musste. Von einem ringförmigen Zentralbau gingen zehn lang gestreckte Komplexe ab, sodass das Ganze von oben gesehen an eine von Kinderhand gemalte Sonne erinnerte. Tatsächlich aber hatte der Architekt den Stern im Sinn gehabt, der als Emblem der Polizei dient.

In der riesigen Eingangshalle musste Theo ein paar Minuten warten, bis Hadice ihn in den gesicherten Innenbereich lotste. Ihr Büro lag im dritten Stock. Der Marsch im inneren Teil des ringförmigen Gebäudes, der lediglich von Zeit zu Zeit einen Blick nach außen zuließ, raubte Theo völlig die Orientierung.

»Verläuft man sich hier nicht dauernd?«, fragte er.

»Yepp«, machte Hadice. »Das hat ungefähr drei Wochen gedauert, bis ich ein Gefühl dafür gekriegt habe und nicht dauernd an der Tür vorbeigerannt bin, zu der ich eigentlich wollte.«

Sie teilte sich ihr Büro mit ihrem Kollegen Henry, den Theo im Zuge der Tollwut-Morde kennengelernt hatte, in die er, Theo, auf dramatische Weise selbst verwickelt gewesen war. Theo mochte den großen schweren Mann, dessen Seelenruhe ihn ungeachtet seiner Statur an seinen Freund Lars erinnerte. Wem welcher Schreibtisch gehörte, war auf den ersten Blick zu erkennen: Während Hadices Platz akribisch aufgeräumt war, herrschte auf Henrys Tisch ein gemütliches Durcheinander von Kugelschreibern und Akten, Gummibärchentüten und benutzten Kaffeetassen. Dazwischen Rahmen mit Bildern seiner vielköpfigen Familie und ein ausnehmend hässliches, von Kinderhand getöpfertes Schwein.

»Theo«, sagte Henry und streckte ihm die große Pranke entgegen, »schön, dich zu treffen. Und wie ich höre, schon wieder tüchtig am Ermitteln.« Er grinste.

Theo ließ sich auf dem Besucherstuhl nieder. »Tja, ich weiß auch nicht. Leichen pflastern meinen Weg – das bringt der Beruf so mit sich. Und da ist eben auch das ein oder andere Mordopfer dabei.«

Hadice lehnte sich mit überkreuzten Armen an einen Wandschrank.

»Und da hast du dir eben gedacht: ›Na, da nehm' ich die Sache doch am besten mal gleich selbst in die Hand!‹«, sagte sie.

»Ihr seid ja nicht in die Puschen gekommen! Ich hab' immer nur gehört: ›Das ist nicht Prio eins.‹«

»Ganz klar. Zwar ist das alles schon fünfzig Jahre her, aber dann noch mal zwei Wochen warten kann die Sache natürlich nicht.«

»Also, ich konnte es nicht.«

Kampflustig starrten sie einander an.

Henry streckte ihnen eine Tüte mit Lakritzschnecken entgegen. »Mag jemand?«

»Danke.« Theo fischte sich eine Schnecke heraus. Statt sie zu essen, begann er, sie aufzurollen, während er weitersprach. »Hör mal, Hadice, diese Sache mit meiner verschollenen Tante, die hat mich schon beschäftigt, als ich noch ein Kind war. Keiner wollte darüber reden, was damals passiert ist. ›In der Flut umgekommen‹, hieß es immer nur. Und auf einmal stellt sich heraus, die ist gar nicht ertrunken, die ist ermordet worden!« Er biss ein Stück von der inzwischen aufgedröselten Schnecke ab. »Und abgesehen davon: Ohne mich hättet ihr noch immer keinen Schimmer, wer die Tote ist.«

»Das hätten wir schon noch rausgekriegt!« Hadices Augen funkelten.

»Nun beruhige dich mal, Mädchen, und lass ihn endlich erzählen, was er herausgefunden hat«, schaltete Henry sich ein. Er war, soweit Theo wusste, der einzige Mensch, der Hadice ungestraft »Mädchen« nennen durfte.

Theo atmete tief durch. »Als Erstes habe ich natürlich mit meiner Familie über die Sache gesprochen. Mit meiner Großmutter. Und mit meiner Tante Inge. Und dann kam eben eines zum anderen.«

Hadice schnaubte. »Und was heißt das konkret?«

Theo zählte sie an den Fingern auf: »Konkret war das Karin Konradi, Marlenes beste Freundin aus der Schulzeit. Und dann Henno, der damals angeblich ihr Verlobter war. Und noch zwei andere Kommilitonen aus ihrer Studienzeit.«

Er machte eine Pause.

Henry nickte ihm aufmunternd zu.

»Jedenfalls habe ich herausgefunden, dass Marlene eine Affäre mit ihrem damaligen Dozenten hatte – und dass sie schwanger war.« Er sah zu Hadice hinüber. »Überleg mal, ein uneheliches Kind – das galt damals noch als Schande. Vielleicht haben wir da schon das Motiv.«

»Du meinst den heimlichen Liebhaber.«

»Oder den Verlobten, Hendrik Westphal.«

»Den du dir ja bereits vorgeknöpft hast.«

Theo nickte.

»Und was ist mit diesem Dozenten?«

»Den hab' ich auch getroffen. Er lebt in einem Wohnheim für Menschen mit psychischen Problemen.«

»Na großartig!« Hadice warf die Arme in die Luft. »Und da ist es dir natürlich nicht in den Sinn gekommen, vielleicht uns mal das Feld zu überlassen? Mensch, Theo! Die sind doch jetzt alle vorgewarnt. Die hatten tagelang Zeit, sich von dem Schreck zu erholen und sich irgendwelche Geschichten zurechtzulegen!«

Theo schwieg. Er wusste, dass sie recht hatte, war aber nicht bereit, es zuzugeben.

»Na, wie ich das sehe, lässt sich daran sowieso nichts mehr ändern.« Henry versuchte, die beiden Streithanseln zu besänftigen. »Machen wir also das Beste draus. Auf jeden Fall brauchen wir eine offizielle Aussage von dir.«

»Natürlich.«

»Das kannst gerne du übernehmen. Ich brauche frische Luft.« Hadice stürmte aus dem Zimmer und knallte die Tür hinter sich zu.

Henry blieb völlig ungerührt. »Na, dann lass uns mal«, sagte er.

»Was hat sie denn bloß?«

»Nimm es einfach als Kompliment. Sie hat vor allem Angst, dass du dich noch mal so in Gefahr begibst wie letztes Mal, als dich diese übergeschnappte Mörderin entführt hat. Das war damals haarscharf, mein Freund.«

Theo fuhr sich mit beiden Händen durch die Haare. »Ich weiß.«

»Können wir dann?«

»Ich muss nur kurz telefonieren.«

»Nur zu.«

Theo rief May an.

»Theo, wo steckst du?« May war ganz offensichtlich mal wieder auf hundertachtzig. »Wir haben einen neuen Klienten reingekriegt, und Frau Behrens wartet auch noch in der Kühlkammer darauf, dass wir sie hübsch machen.«

»Tut mir leid. Ich bin auf dem Polizeipräsidium.«

»Sieh zu, dass du dich vom Acker machst. Ich brauch' dich hier.«

»Das geht nicht so fix. Ich muss eine Aussage machen. Wir haben jetzt die Bestätigung, dass unser Skelett tatsächlich Marlene ist.«

»Na, Glückwunsch«, fauchte May und beendete das Gespräch. Sie hörte sich schon genauso an wie Hadice. ›Na toll‹, dachte Theo. Jetzt waren also gleich alle drei Frauen in seinem Leben stinksauer auf ihn. Er nahm sich noch eine Lakritzschnecke.

Es dauerte fast zwei Stunden.

Endlich schaltete Henry das Aufnahmegerät ab. Er lehnte sich auf seinem Stuhl zurück und verschränkte die Arme hinter dem Kopf. »Eine schwangere Frau. Ein verheirateter Liebhaber. Ein düpierter Ex-Freund. Und dann noch der seltsame Umstand, dass Constanzia Textor keine Kinder kriegen kann, aber dennoch einen Sohn hat. Und du meinst, dabei könnte es sich um das Kind von Marlene handeln?«

Theo zuckte mit den Schultern. »Wenn sie nicht in jener Nacht gestorben ist, wäre das doch möglich.«

»Schon ein wenig abenteuerlich. Aber wir werden der Sache nachgehen. Zumindest haben wir in dem Grab keine Kindsknochen gefunden.«

»Na, das spricht doch für meine Theorie.«

Henry zuckte mit den Schultern. »Vielleicht haben die

sich in all den Jahren ja auch zersetzt. Das Skelett eines Fötus ist doch sehr weich, vermute ich.«

Er kratzte sich am Hinterkopf. »Außerdem wurde die Tote von unseren Jungs von der Streife geborgen, nicht von den Experten aus der Forensik. Vielleicht haben die auch ganz einfach ein paar winzige Knöchelchen übersehen.«

»Und das heißt?«

»Wir müssen die Fundstelle wohl noch einmal aufgraben.«

Damals

Ein lautes Scheppern ließ Marlene von der Pritsche aufspringen, auf der sie sich zusammengekauert hatte. Etwas war auf das Dach der Schrebergartenhütte geknallt und rutschte nun mit einem schabenden Geräusch herunter. Ein dicker Ast, vermutete Marlene, vielleicht einer, der von dem morschen Pflaumenbaum abgebrochen war, der hinter der Hütte stand. Der Wind schien an Stärke noch zugenommen zu haben. Selbst hier, im Inneren des Hauses, ließ er ihre Haare sachte wehen. Das Häuschen war nur als Sommerlaube gedacht und nicht besonders gut abgedichtet. Sie schirmte die Augen mit den Händen ab, um durch das verschmutzte Sprossenfenster in den dunklen Garten zu blicken. Die Johannisbeersträucher wurden von Windböen wie von unsichtbaren Händen geschüttelt. Sie machte sich Sorgen um Max, der bei diesem Wetter zu ihr unterwegs war. Um acht waren sie verabredet gewesen, jetzt war es bereits nach halb neun.

Er hatte sie am Abend zuvor angerufen, zum ersten Mal, seit sie sich kannten. Ihre Mutter hatte sie ans Telefon gerufen, das auf einem Tischchen in der Diele stand.

»Jemand von der Universität«, hatte sie nur gesagt und Marlene den Hörer in die Hand gedrückt. Dann war sie zurück in die Küche gegangen, wo sie an dem großen Bauerntisch Kartoffeln schälte. Die Tür hatte sie entgegen ihrer Gewohnheit offen stehen lassen.

»Marlene«, hatte er nach einer kurzen Pause gesagt, als sie sich gemeldet hatte. Ihr waren die Knie weich geworden, ob vor Erleichterung oder vor Schreck, wusste sie nicht. Sie hatte sich an dem Tischchen abgestützt, auf dem das Telefon stand, und der Küche den Rücken zugekehrt.

»Ich muss dich sehen, Amore«, hatte er gesagt, »so schnell wie möglich.«

»Ja«, hatte sie gesagt.

»Geht es morgen?«

»Ja.«

»Ich komme raus zu dir. In deinen geheimen Garten.«

Sie hörte seiner Stimme an, dass er lächelte.

»Wann kannst du da sein?«

»Um acht?«

»In Ordnung.« Sie hörte im Hintergrund eine Stimme. ›Seine Frau‹, dachte sie. »Ich muss jetzt Schluss machen.« Er legte auf. Sie blieb noch einen Moment mit dem Hörer in der Hand stehen.

»Das war ja ein kurzes Gespräch.« Im Türrahmen lehnte ihre Mutter. Sie betrachtete sie argwöhnisch, wie ihr schien. »Wer war das?«

»Oh, jemand von der Uni. Wir haben uns für eine Seminararbeit verabredet.«

Max' Stimme hatte weich geklungen. ›Es wird alles gut‹, hatte sie gedacht.

Inzwischen war sie sich nicht mehr so sicher. Was, wenn auch er sie nur überreden wollte, ihm das Kind zu überlassen? Ihm und seiner Frau. Den Vorschlag, den Constanzia ihr an jenem Abend in der Frauenarztpraxis gemacht hatte, hatte sie, ohne zu zögern, zurückgewiesen.

»Überlegen Sie es sich.« Constanzia hatte ihr eine Hand auf den Arm gelegt und sie eindringlich angeschaut. »Bei uns hätte das Kind die allerbesten Aussichten. Und es würde immerhin bei seinem Vater aufwachsen. Und Sie, Sie können Ihr Studium abschließen und dann immer noch eine Familie gründen.«

»Nein«, hatte Marlene gesagt, »das kommt nicht infrage.«

»Versuchen Sie, nicht nur an sich selbst zu denken«, hatte Constanzia gesagt, »denken Sie auch an das Kind.«

Und das hatte sie. Sie hatte sich all die Vorteile vor Augen gehalten, die diese Lösung für alle Beteiligten haben würde – sich selbst eingeschlossen. Und war trotzdem immer wieder zu dem Schluss gekommen, dass sie das Kind nicht hergeben konnte.

Jetzt ging sie in der Schrebergartenhütte unruhig auf und ab. Am liebsten hätte sie das Unwetter draußen mit Vorhängen ausgesperrt, doch so etwas gab es hier nicht. Der Gedanke, dass sie im Licht der Petroleumlampe von außen für jedermann sichtbar war, war ihr unbehaglich. Sie fühlte sich beobachtet. Ungeduldig schüttelte sie den Gedanken ab. Wer würde bei so einem Wetter schon unterwegs sein? Und: Würde Max trotz des Sturms überhaupt kommen?

In das Heulen des Windes mischte sich ein klagender Laut. Er klang ganz nah. War das etwa ein Kind da draußen? Wieder ertönte das Jammern. Marlene ging zur Tür und öffnete sie einen Spalt. Sie musste sie mit aller Kraft festhalten, damit der Sturm sie ihr nicht aus der Hand riss. Als sich ein schwarzes, pelziges Etwas durch den Türspalt zwängte, schrie sie leise auf.

»Du meine Güte, Timmy, was machst du denn hier?«, flüsterte sie und schloss die Tür wieder. Der kleine Kater, der im Nachbarhaus lebte, sah erbarmungswürdig aus.

Das zerzauste Fell klebte ihm am Körper. Er schüttelte sich, maunzte und sah sie anklagend an. Sie nahm ihn hoch, froh, ein anderes Lebewesen bei sich zu haben.

So fand Max sie schließlich, mit der Katze im Arm in die kratzige Decke gewickelt.

Er blieb einen Moment an der Tür stehen und fuhr sich über das Gesicht. Sie erhob sich, und einen Moment standen sie einfach nur da.

»Ich kann das Kind nicht hergeben«, sagte sie ruhig.

»Ich weiß.« Er ging zu ihr und nahm sie in die Arme. Obwohl er derjenige war, der aus dem Sturm in den Schutz der Hütte gekommen war, fühlten sich seine Lippen auf ihrer kalten Stirn warm an.

Er setzte sich auf die Pritsche und zog sie an seine Seite.

»Wir kriegen das zusammen schon hin, Marlene«, sagte er. »Wir haben nur dieses eine Leben, und da müssen wir das tun, was wir für gut und richtig halten.« Er griff nach ihren Händen und lächelte sein koboldhaftes Lächeln, doch seine Augen blieben ernst. »Ich will mit dir leben, mit dir und unserem Kind.« Er machte eine Pause. »Ich werde Constanzia verlassen – aber du musst verstehen, dass das nicht sofort möglich ist. Ich brauche noch ein paar Monate Zeit, bis ich meine Professur habe, und so lange kann ich mir keinen Skandal erlauben.«

Marlene dachte an all die Geschichten von Frauen, die ihr halbes Leben auf einen verheirateten Mann gewartet hatten, der sich dann doch nie von seiner Frau trennte. Sogleich überkam sie ein schlechtes Gewissen. Max war anders als andere Männer, und was sie beide verband, war etwas ganz Besonderes. Aber das hatten die anderen Frauen sicher auch geglaubt. Andererseits spielte es für ihre Entscheidung ohnehin keine Rolle. Sie würde das Kind behalten, ob er sich nun von seiner Frau trennte oder nicht. Sie lächelte ihn an.

»Na also«, sagte er, »ich dachte schon, dein Gesicht wäre eingefroren.«

Da lachte sie. Und mitten in das erleichternde Lachen flog die Tür auf und knallte gegen die Außenwand. Im Rahmen stand eine Gestalt mit wehendem schwarzem Regenmantel. Marlene brauchte ein paar Sekunden, um zu erkennen, wer es war.

»Henno«, sagte sie, »was machst du denn hier?«

»Dass du dich nicht schämst, Marlene! Dich mit einem verheirateten Mann einzulassen.«

Sie erhob sich. »Bitte geh.« Sie sagte es leise, aber mit Nachdruck.

Auch Max stand auf. Er legte eine Hand auf ihre Schulter.

Die Geste brachte Henno erst recht in Rage. »Und du, Freundchen, lass gefälligst deine Finger von meiner Verlobten.«

»Da hab' ich aber etwas anderes gehört.« Max lächelte noch immer. Das Lächeln war eine Fassade, die er der Welt präsentierte, um seine Gefühle zu verbergen. Marlene wusste das.

Hendrik Westphal wusste es nicht. Der zierliche Mann vor ihm wirkte vollkommen gelassen, fast amüsiert.

»Was willst du bloß von diesem Wicht!«

»Lass es gut sein, Henno.« Marlene trat zu ihm und legte ihrem Jugendfreund sanft die Hand auf den Arm.

Mit einem Ruck schüttelte er sie ab. Es war nicht die Tatsache, dass der Mann, den Marlene ihm vorzog, nicht besonders gut aussehend und viel zu alt war, die ihn aus der Fassung brachte. Es war die Tatsache, dass Hendrik mit vollkommener Klarheit erkannte, was sie an ihm fand.

Von dem Mann, den er um mehr als einen Kopf überragte, ging eine ungeheure Präsenz aus, der Hendrik nichts entgegenzusetzen hatte. Er sah zu Marlene, sah das Mitgefühl in ihrem Blick, und das ließ ihn endgültig die Fassung verlieren. Aus der Manteltasche zog er eine Pistole hervor. Er hatte sie eigentlich nur eingesteckt, um sich sicherer zu fühlen.

Er hob den Arm und einen Moment erstarrten alle drei in einem Tableau vivant, einem lebenden Bild. Dann geschah alles ganz schnell. Marlene trat einen Schritt zurück und schlug die Hände vor den Mund. Max sprang nach vorn und griff nach Hennos Arm mit der Pistole. Henno riss sich los. Doch Max warf sich auf ihn, sodass sie beide zu Boden gingen. Dann fiel der Schuss.

Das Kind lag hellwach in seinem Bett. Draußen heulte der Wind und ließ die Zweige der Birke, die neben dem Häuschen stand, gegen das Fenster schlagen. Es klang wie viele kleine Finger, die klopften und um Einlass baten. Das Kind kuschelte sich tiefer in sein Kissen. Es hatte keine Angst. Papa hatte ihm den Blitzableiter gezeigt, den er eigenhändig auf dem Dach montiert hatte, und ihm erklärt, dass dieser sie bei Unwetter schützen würde. Dass Sturm etwas anderes war als ein normales Gewitter, wusste das Kind nicht. In seinem Zimmerchen unter dem Dach war es kalt. Doch die Mutter hatte ihm eine Wärmflasche unter die Decke geschoben, die, geschützt von dem dicken Federbett, noch immer Wärme ausstrahlte. So lag das Kind gemütlich eingekuschelt und lauschte dem Toben des Windes. Die Mutter hatte fremd und sehr schön ausgesehen, als sie mit dem Vater zu dem Faschingsfest im Vereinsheim aufgebrochen war. Sie hatte sich geschminkt, was sie sonst selten tat, und roch gut nach

Parfüm. An ihren Ohren baumelten große goldene Ohrringe, und sie trug eine weiße Rüschenbluse und einen langen schwingenden Rock aus einem glänzenden Stoff. Sie hatte ihn in den Wochen zuvor selbst genäht. Um ihren Kopf hatte sie ein buntes Tuch gewunden. »Gefalle ich dir, so als Zigeunerin, mein Schatz?«, hatte sie gefragt und sich gedreht, dass der Rock nur so wirbelte, und das Kind hatte eifrig genickt. Papa hatte sich weniger Mühe gegeben. Er trug jedes Jahr dasselbe Kostüm, einen alten gestreiften Pyjama, auf den Mama ein weißes Stoffabzeichen mit einer Nummer genäht hatte. Eine gestreifte Kappe vervollständigte das Ensemble. »Häftling Nummer 183«, hatte er zackig gesagt, salutiert und dem Kind zugezwinkert. Dann hatte er Mama galant den Arm geboten. Sie hatte sich kichernd bei ihm eingehakt. »Sollen wir bei dem Wetter nicht doch besser zu Hause bleiben?«, hatte das Kind ihn noch fragen hören.

»Aber Liebling. Ich habe mir doch solche Mühe gegeben mit dem Rock. Und es sind doch nur ein paar Meter.«

Was der Vater geantwortet hatte, hatte das Kind nicht mehr hören können. Dann fiel die Tür ins Schloss. Unten im Wohnzimmer saß die große Schwester gebannt vor dem Fernseher, den die Eltern erst kürzlich angeschafft hatten. Seitdem murrte sie nicht mehr, wenn sie auf ihn, den kleinen Bruder, aufpassen sollte.

Das Kind war fast eingeschlafen, da hörte es draußen ein lautes Krachen. Es riss die Augen auf, schwang sich aus dem Bett und lief zum Fenster. Ein großer Ast war von dem Baum gegenüber abgebrochen. Er war vom Dach des Schrebergartenhäuschens auf den Boden gerutscht und lehnte nun an der Wand der Laube. Das geborstene Ende ragte in den wilden Nachthimmel.

›Timmy!‹, dachte das Kind. Timmy, der kleine schwarze Kater, den es seinen Eltern erst vor ein paar Monaten abgetrotzt hatte. Und jetzt war er ganz alleine draußen. Sicher fürchtete er sich! Er war doch noch so klein. Auf nackten Füßen lief das Kind die Treppe hinunter.

»Anke«, sagte das Kind. »Timmy ist noch draußen!«

»Na wennschon.« Die Schwester hielt ihren Blick gebannt auf den Bildschirm geheftet. »Der hat sich irgendwo verkrochen und es sich gemütlich gemacht.«

»Aber da draußen fallen Bäume um!«

»Blödsinn.«

»Aber ich hab's doch gesehen.«

»Abmarsch, du Nervensäge, verzieh dich wieder in dein Bett.«

»Ich will, dass du mit mir rauskommst und Timmy suchst!«

»Bei dem Wetter? Du spinnst.« Wieder klebten die Augen der Schwester am Bildschirm.

Dem Kind traten die Tränen in die Augen. Blöde Anke! Wortlos drehte es sich um und stapfte hinaus.

In der Diele schlüpfte es mit den nackten Füßen in die Gummistiefel. Das war viel schwieriger als mit den Socken. Dann nahm es den Mantel vom Haken und stülpte sich die Pudelmütze auf den Kopf. Wie immer nach Einbruch der Dunkelheit war die Haustür verschlossen. Normalerweise steckte der Schlüssel von innen. Aber richtig, die Eltern waren weg und würden nicht hereinkommen, wenn der Schlüssel im Schloss steckte. Wo war er bloß? Suchend sah das Kind sich um. Sein Blick fiel auf die angeschlagene Porzellanschüssel auf dem kleinen Tischchen, in der allerlei Krimskrams lag. Es holte sich einen Schemel herbei und kletterte hinauf. Mit den Gummistiefeln an den Füßen ging das nicht besonders gut. Schließlich zog es sich mit beiden Händen hoch. Tatsächlich, da war er! Hastig griff es nach dem Schlüsselbund und stieß dabei mit dem Ellenbogen an einen Messingkrug, in dem ein Strauß Trockenblumen steckte. Scheppernd fiel er zu Boden. Schon stand die Schwester in der Tür.

»Was machst du da?«, fauchte sie.

»Ich geh Timmy suchen.« Die Unterlippe des Kindes schob sich trotzig vor, doch sie zitterte.

»Du hast wohl vollständig den Verstand verloren. Zieh dich sofort wieder aus und leg dich ins Bett!«

Das Kind sprang vom Schemel und flitzte in Richtung Tür. Doch in seiner Hast stürzte es und schlug lang hin. Unter heftiger Gegenwehr und Protestgeheul schleifte die Schwester es die Treppe hoch. Schließlich lag es wieder im Bett, den Schlüssel noch immer fest umklammert.

Erst als es sicher war, dass die Schwester wieder vollkommen in die Welt jenseits der Mattscheibe abgetaucht war, schlich es ans Fenster. Vielleicht konnte es den kleinen Kater irgendwo da draußen sehen. Durch das Fenster in der Laube gegenüber konnte es eine Petroleumlampe erkennen, die auf dem Tisch flackerte. In ihrem Schein wurden die Schatten von zwei Personen an die Wand geworfen, wie verzerrte Schattenrisse. Die Schatten schienen zu tanzen. Das Kind war von dem Schauspiel fasziniert. Dann steckte einer der Schattenmenschen einen Arm aus. Er hielt etwas in der Hand, das das Kind nicht erkennen konnte. Der Schatten der zweiten Person wankte. Dann verschwand er.

Was spielten die da drüben nur für ein seltsames Spiel?

Mario Textor ging die Begegnung mit dem sympathischen jungen Bestatter nicht aus dem Sinn. Er erledigte die morgendlichen Einkäufe für sein Restaurant auf dem Hamburger Großmarkt zwar mit der gewohnten Akribie, doch Theo Matthies' Erzählung spukte weiterhin in seinem Kopf. Er wusste, dass es Zufälle im Leben gab. Er war Zufällen gegenüber aber stets misstrauisch. Und bei diesem angeblichen Zufall schrillten die Alarmglocken in seinem Gehirn zwar noch leise, aber unüberhörbar.

Er war 1962 von Constanzia und Max Textor adoptiert worden – das hatten sie ihm nie verheimlicht. Seine Eltern und seine Schwester seien bei der Sturmflut ums Leben gekommen, hatten sie ihm erzählt. Und nun stellte sich heraus, dass eine junge Studentin von Max in derselben Nacht verschwunden war. Und jetzt hatte man ihre Leiche just in dem Stadtteil von Hamburg gefunden, in dem auch seine Eltern ertrunken waren – ebenfalls in einem Schrebergarten. Nun gut – sie waren nicht die einzigen Opfer jener Nacht gewesen – die meisten der 350 Toten, die die Hansestadt zu beklagen hatte, waren in Wilhelmsburg von der Flut überrascht worden. Aber es gab einen gravierenden Unterschied: Die junge Frau war nicht ertrunken, sondern offenbar ermordet worden.

Während er Kisten mit frischem Gemüse, Kräutern und Fisch in seinen Wagen lud, drehte sich sein Gedankenkarussell weiter. Die Sache war einfach zu merkwürdig, um sie auf sich beruhen zu lassen. Bevor er den Großmarkt verließ, zog er Theos Visitenkarte heraus und rief ihn an.

Sie hatten sich um 17.00 Uhr in Marios kleinem italienischen Restaurant verabredet. Er hatte sich einen Namen mit den Rezepten gemacht, die Paola, die Haushälterin seiner Eltern, immer zubereitet hatte. Es waren italienische Klassiker, die er modern abwandelte. Auf dem Weg zum Restaurant steuerte Theo seinen Wagen kurz entschlossen an Hannas Haus im Stellinger Weg vorbei. Tatsächlich wohnte sie wohl nur zehn Minuten zu Fuß von Marios Restaurant entfernt. Er vermisste sie. Er war wütend, aber er vermisste sie. Und je länger sie sich ihm entzog, desto stärker verblasste der Zorn und desto schlimmer wurde das Vermissen.

Das Restaurant war hell und modern – weiße Möbel, kombiniert mit viel Holz.

Mario kam ihm entgegen. »Danke, dass Sie vorbeikommen konnten. Jetzt haben wir bis ungefähr halb sieben ein bisschen Luft – bis der Zirkus losgeht.«

»Tja«, sagte Theo, »bei meinen Kunden kommt es meist auf eine Stunde mehr oder weniger nicht an.«

Marios Gesichtszüge entgleisten etwas, und Theo schwor sich einmal mehr, flapsige Bemerkungen in Hinblick auf den Tod gegenüber Outsidern zu unterlassen.

Zum Glück fing sich Mario sogleich wieder. »Darf ich Ihnen irgendetwas anbieten?«

»Oh, danke, nicht nötig.«

»Keine Widerrede.« Mario nickte einem der Kellner zu, die bereits in weißen Schürzen auf die abendliche Invasion warteten. »Luigi, Antipasti per favore.«

Mario legte Theo eine Hand auf die Schulter und führte ihn zu einem der Tische am Fenster. Und so unterschiedlich sie auch waren, Vater und Sohn, die zuvorkommende Geste erinnerte Theo sehr an Max – ob dieser nun sein leiblicher Vater war oder auch nicht.

»Und nun möchte ich, dass Sie mir die ganze Geschichte erzählen. Von Anfang an«, sagte Mario und stellte den Antipastiteller vor Theo auf den Tisch.

Und der erzählte.

Am Ende schwieg Mario für eine Weile.

»Schon eine sehr merkwürdige Geschichte.«

»Das ist sie wohl.«

»Aber in einem Punkt kann ich Sie aufklären.« Er lächelte Theo an. »Sie und ich – wir sind keine Cousins. Als Ihre Tante Marlene starb, da war ich bereits fünf Jahre alt.«

»Schade eigentlich. Ich hatte gerade angefangen, mich an den Gedanken zu gewöhnen.«

Mario hob sein Wasserglas.

»Salute«, sagte er. »Ich bin Mario.«

»Theo«, sagte Theo.

Die Tür öffnete sich, und eine Gruppe Gäste drängte hinein.

Mario rieb sich die Hände. »So, jetzt geht der Großeinsatz los.«

Die beiden Männer erhoben sich. Neben dem rothaarigen Hünen kam Theo sich klein vor. »Wir bleiben in Kontakt«, sagte er.

Um kurz vor eins waren die letzten Gäste gegangen, die stählernen Einbauten in der Küche blitzten, die Tische waren schon für den nächsten Tag eingedeckt. Mario saß an der Bar und ging noch einmal die Einkaufsliste durch.

»Hasta mañana, Chef«, rief Manuel, der kolumbianische Küchenhelfer, der als letzter seiner Angestellten ging. Mario hob die Hand zum Abschied, ohne aufzublicken. Schließlich stopfte er die Liste in seine Hemdtasche und löschte die Lampen. Einen Augenblick blieb er in der Dunkelheit stehen. Ein Auto fuhr vorbei, und das Licht strich wie ein Paar Suchscheinwerfer über die Wände. Das Restaurant war Marios Leben. Ein anderes konnte er sich nicht vorstellen. Doch wie wäre es verlaufen, wäre er damals nicht von Constanzia und Max adoptiert worden? Wäre er trotzdem Koch geworden, auch ohne die Kindheit, die er größtenteils in der Küche von Paola verbracht hatte?

Obwohl er in der Schule gut zurechtgekommen war, hatte Constanzia ihn nicht in eine akademische Laufbahn gedrängt. Er fragte sich manchmal, ob sein Bedürfnis, Dinge mit den Händen zu tun, das Erbe seiner leiblichen Eltern war. Er wusste nur wenig von ihnen. Die Kleingartensiedlung, in der sie und seine Schwester gelebt und ums Leben gekommen waren, war durch die Flut völlig zerstört worden. Die überlebenden Nachbarn hatten sich in alle Winde zerstreut, sodass seine Nachforschungen im Sande verlaufen waren. Das Einzige, was er wusste, stammte aus den unsicheren Erinnerungen eines damals fünfjährigen Kindes. Der Duft und die roten Locken seiner Mutter, die er geerbt und in seiner Jugend gehasst hatte. Die starken Hände seines Vaters, der ihn gern hoch in die Luft geworfen hatte. Das Gefühl von Liebe und Geborgenheit, das die Flut mit sich davongerissen hatte, und das auch sein neues Zuhause nie mehr ganz ersetzen konnte.

Max war damals krank geworden und bald in einer Klinik verschwunden. Constanzia hatte sich in die Arbeit gestürzt. So hatte Mario die meiste Zeit mit Paola verbracht.

Constanzia war eine liebevolle Ersatzmama gewesen, wenn auch immer ein wenig abwesend. Er wusste, dass es sie schwer belastete, dass Max in einer geschlossenen Anstalt lebte. Sie hatte ihren Mann oft besucht und dafür gesorgt, dass auch Mario oft dabei war. Er hatte ihn gemocht, seinen Adoptivvater, der ihn immer wie den Sohn behandelt hatte, der er nicht war. Ab und zu hatte es Ausflüge gegeben, an den Timmendorfer Strand, zu Hagenbecks Tierpark. Andere Jungen hatten eine schlechtere Beziehung zu ihren Vätern als er zu Max.

Und Constanzia: Obwohl sie eine so schöne Frau war, hatte es nie Anzeichen gegeben, dass sie eine Romanze mit einem anderen Mann hatte. Die Fragen, die er ihr dazu stellte, als er älter wurde, hatte sie stets zurückgewiesen. »Ich bin verheiratet, basta!«, hatte sie nur entschieden geantwortet. Aber diesmal würde er sich nicht mit einer knappen Antwort begnügen. Sie würde mit ihm reden müssen.

Er sah auf die Uhr. Viertel nach eins. Obwohl es schon spät war, beschloss er, gleich jetzt zu ihr zu fahren. Sie war schon immer spät ins Bett gegangen, ein Umstand, der sich im Alter noch verstärkt hatte.

Die Fahrt durch das nächtliche Hamburg war kurz, und tatsächlich sah er, dass noch Licht aus dem Musikzimmer schien, in dem sie sich am liebsten aufhielt. Früher, bevor das Alter ihre Finger steif und krumm hatte werden lassen, hatte sie gern und ausgezeichnet Klavier gespielt.

Als er durch die Haustür trat, hörte er leise Musik, die aus dem ersten Stock herunterperlte. Sie hörte eine ihrer geliebten italienischen Opern, die er allesamt kaum auseinanderhalten konnte. Die endlosen, pathetischen Arien langweilten ihn. Er ging die Treppe hinauf und klopfte an die Tür.

»Prego.« Sie saß in einen champagnerfarbenen Hausmantel gehüllt auf einem Diwan. Wie immer war sie makellos frisiert. Neben ihr hatte der Hund sich zu einer Kugel zusammengerollt. Auf dem Tisch stand ein Glas, in dem eine hellgelbe Flüssigkeit perlte. Prosecco, wie er vermutete.

»Mario! Wie schön, dass du noch vorbeischaust!«

Da er bis spät arbeitete und sie unter Schlaflosigkeit litt, war sein nächtlicher Besuch nichts Ungewöhnliches.

Er ging zu ihr und küsste sie auf die Wange. Dann hob er den Hund auf, setzte sich und legte sich das dösende Tier quer über den Schoß.

Er betrachtete sie. Wie alt sie geworden war. Sie hatte sich ihre Jugend und Schönheit lange bewahrt. Selbst mit Ende sechzig war sie noch eine ausgesprochen gut aussehende Frau gewesen. Irgendwann aber hatte die Zeit immer unerbittlicher Besitz von ihrem Körper ergriffen, ihre Haut erschlaffen lassen und sie mit Flecken gesprenkelt, ihre Hände verkrümmt. Anders als viele Frauen, vor allem jene, die einst schön gewesen waren, hatte sie nie versucht, ihr Alter zu verbergen. Sie hatte sich gepflegt und geschminkt, gewiss, aber sie hatte niemals ihr Haar gefärbt oder sich mit aufgesetzter Jugendlichkeit gekleidet, obwohl ihre schlanke aufrechte Figur das zugelassen hätte. Er nahm an, dass das auch daran lag, dass sie sich nie über ihr Äußeres definiert hatte. Anders als viele Frauen ihrer Generation hatte sie einen Beruf gehabt, den sie liebte. Er hatte sie immer dafür bewundert.

»Nun, was gibt es, mein Lieber? Ich sehe doch, dass du etwas auf dem Herzen hast.«

»Wir müssen reden«, sagte er schließlich. Doch dann schwieg er noch einen Moment, auf der Suche nach einem geeigneten Anfang, den es nicht gab.

»Ich habe mich vorhin noch einmal mit Theo getroffen, Theo Matthies, diesem jungen Bestatter, der gestern bei dir war.«

»Ich bin glücklicherweise noch durchaus in der Lage, mich an die Vorfälle des Vortags zu erinnern, mein Lieber.«

Er ging über ihren Einwurf hinweg. »Er wollte wissen, ob ich der heimliche Sohn seiner Tante sein könnte.«

Constanzia lachte auf. »Was für eine Idee!«

»Ich weiß. Aber sie war schwanger von Max, nicht wahr?«

Statt einer Antwort griff sie nach ihrem Zigarettenetui. Er nahm es ihr aus der Hand und entzündete eine Zigarette, die er ihr reichte. Dabei ließ er sie nicht aus den Augen.

»Hat Max sie umgebracht? Weil sie ein Kind von ihm erwartet hat?«

Sie ließ den Rauch der Zigarette langsam aus dem Mund entweichen. »An so was darfst du nicht mal denken! Dein Vater war, er ist ein guter Mensch! Du kennst ihn doch.«

»Jeder Mensch kann zum Mörder werden, wenn man ihn in die Enge treibt. Vielleicht hat sie ihn erpresst?«

Sie winkte ab, unwillig, das Thema weiter zu vertiefen. Aber Mario war nicht bereit, so schnell nachzugeben.

»Ich finde es doch sehr merkwürdig, dass die junge Frau genau da gestorben ist, wo auch meine Eltern ums Leben gekommen sind. Ich meine, es war nicht mal irgendwo in Wilhelmsburg, sondern sogar in demselben Kleingartenverein und auch noch in derselben Nacht!« Er ließ sie nicht aus den Augen. »Ich finde es schon sehr bemerkenswert. Das kann doch kein Zufall sein.«

»Destino«, sagte sie, »Schicksal.«

»Es war nicht zufällig so, dass Max in jener Nacht da war, in dem Schrebergarten?«

Sie seufzte. »Bring mir das Album von 1962.«

Er erhob sich, ging hinüber in ihr Arbeitszimmer, wo neben den veralteten Gynäkologiebüchern die Fotoalben chronologisch geordnet standen. Die Bilder des Jahres 1962 hatten vor allem ein Motiv, wie er wusste – ihn selbst: Mario im Zoo, wie er einem Elefanten ein Brötchen reichte. Mario auf Max' Schultern. Mario in Badehosen mit einer Schaufel am Strand. Ein fröhlicher, selbstbewusster Junge mit runden Wangen und üppigen rotblonden Locken. Er schien trotz seiner Erlebnisse ein glückliches Kind gewesen zu sein. Ein bisschen schämte er sich dafür, dass er den Verlust seiner Familie offenbar so mühelos verschmerzt hatte. Die Schreckensnacht hatte er vollkommen verdrängt. Immerhin hatte er Constanzia nie »Mama« und Max nie »Papa« genannt, sie immer nur mit dem Vornamen angesprochen. Sonst hatte er sie zwar schon als seine Eltern bezeichnet, aber dass seine Mama und sein Papa andere Menschen gewesen waren, hatte er nie vergessen.

Er brachte Constanzia das Album.

Statt die Bilder zu betrachten, schlug sie es auf der letzten Seite auf. Dort war ein Umschlag eingeklebt, den das Alter gelblich verfärbt hatte. Mario hatte ihn nie zuvor zur Kenntnis genommen. Sie zog einen alten Zeitungsausschnitt hervor und reichte ihn weiter.

»Die Flutwaisen!« stand darüber. Es folgten die Bilder von vier Kindern, die mit großen Augen in die Kamera blickten. Sogar ein Säugling war darunter. Eines davon war er selbst. In dem Artikel darunter war in rührenden Worten das Schicksal der Kinder beschrieben, und es wurde nach Angehörigen gesucht.

»Ich hab' mich auf den ersten Blick in dich verliebt«, sagte Constanzia. »Gleich am nächsten Tag bin ich hin, obwohl Max damals mit einer Hirnhautentzündung im Krankenhaus lag. Anschließend habe ich dich im Kinderheim besucht, bis ich dich in Pflege nehmen konnte. Ich hab' die ganze Zeit gefürchtet, es taucht ein Verwandter von dir auf, der dich uns wieder wegnimmt. Das war natürlich egoistisch von mir – aber es ist niemand gekommen. Irgendwann durften wir dich dann offiziell adoptieren. Das war nicht leicht, weil Max noch krank war und ich berufstätig. Aber notfalls hätte ich die Praxis sogar geschlossen, um dich zu behalten.»

»Warum hast du mir das nie erzählt? Dass du mich in der Zeitung gefunden hast?«

Sie zuckte mit den Schultern. »Ich habe wohl gedacht, dass dich das traurig macht.«

Als er sie eine halbe Stunde später verließ, saß sie noch immer mit dem Zeitungsausschnitt in den Händen auf dem Diwan.

Ein paar Kilometer entfernt, auf der anderen Seite der Elbe, lag Hadice schlaflos im Bett.

Theos Tante! Das Ganze war doch einfach surreal.

Sie war unzufrieden damit, wie schleppend der Fall voranging. Einen Mord, der so lange zurücklag, hatte sie noch nie aufklären müssen. Die Aufgabe schien ihr nahezu unlösbar. Zeugenaussagen waren schon in frischen Fällen eine heikle Angelegenheit. »Nichts ist so unzuverlässig wie das menschliche Gedächtnis«, hatte ihr Vorgesetzter und Mentor Heiner Grasmann einmal gesagt. Erinnerungen vermischten sich, wurden von Vorurteilen, Erwartungen, Gefühlen verzerrt. Zwei Menschen, die genau das Gleiche beobachtet hatten, konnten völlig unterschiedliche Schilderungen der Geschehnisse abliefern. Und sie wurden von dem beeinflusst, was andere sagten. Hinzu kam, dass die Menschen logen. Sie schwindelten, um ihre Unzulänglichkeiten zu verbergen, um sich beliebt oder wichtigzumachen. Oder sie logen, weil sie sich selbst etwas hatten zuschulden kommen lassen. In einem Mordfall letztlich auf Zeugenaussagen angewiesen zu sein, war immer ein Problem.

Nichtsdestotrotz hatten sie und Henry Marlenes Jugendfreund Hendrik Westphal einen Besuch im Krankenhaus abgestattet. Er war inzwischen von der Intensivabteilung auf eine normale Station verlegt worden, wo sich seine ohnehin angegriffene Lunge von einer Entzündung erholte. Nach Aussage seiner Ärzte war er eingeschränkt vernehmungsfähig.

Wie er da so in seinem Krankenbett lag, wirkte er dem Tode noch immer nahe. Seine Haut war grau, die Lippen unter der Sauerstoffmaske bläulich verfärbt. Mit dem Sauerstoffschlauch vor dem Gesicht sah er aus wie ein trauriger Elefant.

»Treten Sie ruhig näher«, hatte er gesagt. »Ich kann ein bisschen Unterhaltung gebrauchen.«

Hadice kam, nachdem sie sich vorgestellt hatte, ohne Umschweife zum Thema. Obwohl Henry der ältere und erfahrenere Beamte war, hatte es sich zwischen ihnen schnell eingespielt, dass Hadice die Führung der Verhöre übernahm. Umso mehr brachte es die Menschen aus dem Konzept, wenn der ruhige schwere Mann aus dem Hintergrund unvermittelt eine Frage stellte.

»Wir ermitteln im Mordfall Marlene Matthies. Unseren Auskünften nach waren Sie beide damals ein Paar?«

Westphal nickte.

»Dass sie verschwand, war ein großer Verlust. Für mich.

Für uns alle.« Seine Stimme klang dumpf hinter der Atemmaske. Hadice betrachtete ihn genau. Wegen der Apparatur war es schwierig, eine Gefühlsregung in seinem Gesicht zu erkennen.

»Sie haben auch nach ihrem Verschwinden noch an der Version festgehalten, sie sei Ihre Verlobte gewesen. Warum?«

Er schwieg.

Hadice hakte nach. »Marlenes Schwester Inge Matthies zufolge hatte sie sich schon einige Zeit vorher von Ihnen getrennt.«

»Ich vermute, es war einfacher so für mich. Es ist schlimm, verlassen zu werden. Es tut nicht nur weh, es beschädigt das Selbstbewusstsein. So konnte ich wenigstens meine Würde bewahren.« Er lachte keuchend und begann zu husten. »Wenn man jung ist, ist einem so etwas noch wichtig. Und irgendwann habe ich es sogar selbst geglaubt.«

»Wussten Sie, dass sie einen Liebhaber hatte?«

Er schloss die Augen. »Ja«, gab er zu, »das habe ich gewusst.«

Hadice atmete auf. Es wäre schwer gewesen, ihm das nachzuweisen. Nun hatten sie immerhin ein Motiv, das er selbst bestätigt hatte.

»Wir wissen, dass Sie in der Sturmnacht 1962 bei Ihren Nachbarn, den Matthies, waren. Da haben Sie erfahren, dass Marlene trotz des Wetters noch einmal fortgegangen war, um jemanden zu treffen.«

»So. Habe ich das?«

»Sie vermuteten, dass sie ihren Liebhaber treffen würde, nicht wahr? Sie haben auch geahnt, wo. In der Schrebergartenhütte nämlich, die Sie selbst auch schon für das ein oder andere Stelldichein genutzt hatten.«

Er starrte sie ausdruckslos an. Sein Atem ging pfeifend.

»Sie sind ihr hinterher, mit der Waffe, die Marlene Matthies' Vater aus dem Krieg mitgebracht hatte.«

»Und damit habe ich sie dann erschossen?«

»War es so?«

Er verzog die Lippen zu einem Grinsen, das durch das transparente Plastik hindurch unheimlich aussah.

»Nein, Frau Kommissar. So ist es nicht gewesen.«

Hendrik Westphal überlegte. Wenn er abstritt, da gewesen zu sein, würden sie ihm vermutlich nicht das Gegenteil beweisen können. Bei dem Sturm waren nur wenige Leute unterwegs gewesen. Und nach all den Jahren würde sich ohnehin kaum jemand an ihn erinnern, der ihn gesehen haben mochte. Andererseits war dies die Chance, den Verdacht der Polizei auf einen Mann zu lenken, den er auch nach über fünfzig Jahren noch immer hasste.

Die junge Polizistin sah ihn noch immer an. Sie wirkte entschlossen. Ein menschlicher Jagdhund. Wenn die sich jemandem an die Fersen heftete, würde sie so schnell nicht aufgeben, auch wenn die Fährte schon seit Jahrzehnten kalt war.

»Ich war tatsächlich dort, an jenem Abend. In dem Schrebergarten.«

Die Kommissarin und ihr stiller Begleiter warfen sich einen Blick zu.

»Und ich habe sie getroffen. Marlene.«

Hadice rührte sich nicht, sondern hielt seinen Blick fest. Adrenalin schoss in ihre Blutbahnen, beschleunigte ihren Puls und ihre Atmung. Das war einer dieser Momente, die den Durchbruch in den Ermittlungen bedeuten konnten.

»Sie war nicht alleine.« Hendrik Westphal spielte seinen Trumpf aus. »Dieser Kerl war bei ihr. Dieser Professor.«

Die Tür öffnete sich, und eine Schwester kam ins Zimmer.

Sie war klein, mit einem dunklen Pferdeschwanz. Auf ihrem Unterarm bemerkte Hadice das Tattoo eines Schmetterlings. In der Hand hielt sie ein rundes Tablett mit einem halbtransparenten Plastikdeckel.

Hadice stöhnte leise und verdrehte die Augen. Der Moment war vorbei.

»Abendbrot, Herr Westphal«, sagte die Schwester fröhlich. Sie stellte das Tablett auf seinem Nachttisch ab. Dann hob sie den Deckel mit großer Geste, wie ein Kellner in einem teuren Restaurant die silberne Cloche. »Tätää«, machte sie, »die Haferschleimzeit ist vorbei. Heute gibt's was Richtiges!«

Nachdem die Schwester hineingeplatzt war, war die gespannte Stimmung verflogen. Westphal hatte sachlich seine Version des Abends berichtet. Nein, er habe Marlene nicht erschossen. Er habe sich stattdessen mit ihrem Liebhaber geprügelt. Bei dem Kampf hätte sich ein Schuss gelöst, der aber niemanden verletzt hatte. Daraufhin sei er zur Besinnung gekommen und habe den Schrebergarten verlassen.

»Zu diesem Zeitpunkt war Marlene noch quicklebendig«, hatte er beteuert.

Hadice gab die Hoffnung, schlafen zu können, fürs Erste auf. Sie schwang sich aus dem Bett und ging hinüber in die Küche, um sich einen schwarzen Tee mit frischer Minze zu kochen.

Während sie darauf wartete, dass das Teewasser kochte, überlegte sie, ob sie Westphal glauben sollte. Die verdammte Sauerstoffmaske hatte ihr die Sache schwer gemacht.

Auch Henry war sich hinterher nicht sicher gewesen – und der hatte sonst immer ein Radar dafür, ob jemand log.

»Warum hätte ich Marlene erschießen und diesen Kerl davonkommen lassen sollen?«, hatte Westphal gesagt. »Und warum hätte der dann nicht Alarm geschlagen und dafür gesorgt, dass ich in den Knast gehe?« Und das stimmte natürlich.

»Vielleicht hatte Max Angst, dass dann seine Affäre auffliegen würde«, hatte Hadice eingewendet. Aber sie hatte selbst gewusst, dass das ein sehr schwaches Argument war.

Westphal hatte nur spöttisch gelächelt. »Die Waffe jedenfalls, die habe ich nicht mitgenommen. Die habe ich vergessen, so aufgewühlt, wie ich war.«

»Vielleicht hat er auch ganz einfach gelogen«, hatte Henry im Anschluss zu bedenken gegeben, als sie gemeinsam zurück ins Präsidium gefahren waren. »Vielleicht war Max Textor gar nicht da, und er will ihn nur hineinziehen.«

Hadice goss das Wasser in die gläserne Teekanne, in der die Tee- und Minzblätter frei umherschwammen. Sofort breitete sich ein intensiver Duft aus.

Sie musste mit Max Textor reden. Aber zuvor wollte sie versuchen, einen Beweis für Marlenes Schwangerschaft in dem Grab an der Elbe zu finden. Einen Beweis, mit dem sie ihn konfrontieren konnte. Die Grabungen sollten am Morgen beginnen. Sie sah auf den alten Wecker, der ihr als Küchenuhr diente. Verdammt! In fünf Stunden musste sie schon wieder aufstehen. Sie trank nur ein paar Schlucke von dem Tee und legte sich wieder in ihr Bett.

Bevor sie endlich einschlief, ging ihr die letzte Bemerkung von Hendrik Westphal durch den Kopf. Als sie gerade zur Tür hinausgehen wollten, hatte er sie noch einmal zurückgerufen.

Er hatte zum ersten Mal während des Gesprächs die Atemmaske vom Mund gezogen. »Merkwürdig«, hatte er gesagt,

»jetzt, wo ich über die Vorfälle von damals rede, ist mir etwas eingefallen, das ich all die Jahre vergessen hatte.«

Hadice und Henry hatten ihn gespannt angesehen.

»Da war eine Frau, die mir begegnet ist. Sie ist mir nicht nur aufgefallen, weil sie bei dem Wetter allein unterwegs war. Sie hat irgendwie nicht in die Gegend gepasst. Sie war viel zu elegant gekleidet.«

Auch Hendrik Westphal konnte in jener Nacht nicht schlafen. Er grübelte über das Gespräch mit den beiden Polizisten nach. Hatte er zu viel verraten? Er war sich nicht sicher, die Beamten von seiner Geschichte überzeugt zu haben. Die Kommissarin, Öztürk oder wie sie geheißen hatte, schien eine misstrauische Person zu sein. Seit ihrem Besuch hatte er den Eindruck, noch weniger Sauerstoff zu kriegen als sonst schon. Er hustete und rang nach Luft. Verdammt! Warum nur hatte man Marlene nach all den Jahren gefunden? Das brachte ihm Erinnerungen zurück, die er sorgfältig verdrängt hatte. Er wünschte, sie wäre für alle Zeit im sandigen Boden begraben geblieben – und mit ihr sein Geheimnis.

Damals

Der Schmerz in seiner Schläfe war dumpf und pochend. Mit geschlossenen Augen tastete er danach und spürte eine klebrige Flüssigkeit. Blut, dachte er. Er öffnete die Augen und sah unmittelbar vor sich ein paar Stuhlbeine emporragen, von denen die Farbe abblätterte. Der Boden unter seiner Wange fühlte sich rau an.

»Max«, sagte eine Stimme und eine weiche Hand strich ihm über die Stirn. Parfümduft stieg ihm in die Nase und mischte sich mit dem Geruch nach kaltem Stein und feuchten Wolldecken.

»Constanzia«, sagte er, »was machst du denn hier?«

Er drehte sich auf den Rücken und richtete sich stöhnend auf.

»Warte«, sagte sie und betupfte die Wunde behutsam mit einem Taschentuch. In ihrem Mantel mit dem Pelzkragen wirkte sie in der Laube völlig deplatziert.

»Wo ist Marlene?«, fragte er.

»Sie ist fort.«

Er schloss die Augen und ließ zu, dass sie ihm das Blut vom Gesicht wischte.

»Das wird jetzt ein wenig brennen.« Eine betäubende Wolke von Chanel N° 5 hüllte ihn ein, dann biss der Schmerz in seiner Wunde.

Sie lachte leise. »Das ist mit Abstand die teuerste Desinfektion, die ich je verwendet habe.«

»Wie hast du mich gefunden?«

»Aber Max, ich weiß doch immer, wo du bist.«

Sie hatte schon vor Jahren eine Detektei engagiert, die sie in unregelmäßigen Abständen mit diskreten Nachforschungen betraute. Immer wenn sie mitbekam, dass Max eine neue Liebschaft begonnen hatte. Und sie merkte es immer. Nicht, weil er weniger aufmerksam war oder seltener mit ihr schlief, sondern weil er dann noch energiegeladener wirkte als sonst. Wenn Max sich neu verliebte, war er die bestmögliche Version seiner selbst, noch charmanter, noch charismatischer als gewöhnlich.

Natürlich schmerzten sie die Informationen und die Bilder, die ihr die Detektei in neutralen Umschlägen diskret in die Praxis schickte. Aber nicht zu wissen, wo und mit wem er seine Zeit verbrachte, war noch unerträglicher für sie. Nach und nach gewöhnte sie sich an den Kummer, auch weil sie wusste, dass sein Interesse nach ein paar Wochen oder Monaten stets wieder abflaute. »Beim ersten Mal, da tut's noch weh, da glaubt man noch, dass man es nie verwinden kann, doch mit der Zeit, ganz peu à peu, gewöhnt man sich daran«, hatte Hans Albers einst gesungen. Und er hatte recht gehabt.

Mit Marlene allerdings war es anders gewesen. Sein Interesse hatte länger angehalten als üblich, und dann war auch noch diese Sache mit der Schwangerschaft hinzugekommen. Max war über die Weihnachtsfeiertage in Italien anders gewesen als sonst – ungewöhnlich still und in sich gekehrt.

An diesem Nachmittag hatte er telefoniert, und sie hatte ein paar Brocken aufgeschnappt. Und als er trotz des Sturms unter einer fadenscheinigen Begründung aus dem Haus gegangen war, hatte sie gewusst, dass er seine

Geliebte treffen wollte. Kurz darauf hatte sie es zu Hause nicht mehr ausgehalten. Sie hatte sich ein Taxi bestellt und war auf gut Glück zu einem der Orte gefahren, an denen sich das Paar der Detektei zufolge traf. Und sie hatte richtiggelegen. Sie war gerade noch rechtzeitig gekommen. Die Katastrophe hatte sie zwar nicht mehr verhindern können, aber sie konnte immerhin den Schaden begrenzen.

Max wirkte noch immer benommen. Sein Anblick, wie er da so blass und blutend auf dem Boden saß, machte ihr einmal mehr bewusst, wie sehr sie diesen Mann liebte. Sie hätte ihn gern nach Hause gebracht und ins Bett gelegt wie ein Kind. Aber sie konnte ihn nicht schonen. Sie musste diese Sache in Ordnung bringen. Und er würde ihr helfen müssen – das war ihre einzige Chance.

Sie half ihm auf, geleitete ihn zu dem Tisch, auf dem noch immer die Petroleumlampe ihren matten Schein verbreitete. Sie schenkte ihm Wasser ein, in einen Becher, den sie in einem Schränkchen gefunden hatte. Er trank durstig.

Dann fiel sein Blick auf das Bündel in der Ecke.

Er runzelte die Stirn.

»Was ist das?«

Sie nahm seine Hand. »Sieh mich an«, sagte Constanzia.

Er blickte zu ihr und wieder zu dem Bündel, über das jemand eine Decke gebreitet hatte. An einer Seite ragte ein bestrumpfter Fuß hervor. Er war sehr schmal.

»O mein Gott!« Mit einem Ruck erhob er sich.

»Warte!« Constanzia versuchte, ihn am Arm festzuhalten, doch er riss sich los und sank neben dem Bündel in die Knie.

»Marlene!« Er schlug die Decke zurück.

Das Gesicht der Toten war blutüberströmt, sodass von ihren zarten Zügen nichts mehr zu erkennen war. Ihr Mund stand ein wenig offen. Er konnte ihre weißen, ebenmäßigen Zähne sehen. Das eine Auge war unversehrt und schien ihn anzustarren. Das andere Auge fehlte.

Er zuckte zurück, stand taumelnd auf und schlug die Hände vors Gesicht.

Schon war Constanzia bei ihm. Sie umfasste seine Handgelenke.

»Max! Sieh mich an!«

Widerwillig ließ er zu, dass sie ihm die Hände vom Gesicht zog.

»Es war ein Unfall!«, stöhnte er.

»Was?«

»Es war ein Unfall! Ein schrecklicher Unfall! Plötzlich ist ihr Freund hier aufgetaucht. Dieser Henno. Er hat mit einer Pistole herumgefuchtelt. Ich dachte, jetzt bringt er mich um. Wir haben miteinander gerungen, und dann war da dieser Knall.«

Sein Blick irrlichterte zu dem Leichnam in der Ecke. Er stöhnte laut auf und schlug wieder die Hände vors Gesicht. »Mehr weiß ich nicht. Er hat mich niedergeschlagen.«

Constanzias Gedanken wirbelten für einen Moment durcheinander und sortierten sich dann zu einem neuen Muster.

»Du kannst dich an nichts weiter erinnern?«

Er schüttelte stumm den Kopf.

»Hör mir zu. Als ich hier angekommen bin, da war Marlene tot, und du lagst ebenfalls am Boden. Mamma mia, ich dachte, du wärst auch tot!« Sie umarmte ihn. Dann packte sie ihn an den Schultern. »Du musst dich jetzt zusammenreißen.«

Er starrte nur dumpf vor sich hin. Sie wusste, dass er unter Schock stand. Sie wusste, dass das verheerende Folgen haben konnte. Sie würde sich darum kümmern. Später. Leicht schüttelte sie ihn.

»Wir müssen sie wegschaffen.«

»Was?«

»Am besten, wir vergraben sie gleich hier, hinter dem Haus. In so einer Nacht ist doch kein Mensch unterwegs.«

»Was redest du? Es war doch ein Unfall!«

»Verdammt, Max, denkst du wirklich, das glaubt dir jemand? Sie war schwanger von dir! Sie hätte deine Karriere, dein Leben ruiniert!«

Er schüttelte den Kopf. »Nein«, sagte er leise, »das hätte sie nicht. Ich wollte doch, wir wollten ...«

Constanzia holte Luft. »Aber das ist das, was die Leute denken werden.«

»Was ist mit diesem Henno? Der wird ohnehin alles erzählen.«

»Der steckt doch selbst mit drin. Lass das mal meine Sorge sein. Darum kümmere ich mich später.« Sie nahm ihn am Arm. »Komm jetzt.«

»Wohin?«

»Du musst mir helfen. Beim Graben.«

Und so geschah es.

Es war ein mörderisches Unterfangen. Im kleinen Geräteschuppen, der an der Rückwand des Häuschens klebte, hatten sie zwei Spaten gefunden, mit denen sie nun Schaufel für Schaufel eine Grube aushoben. Der Wind heulte und schien von allen Seiten zu kommen. Mal packte er sie von hinten, sodass sie fast kopfüber in das Loch stürzten, mal kam er von vorne, sodass er sie beinahe rittlings umwarf.

Weder Constanzia noch Max waren körperliche Arbeit gewohnt. Doch während sie zwischendurch immer wieder innehielt, um neue Kraft zu schöpfen, grub Max in gleichmäßigem Tempo vor sich hin. ›Wie ein Roboter‹, dachte Constanzia besorgt.

Wenigstens war die Erde nicht zu fest, sodass sie trotz der widrigen Umstände gut vorankamen. Für die Grube hatte sie eine Ecke des Gartens ausgesucht, die unmittelbar vor der hohen Hecke lag und so schlecht einzusehen war. Hier hatte der Besitzer ein Beet angelegt, das jetzt im Winter kahl war. Lediglich etwas Laub hatte darauf gelegen, das Constanzia mit dem Rechen beiseitegekehrt hatte, um es anschließend zur Tarnung wieder darauf zu verteilen.

Als die Grube tiefer wurde, wechselten sie sich beim Graben ab. Das Loch war zu eng, um zu zweit darin zu arbeiten. Schließlich war es hüfttief und etwa einen Meter fünfzig lang und breit.

»Das sollte reichen.« Constanzia, die als Letzte gegraben hatte, kletterte aus der Grube, die ein Grab werden sollte. Ihr Hände waren trotz der Handschuhe voller Blasen und schmerzten, und ihr Rücken fühlte sich an, als hätte sie jemand mit einem Stock verprügelt. »Komm«, sagte sie.

Max sah sie verständnislos an.

Sie machte sich Sorgen um ihn. Später, dachte sie. Dafür war jetzt einfach keine Zeit.

»Du musst mir helfen, sie zu tragen.« Er folgte ihr wie ein Schlafwandler ins Innere der Hütte.

Dann kam der heikelste Teil. Sie trugen die Leiche gemeinsam zum Grab. Max hielt die Tote an den Schultern, Constanzia hatte die Füße gepackt. Obwohl ihr Körper so schlank war, war Marlene im Tod erstaunlich schwer. Während sie den Körper die kurze Strecke hinter die Laube schleppten, begann Max zu weinen. Er schluchzte und die Tränen flossen in einem steten Strom über sein Gesicht.

»Gleich ist es vorbei«, versuchte Constanzia ihn zu trösten, »gleich haben wir es geschafft.«

Doch er schien sie nicht zu hören.

Hoch über ihnen trieben die Wolken in wilder Jagd über den Himmel. Von Zeit zu Zeit schien der Mond zwischen den Wolkenfetzen hindurch und tauchte die Welt für einen Augenblick in sein kaltes Licht.

Der dumpfe Aufprall des Körpers in der Grube gab Max den Rest. Er sackte zusammen und rollte sich einfach auf dem feuchten Boden zusammen.

So sah er nicht, wie Constanzia den verrenkten Körper mit dem Griff des Spatens zurechtschob, sodass er möglichst flach in der Grube lag.

Schließlich warf sie die Pistole hinterher. Sollte jemals jemand Marlene finden, würde die Waffe wenigstens nicht mit Max in Verbindung zu bringen sein.

Verbissen begann sie dann, die Grube alleine wieder zuzuschütten. Es ging zum Glück viel schneller als das Graben. Immer wieder stampfte sie die Erde möglichst fest. Anfangs spürte sie noch, wie der darunterliegende Körper nachgab. Übelkeit stieg in ihr auf, die sie tapfer hinunterschluckte. Als sie endlich fertig war, verteilte sie die übrige Erde auf dem Beet und streute dann das Laub darüber.

Natürlich würde man sehen können, dass hier gegraben worden war. Aber Constanzia hoffte darauf, dass die Besitzer, jetzt im Februar, noch einige Wochen kein Interesse an ihrem Schrebergarten zeigen würden.

Max lag noch immer regungslos auf der Erde. Sie berührte ihn an der Schulter. Er fühlte sich eiskalt an.

Was, wenn es ihr nicht gelang, ihn hier wegzuschaffen?

»Max. Komm. Du musst aufstehen, Amore.« Schließlich packte sie ihn und zwang ihn in eine sitzende Position. Er sah sie mit leerem Blick an. Sie biss sich auf die Unterlippe. Am liebsten wäre sie auch in Tränen ausgebrochen. Aber das konnte sie sich nicht leisten.

»Du musst aufstehen. Wir müssen hier weg.« Zu ihrer unendlichen Erleichterung gehorchte er. Notdürftig klopfte sie sich den Dreck vom Mantel und säuberte auch ihn, so gut es ging. Dann ging sie noch einmal zum Häuschen hinüber, um das Licht der Petroleumlampe zu löschen. Als sie die Tür öffnete, schoss eine schwarze Fellkugel auf sie zu. Constanzia schrie leise auf, und das verängstigte Tier flüchtete sich auf einen kahlen Baum im Vorgarten. Dort fing es an, herzzerreißend zu miauen.

»Schschsch!«, machte Constanzia, doch der Kater hörte nicht auf.

In diesem Moment brach der Deich.

DER ZWÖLFTE TAG

In Norddeutschland hat sich die Hoffnung zerschlagen, diesmal glimpflich davonzukommen. In den kommenden Tagen sollen auch hier Rekordwasserstände erreicht werden. Außerdem soll es wieder heftig regnen: Örtlich könnten 10 bis 20 Liter pro Quadratmeter herunterkommen.

Die forensische Anthropologin hatte sich bereits tief in den Boden gewühlt. Bewaffnet mit winzigen Schäufelchen, Pinseln und Spateln rückte sie dem Erdreich zu Leibe. Sie war eine eindrucksvolle Erscheinung: hochgewachsen, mit einem geflochtenen blonden Zopf, der ihr bis zur Hüfte reichte. Sie trug ein schwarzes Tanktop, das die Tätowierungen auf ihren bei zahllosen Ausgrabungen gestählten Armen frei ließ. »Isländische Schutzrunen«, hatte Dr. Eilin Jopp Hadice bei ihrer ersten Begegnung einmal erzählt. Hadice konnte sie sich mühelos tausend Jahre früher vorstellen, mit einem Helm auf dem Kopf: eine Wikingerkriegerin.

An diesem Vormittag hatte die Knochenspezialistin vom Hamburger Institut für Rechtsmedizin ausgesprochen schlechte Laune. Sie schätzte es gar nicht, wenn ein Grab mit groben Spaten aufgebuddelt wurde.

»Das hier«, sagte sie und wischte sich mit dem Handrücken den Schweiß von der Stirn, »ist eine echte Katastrophe. Mann, Mann, Mann.«

Idealerweise wurden solche Arbeiten mit derselben Akribie durchgeführt wie eine archäologische Ausgrabung. Mit winzigen Geräten trugen die Forensiker Schicht um Schicht ab. Die Bodenschichten, in denen die Knochen lagen, konnten wichtige Hinweise darauf liefern, wann eine Leiche abgelegt worden war. Außerdem entgingen ihnen so kein Knopf und kein Zahn, die womöglich später wichtige Hinweise auf die Identität des Toten liefern konnten.

Da keine schauerlichen Funde zu erwarten waren, hatten die Beamten auf einen Sichtschutz verzichtet. Die Maßnahmen beschränkten sich darauf, die Schaulustigen weiterzuschicken.

Unter ihnen war auch ein kleiner Junge, der auf einem knallroten Fahrrad vorgefahren kam.

»Aber das ist unser Schrebergarten«, protestierte er, als der Streifenbeamte ihn anwies, sich zu verkrümeln. »Und ich hab' den Kopf gefunden!«

Trotzig stemmte er die dünnen Beine in den Boden, entschlossen, sich nicht abwimmeln zu lassen.

Hadice grinste. Das eigensinnige Kerlchen gefiel ihr.

»Haben Sie was dagegen, wenn der Knabe ein bisschen zuschaut?«, fragte die Kommissarin die Anthropologin.

»Na klar. Immer mal alle hereinspaziert. Ist ja auch bloß ein Tatort, auf dem hier alle herumtrampeln.«

»Ein fünfzig Jahre alter Tatort.« Hadice verbiss sich ein Lachen. Sie wusste, dass die Wissenschaftlerin die Grimmige nur spielte. »Immerhin ist der junge Mann hier vielleicht ein zukünftiger Kollege von Ihnen. Eine Leidenschaft für Knochen hat er ja schon mal.« Hadice blinzelte der Wikingerin zu.

Eilin stöhnte.

»Na, dann komm mal rüber«, sagte sie zu dem Jungen.

Der konnte sein Glück kaum fassen. Er stieg von seinem Fahrrad, schloss es sorgfältig mit einem Ringschloss ab und kam zu ihr herübergeschlendert, die Hände in den Taschen seiner Jeans vergraben, wie ein Cowboy.

»Wie heißt du denn?«

»Fritz. Fritz Müller.«

»Und du hast also das Skelett gefunden.«

Er nickte eifrig. »Zuerst dachte ich ja, es wäre ein Pirat.« Er machte eine Pause und blickte sie entschuldigend an. »Dabei war es bloß eine tote Frau, hat Mama gesagt.«

»Na ja, aber die Frau zu finden, war ziemlich wichtig. Ihre Familie hat sie nämlich seit fünfzig Jahren gesucht. Und jetzt wissen sie wenigstens, was aus ihr geworden ist.«

»Ich weiß. Man hat sie ermordet.« Das Wort »ermordet« dehnte er dramatisch.

Er sah die Forensikerin treuherzig an. »Haben Sie ihn denn schon gefangen? Den Mörder?« Auch das Wort »Mörder« dehnte er.

»Oh, das ist zum Glück nicht mein Job. Das musst du die Kommissarin da drüben fragen.« Die Forensikerin nickte zu Hadice hinüber.

Die klinkte sich gleich ein. »Noch nicht. Aber das kommt noch.« Sie legte mehr Zuversicht in ihre Stimme, als sie empfand. Dieser verstaubte Mordfall war ein harter Knochen.

»Ha!« Eilin Jopp hielt mit einer Pinzette triumphierend einen winzigen Gegenstand in die Höhe. Er sah aus wie ein Stück einer Eierschale.

»Hier haben wir ein Schädelfragment.«

Hadice beugte sich vor.

»Und das kann nicht vielleicht von einer Maus stammen?«

»Man kann nie wissen. Aber das wäre dann wirklich eine sehr merkwürdige Maus.«

Theo öffnete Marlenes Sarg. Nach dem Anruf von Hadice hatte er das Bedürfnis, noch einmal einen Blick auf das Skelett seiner Tante zu werfen.

»Wir haben tatsächlich Knochen des Fötus' gefunden«, hatte die Kommissarin ihm am Telefon gesagt. Die Nachricht stimmte Theo traurig. Seine eigene Tochter hatte wenigstens noch kurze Zeit gelebt, nachdem man sie der toten Mutter aus dem Leib geschnitten hatte. Nun teilten sie sich ein Grab direkt an der Elbe, das nur ein paar Minuten Fußweg von Theos Haus entfernt lag.

Er fand, dass auch dieses ungeborene Kind zu seiner Mutter gehörte.

»Ich möchte die Überreste gern gemeinsam mit Marlene beerdigen«, hatte er zu Hadice gesagt.

»Ich denke, das lässt sich machen. Wir müssen sie allerdings vorher noch untersuchen lassen.«

Theo hatte zugestimmt. Er wusste nicht genau, wie weit Marlenes Schwangerschaft vorangeschritten gewesen war. Aber wenn man die Knochen des Kindes bei der ersten Ausgrabung übersehen hatte, war sie sicher noch nicht sehr weit gewesen.

Er hätte gern gewusst, ob es ein Mädchen oder ein Junge gewesen wäre.

Er hob die Satindecke, die er über das Skelett gebreitet hatte, und betrachtete die Knochen. Wie wenig doch von einem Menschen übrig blieb. Ein paar Knochen, Menschen, die sich noch an einen erinnerten. Ein paar Fotos. Wer keine Kinder hinterließ, den verschluckte die Ewigkeit noch schneller. Seine Gedanken wanderten zu Hanna. Er verschloss den Sarg, ging hinüber in das altmodisch eingerichtete Büro, das einst seinem Vater gehört hatte, und rief sie an.

Als Hanna Theos Namen auf dem Display aufleuchten sah, zögerte sie. Sie war noch zu keinem Entschluss gekommen. Andererseits wusste sie, dass sie sich Theo gegenüber nicht ganz fair verhielt. Sie seufzte. Dann meldete sie sich.

»Theo«, sagte sie.

Er schwieg einen Moment, weil er davon ausgegangen war, dass er auch diesmal auf die Mailbox sprechen müsste. Im Hintergrund hörte er eine Möwe kreischen.

»Hanna! Wo steckst du?«

»Ich sitze am Strand und schaue aufs Meer.«

»Na, das klingt ja ziemlich idyllisch.« Die Worte klangen bitterer, als er gewollt hatte.

»Na ja, das ist eben der Vorteil an meinem Beruf. Man kann quasi überall arbeiten, sogar am Strand.«

Sie schwiegen beide für einen Moment.

»Sie haben es gefunden. Das Kind von Marlene.«

Einen Augenblick war sie verwirrt. »Es lebt?«

»Nein. Sie haben bloß die Knochen gefunden.«

Hanna, die an das Kind in ihrem Bauch dachte, schauderte.

»Das ist eine wirklich üble Geschichte.«

»Hast du einen Moment?«

»Natürlich.« Er hörte, wie sie sich eine Zigarette anzündete. Sie rauchte also noch. Bedeutete das, dass sie sich schon gegen das Kind entschieden hatte? Er beschloss, nicht nachzubohren. Stattdessen erzählte er ihr, was er in der Zwischenzeit herausgefunden hatte.

»Willst du nicht bei der Beerdigung von Emil und Line dabei sein?«, fragte er zum Schluss.

»Ich weiß es nicht, Theo. Ich brauch noch ein paar Tage. Hier am Meer zu sitzen tut mir gut.«

»Bitte. Lass uns reden.«

»Natürlich reden wir. Gib mir bloß noch ein bisschen Zeit.«

»Hanna?«

»Ja?«

»Ich könnte es mir eigentlich sehr gut vorstellen.«

»Was?«

»Ein Kind mit dir zu haben.« Er hatte plötzlich einen Kloß im Hals, und seine Stimme klang belegt.

Hanna merkte, wie ihr bei seinen Worten ein kleiner Adrenalinstoß durch den Körper fuhr. Ob es Angst war oder ein freudiger Schreck, konnte sie nicht sagen.

»Ich komme«, sagte sie nur. »Ich komme. Bald. Versprochen.«

Sie ruhten Seite an Seite. Line und Emil lagen auf zwei Bahren im Kühlraum. Theo hatte sich vorgenommen, sie selbst herzurichten. So hatte er es mit Erik Florin besprochen, der ihr Ziehsohn und nächster Angehöriger war.

Da seine Mutter Anna als Ärztin ohne Grenzen viel im Ausland gewesen war, hatten ihn ihre beste Freundin und deren Mann aufgezogen. Theo hatte Florin nach Annas Tod kennengelernt, der sich als Mordfall entpuppt hatte. Dann war da der Fall mit den Tollwut-Morden gewesen, bei dem

Theo selbst in Gefahr geraten war. Und nun hatte er mit dem Skelett seiner Tante bereits das vierte Mordopfer auf dem Tisch. Er konnte sich nicht daran erinnern, dass sein Vater jemals einen ermordeten Menschen beerdigt hatte – obwohl es sicher so gewesen war.

Er seufzte und schob Emil in den Arbeitsraum. Der Tod der beiden alten Leute ging ihm nahe. Ihr Ziehsohn wollte am nächsten Tag mit seiner Familie kommen, um Abschied zu nehmen.

Mithilfe einer schwenkbaren Winde hob Theo den Toten auf den stählernen Arbeitstisch. Er war ursprünglich für den Sektionsbereich konstruiert worden und hatte den Vorteil, dass man etwaig austretende Körperflüssigkeit problemlos beseitigen konnte. Obwohl der Tod erst vor drei Tagen eingetreten war, hatte der Leichnam bereits begonnen, sich zu verändern. Seine Haut wirkte noch fahler, und seine Augäpfel begannen bereits einzusinken. Theo zog die Augenlider auseinander und platzierte zwei mit kleinen Widerhaken versehene Linsen auf den Augäpfeln. Sie kaschierten den Flüssigkeitsverlust und sorgten dafür, dass die Lider geschlossen blieben. Anschließend verschloss er After und Schlund des Toten mit langen Wattewürsten aus dem Friseurbedarf. Zum Schluss vernähte er den Mund des Leichnams. Die Methode war raffiniert und erforderte einiges Geschick: Damit der Faden nicht zu sehen war, führte er die Rundnadel unterhalb des Kinns ein und verschloss die Lippen von innen. Dabei kam ihm die Erfahrung zugute, die er sich im Umgang mit Nadel und Faden als Chirurg erworben hatte.

Erst dann wusch er ihn und kleidete ihn in den Anzug, den Emil sich selbst für sein Sterben ausgesucht hatte. Anschließend hob er ihn mithilfe der Winde in seinen Sarg.

Der Ziehsohn Erik hatte für Emil einen schwarzen, für Line einen weißen Sarg bestellt. Theo fand das ein wenig theatralisch, hatte dazu aber keinen Kommentar abgegeben. Er mischte sich – anders als seine Großmutter früher – so gut wie nie ein.

Während er arbeitete, kam May leise herein.

Sie zog fragend die Augenbrauen hoch.

›Kann ich dir irgendwie helfen?‹, sagte dieser Blick. May war eine Kratzbürste auf zwei Beinen. Aber wenn man sie brauchte, war sie zur Stelle. Mehr noch: Sie spürte, wann sie gebraucht wurde.

Gemeinsam holten sie Line aus der Kühlkammer und versorgten sie. Sie redeten nur das Nötigste.

Als auch Line eingesargt war, gingen sie einträchtig in die Teeküche.

»Sag mal«, fing Theo an. Er zögerte einen Moment, weil er sich bewusst war, eine Demarkationslinie zu überschreiten. Das Thema Lilly und wie sie entstanden war, war tabu. Lilly war ein Kleinkind gewesen, als May im Bestattungsinstitut Matthies angefangen hatte. Und May hatte jeden Kommentar zur Identität des Vaters stets abgeblockt.

»Wie war das eigentlich damals, als du Lilly bekommen hast?«

Sie zog die Augenbrauen zusammen. »Warum fragst du?«

»Hanna ist schwanger.«

»Ich nehme an, das Kind ist von dir.«

»Na, das hoffe ich doch.« Er war ein bisschen schockiert. Dass es anders sein könnte, auf den Gedanken war er noch gar nicht gekommen. Er schob ihn beiseite. »Sie ist sich nicht sicher, ob sie es haben will, fürchte ich.«

Sie sah ihn von der Seite an. »Und du?«

»Ich schon. Glaube ich.«

»Glaubst du. Na, das ist ja immerhin ein Anfang.«

Er fuhr sich mit der Hand über den Nacken, der sich schwitzig anfühlte. Er wusste nicht, wie er weiterfragen sollte. »Hast du jemals darüber nachgedacht, sie nicht zu kriegen?« Jetzt, da sie auf der Welt herumspazierte, war der Gedanke ungeheuerlich, dass es nie eine Lilly gegeben haben könnte.

»Nein, eigentlich nicht.« Sie blickte aus dem Fenster in den sonnenbeschienenen Garten. Eine Amsel landete auf dem Vogelhäuschen unter der Birke, wippte ein paarmal mit dem Schwanz und flog dann wieder davon »Nein, wirklich nicht. Keinen Moment.«

»Obwohl du … na ja, du weißt schon, sie alleine aufziehen musstest?«

»Nein. Das hat überhaupt keine Rolle gespielt. Ich wusste, ich würde allein klarkommen.«

Mit dem Kind im Bauch hatte sie in London die Ausbildung zur Thanatopraktikerin gemacht. Anders als Theo konnte sie daher die Toten nicht nur herrichten, sie konnte sie auch einbalsamieren. Und notfalls konnte sie Menschen, die durch Unfälle, Suizid oder Mord entstellt waren, wieder so weit zusammenflicken, dass sich die Angehörigen verabschieden konnten. Es war merkwürdig gewesen, den Tod in seiner schrecklichsten Form vor Augen zu haben, während ein neues Leben in ihr heranwuchs. Aber sie hatte es als tröstlich empfunden.

Sie setzte sich mit Schwung auf die Arbeitsplatte neben der Spüle. »Ich nehme an, er hat mir einfach gefallen. Ich war im Urlaub in Barcelona, wir haben uns in einer von diesen vielen Tapasbars kennengelernt. Er war … sehr anziehend. Wir hatten Sex. Dass ich schwanger war, hab' ich erst zu Hause gemerkt.«

»Und weiß er, dass es sie gibt? Lilly, meine ich.«

Sie schüttelte den Kopf. »Nein, das hätte alles nur unnötig kompliziert gemacht.« Sie machte eine Pause. »Er hat mir gesagt, dass er verheiratet ist. Noch bevor wir im Bett gelandet sind. Als er eingeschlafen ist, hab' ich mir sein Portemonnaie geschnappt. Da war ein Foto drin. Eine bildhübsche Frau und drei kleine Kinder.«

Theo konnte es ihr nicht verübeln. Er dachte an die verheirateten Frauen, mit denen er im Bett gelandet war, bevor er Nadeshda getroffen hatte.

»Er war einfach ein guter Typ«, sagte sie schließlich. »Und ich habe festgestellt, dass ich das Kind wollte.« Sie lächelte eines ihrer seltenen und deshalb so kostbaren Lächeln. »Das hat mich selbst am meisten überrascht.«

Er war ihr dankbar für ihre Offenheit.

May strich sich mit beiden Händen die Haare hinter die Ohren.

»Ich glaube dir ja, dass du das Kind willst. Aber vielleicht weißt du nicht genau, ob Hanna die Richtige ist.«

Er protestierte. »Natürlich weiß ich das!«

»Aber es ist anders als damals mit Nadeshda, oder?«

»Natürlich ist es das. Es ist immer anders.« Aber er wusste, dass sie recht hatte. Auf der Beziehung zu Nadeshda hatte kein Schatten gelegen. Mit ihr hatte er sich zum ersten Mal hundertprozentig in eine Beziehung gestürzt. Hochzeit. Kind. Das ganze Programm. Dass sie gestorben war, hatte ihn aus der Bahn geworfen. Und nun war er, wie er erkannte, tatsächlich nicht sicher, ob er bereit war, sich jemals wieder vollkommen auf jemanden einzulassen.

»Hör einfach auf dein Bauchgefühl.«

»Und das von dir!« Er lachte kurz auf. May war der kopflastigste Mensch, den er kannte.

»Damals wusste ich jedenfalls gleich, was ich wollte.«
»Das weißt du doch immer.«
»Genau«, sagte May. »Genau das ist der Unterschied.«

Constanzia hatte sich sorgfältig zurechtgemacht. Sie kleidete sich stets mit Sorgfalt, aber wenn sie ihren Mann besuchte, gab sie sich immer besondere Mühe. An diesem Tag trug sie einen hellgrauen Leinenanzug und eine moderne Silberkette mit großen Gliedern, die ihr bis über die Brust reichte. Die Haare hatte ihr, wie jeden Morgen, Paola frisiert. Sie fielen in weichen, weißen Wellen bis auf die Schultern. Für eine Frau ihres Alters waren sie noch immer üppig.

Bis vor ein paar Jahren war sie noch selbst nach Bad Bramstedt gefahren. Inzwischen ließ sie sich zweimal wöchentlich von einem Studenten chauffieren, der sich so ein bequemes, gut bezahltes Zubrot verdiente. Während sie sich mit Max unterhielt, mit ihm spazieren ging oder ihm einfach nur beim Malen zuschaute, wartete der Student im Garten oder dem luxuriösen Aufenthaltsraum des Wohnheims und lernte. Es war ein ausgesprochen befriedigendes Arrangement für alle Beteiligten.

Diesmal merkte sie sofort, dass etwas geschehen war, als sie den Raum betrat. Normalerweise kam Max ihr lächelnd entgegen, umarmte und küsste sie und begann sofort lebhaft von den Begebenheiten der letzten Tage zu berichten. Obwohl er das Wohnheim nur selten verließ, hatte er immer ein paar amüsante Geschichten parat, von den Pflegern und Mitbewohnern, mit denen er sich gern und ausgiebig unterhielt. Aber auch mit Geschichten aus seinem Alltag als Universitätsdozent, den er noch immer auszuüben glaubte. Constanzia wusste nie, ob er sich diese Erlebnisse nur einbildete oder ob er sie vor vielen Jahren so oder ähnlich tatsächlich erlebt hatte. In jedem Fall war es immer amüsant, ihm zuzuhören. Dass er sein wahnhaftes Leben so mühelos in den Alltag im Wohnheim integrieren konnte, ohne sich von den logischen Widersprüchen irritieren zu lassen, erstaunte sie immer wieder aufs Neue. Sie hatte längst aufgegeben, ihn in die Realität zurückholen zu wollen.

An diesem Tag aber sah er nicht einmal auf, als sie das Zimmer betrat. Er saß auf der Couch und starrte auf ein Foto, das er in den Händen hielt.

Sie blieb einen Moment im Raum stehen, dann ging sie zu ihm hinüber und setzte sich neben ihn.

»Was hast du da?«, fragte sie behutsam.

Er zögerte, reichte ihr aber dann das Bild. Es war offensichtlich, dass er es nur ungern hergab.

Sie erkannte die Frau darauf auch nach den vielen Jahren sofort.

Er lächelte entschuldigend. »Constanzia«, sagte er, »ich muss mit dir reden. Ich habe jemanden kennengelernt.«

Seine Worte versetzten sie zurück an einen Abend vor über fünf Jahrzehnten, an dem sie, wie es ihr schien, dasselbe Gespräch schon einmal geführt hatten. ›Nein‹, dachte sie, ›nicht das. Nicht noch einmal.‹

Er griff nach ihrer Hand. Dass sie inzwischen verkrümmt und voller Altersflecken war, schien er nie zu bemerken. Er lebte in einem zeitlichen Vakuum, in dem sich nichts veränderte. Bis jetzt.

»Sie heißt Marlene«, sagte er. »Sie ist eine Studentin von mir.«

»Marlene ist tot.«

»Was redest du da?«

»Marlene lebt nicht mehr, sie ist schon lange tot.«

Er starrte sie an, als hätte sie den Verstand verloren.

In diesem Augenblick öffnete sich die Tür.

Eine der jungen Pflegerinnen trat ein. Sie war pummelig und hübsch. Constanzia konnte sich nicht an ihren Namen erinnern.

»Herr Dr. Textor, entschuldigen Sie, aber hier ist noch mehr Besuch für Sie.« Ihre Wangen waren gerötet.

Er erhob sich mit einem Lächeln, froh, der verwirrenden Situation zu entkommen, in die ihn seine Frau gebracht hatte.

Eine junge, gut aussehende Frau und ein großer übergewichtiger Mann traten ein.

»Max Textor«, sagte Max. »Kommen Sie nur herein. Was kann ich für Sie tun?«

Die Frau reichte ihm die schmale Hand. Max bemerkte, dass sie keine Ringe trug.

»Hadice Öztürk«, sagte sie. »Ich bin Kriminalkommissarin. Und das ist mein Kollege Henry Sieveking. Können wir Sie einen Moment sprechen?«

Als Constanzia wieder nach Hause kam, legte sie sich sofort ins Bett. An diesem Abend spürte sie jeden Tag ihres hohen Alters. Das Gespräch zwischen Max und der Kommissarin hatte sie völlig erschöpft.

Die junge Frau hatte das Bild von Marlene gesehen und offenbar ebenfalls gleich gewusst, um wen es sich handelte. Augenscheinlich hatte dieser Theo Matthies seine Theorie über die Identität der Toten bereits an die Polizei weitergegeben – und hatte Gehör gefunden. Und offensichtlich hatte ein genetischer Abgleich den Verdacht bereits bestätigt.

Die Kommissarin hatte Max nach seinem Verhältnis zu Marlene befragt, und er hatte bereitwillig Auskunft gegeben. Einzig die Tatsache, dass sie, Constanzia, anwesend war, hatte ihn gehemmt. Er fürchtete offenbar, sie zu kränken. Constanzia aber hatte sich strikt geweigert zu gehen, auch als die Polizisten sie darum baten.

»Das kommt überhaupt nicht infrage«, hatte sie gesagt. »Mein Mann ist krank. Er glaubt, noch in den 60er-Jahren zu leben.« Die beiden Polizisten hatten einen Blick gewechselt.

»Und ich bin sein gesetzlicher Vormund«, hatte sie jede Diskussion über ihr Recht, bei dem Gespräch anwesend zu sein, von vornherein im Keim erstickt.

Also hatten die Beamten Max in ihrem Beisein befragt. Und Max hatte berichtet. Er hatte die Affäre zugegeben und auch, dass sie sich ab und zu in dem Schrebergarten getroffen hatten. Sogar, dass er wusste, dass Marlene schwanger gewesen war, hatte er schließlich bestätigt.

»Aber war das nicht ein großes Problem für Sie?«, hatte die Kommissarin gefragt. »Immerhin waren Sie verheiratet.«

Constanzia hatte den Atem angehalten. Natürlich war ihr klar, dass die Polizistin auf ein mögliches Mordmotiv abzielte.

»Wir finden schon eine Lösung«, hatte Max gesagt, dessen Gedanken noch immer in der Vergangenheit verhaftet waren.

Doch die Kommissarin hatte weiter nachgehakt. Ob ein solcher Skandal nicht seine Karriere ruiniert hätte, hatte sie wissen wollen.

Max war zunehmend unsicher geworden. »Es muss ja niemand erfahren«, hatte er gesagt.

»Ein Kind lässt sich auf Dauer nicht verheimlichen«, hatte die Kommissarin eingewendet.

Max hatte einen bedeutungsvollen Blick auf Constanzia geworfen, und die Kommissarin hatte verstanden, dass er dies nicht im Beisein seiner Frau erläutern würde.

Stattdessen hatte sie angefangen, ihn nach der Nacht der Flut zu befragen. Wo er gewesen sei.

Max hatte sie nur verständnislos angesehen. »Was für eine Flut? Wovon reden Sie?«

Constanzia hoffte, dass er die damaligen Geschehnisse vollständig verdrängt hatte. Zumindest hatte er in all den Jahren nicht ein Wort über jene Nacht verloren.

»Was für eine Flut?«, hatte er noch einmal gesagt. »Und was hat das mit Marlene zu tun?«

»Marlene Matthies ist tot«, hatte die Kommissarin verblüfft gesagt. »Sie wurde ermordet. Wussten Sie das denn nicht?«

Max hatte sie nur angestarrt. Und dann die Hände vor das Gesicht geschlagen.

Constanzia war zu ihm hinübergegangen und hatte ihm eine Hand auf die Schulter gelegt. »Es ist besser, wenn Sie jetzt gehen«, hatte sie zu den Polizisten gesagt. Diese hatten ihrer Bitte Folge geleistet und sich verabschiedet. Aber Constanzia wusste, dass dies nicht der letzte Besuch der Beamten gewesen sein würde. Früher oder später würden sie wiederkommen und weitere Fragen stellen. Und unerbittlich die Vergangenheit ausleuchten.

Sie hatte die Vorhänge ihres Schlafzimmers nicht zugezogen, sodass das Mondlicht zu ihr hereinschien. Es ließ die uralten

Hände auf ihrer Bettdecke bläulich wirken. ›Als wäre ich auch schon tot‹, dachte sie.

Ihre Gedanken wanderten zu Max. Die Nachricht von Marlenes Tod hatte ihn verzweifeln lassen. Constanzia überlegte, ob ihr Tod ihn ähnlich hart treffen würde. Über den bitteren Kuss der Eifersucht war sie schon viele Jahre hinweg. Aber es schmerzte sie noch immer, Max so leiden zu sehen. Sie hatte dafür gesorgt, dass er sich ins Bett legte und ein Beruhigungsmittel bekam. Als sie glaubte, er sei schließlich eingeschlafen, hatte sie sich erhoben. Da hatte er etwas geflüstert, was sie zutiefst erschreckt hatte.

»Ich bin es gewesen, nicht wahr? Ich habe Marlene getötet.«

Bei dem Gedanken ballte sie die Hände zu Fäusten, obwohl sie dadurch noch mehr schmerzten.

Der kritischste Moment war gewesen, als Hendrik Westphal ein paar Tage nach der Katastrophe bei ihr aufgetaucht war. Er hatte zu Max gewollt, um herauszufinden, was nach seiner überstürzten Flucht aus der Schrebergartenhütte geschehen war. Glücklicherweise lag Max sicher im Krankenhaus, sodass sie die Regie übernehmen konnte. Sie hatte behauptet, Max sei an jenem Abend schon gegen halb elf bei ihr daheim gewesen. Westphal, der immer noch auf Rache an seinem Nebenbuhler sann, hatte gedroht, die Affäre zwischen Max und Marlene aufzudecken. Sie hatte ihn für sein Schweigen bezahlt.

Um das Geheimnis jener Nacht ein halbes Jahrhundert zu bewahren, hatte sie gelogen, betrogen und bestochen.

Sie gedachte nicht, es nun von ein paar Polizisten ans Licht zerren zu lassen. Sie würde etwas unternehmen müssen. Am besten gleich am nächsten Tag.

Damals

Das Kind war auf seinem Posten am Fenster eingenickt. Es saß auf einem Stuhl, und sein Kopf war auf die Arme gesunken, die auf dem Fensterbrett ruhten. Es war kalt im Zimmer, darum hatte es sich in sein Federbett gewickelt.

Es fuhr hoch durch ein weit entferntes Krachen, dem ein lang gezogenes Grollen folgte, wie nach einer Explosion.

»Timmy«, flüsterte das Kind. Es hatte keine Ahnung, wie spät es war. Von unten drang noch immer das leise Gemurmel des Fernsehers nach oben. Vor der Tür der Laube gegenüber standen eine Frau und ein Mann. Die Frau wedelte mit den Armen, als wollte sie etwas verscheuchen. Der Mann stand mit gesenktem Kopf daneben und rührte sich nicht. Erst da entdeckte das Kind den Kater, der sich im kahlen Geäst des Baumes festgekrallt hatte.

Schnell krabbelte es vom Stuhl, lief leise die Treppen hinunter und schlüpfte in seine Gummistiefel. Die Tür zum Wohnzimmer stand offen, sodass das Kind die Schwester sehen konnte. Anke lag quer über der Couch mit offenem Mund. Sie schnarchte leise.

Das Kind zog den abgetragenen Dufflecoat mit den Keilknöpfen an, den es von ihr geerbt hatte, und setzte seine Pudelmütze auf. Dann öffnete es die Tür.

Draußen wurde es sofort vom Wind gepackt, der es fast umblies.

»Timmy«, rief das Kind. Der Kater war inzwischen

verstummt. Er hatte sich auf dem Ast zusammengekauert, der im Wind schwankte wie ein Schiff auf hoher See.

Mühsam kämpfte sich das Kind zum Nachbargrundstück voran.

»Du meine Güte«, sagte die Frau und starrte es an. »Was machst du denn hier bei diesem Wetter draußen, Kleiner?«

»Das ist meiner«, sagte das Kind und deutete auf die Katze im Baum. »Kannst du ihn runterholen?«

Constanzia blickte auf den kleinen Jungen mit der viel zu große Mütze herab. Ihre Gedanken wirbelten. Fast hätten sie es geschafft und jetzt das: ein Zeuge. Ein kleiner zwar, aber ein Zeuge! Verflixtes Pech! Wie alt mochte der Knabe sein? Fünf? Sechs? Wie ernst würde man nehmen, was ein Kind dieses Alters über zwei Personen in der Nacht erzählte? Je eher der kleine Bursche wieder verschwand, desto weniger würde er sich an sie erinnern. Beherzt langte sie hinauf zu der schwarzen Katze. Dabei peitschten ihr die dünneren Zweige des Baumes ins Gesicht. Nur mit Mühe gelang es ihr, die Pfoten des Tieres von der Rinde zu lösen. Sie zog es aus dem Geäst, doch das panische Fellknäuel wand sich, fauchte und zerkratzte ihr die Hand. Sie konnte es nicht halten. Der Kater landete unsanft auf der Erde und schoss davon.

»Timmy!«, schrie der Junge und wollte hinterher.

In diesem Moment kam das Wasser.

Als der Deich an der Harburger Chaussee gegen null Uhr fünfzehn mit einem lauten Krachen barst, brauchte die Flut nur Minuten, um die Schrebergartenkolonie mit den Behelfsheimen zu erreichen, in denen sich nach dem Krieg viele Familien dauerhaft eingerichtet hatten. Gurgelnd und schäumend bahnte es sich seinen Weg durch die Gassen und spülte Holz und Unrat mit sich. Instinktiv griff Constanzia *nach dem Kind und riss es an sich. Verängstigt klammerte es sich an ihr fest, schlang die Arme und Beine um ihren Körper.*

»Max«, rief Constanzia gegen den Sturm, während das Wasser um ihre Knöchel spülte. »Wir müssen hier weg!«

Die eiskalte Flut zerrte Max aus seiner Lethargie. Er packte seine Frau, die ihrerseits den Jungen festhielt. Gemeinsam kämpften sie sich durch die rasch steigenden Wassermassen. Ein großer Ast schoss an ihnen vorbei. Er prallte schwer gegen Constanzias Schienbein. Sie taumelte und ließ das Kind fast fallen.

Schließlich schafften sie es, zu Max' Wagen zu gelangen, den er auf einer etwas höher gelegenen Straße abgestellt hatte.

Da das Kind sich noch immer an Constanzia klammerte, musste Max trotz seines benommenen Zustands fahren. Der Wagen pflügte wie ein Boot durch die steigende Flut. »Wenn bloß der Motor nicht absäuft«, murmelte Constanzia. Das nasse Kind auf ihrem Schoß schniefte nur noch leise. Es schien eingeschlafen zu sein.

Sie atmete erst auf, als sie auf die Elbbrücken fuhren. Dann wandte sie sich um. Im Licht des Vollmonds konnte sie erkennen, dass die gesamte Elbinsel sich in eine Wasserlandschaft verwandelt hatte, aus der die Häuser wie Schiffe ragten.

»Was machen wir jetzt mit dem Kind?«

Max antwortete nicht. Seine Hände krampften sich um das Lenkrad, er versuchte, den Wagen trotz der heftigen Windböen in der Spur zu halten.

»Nach Hause mitnehmen können wir ihn nicht. Dann müssen wir erklären, wo wir den Jungen gefunden haben.«

Constanzia sagte es laut – aber sie wusste, dass Max ihr nicht zuhörte.

Am Ende der Elbbrücken, kurz vor der Amsinckstraße, stand ein Peterwagen mit blitzendem Blaulicht. Eine Idee trieb wie ein Rettungsring aus ihrem überreizten Gehirn.

»Max, halt an.«

Er gehorchte. Noch immer wirkte er wie ein Schlafwandler.

Ein Streifenbeamter kam auf sie zu. Sie kurbelte das Fenster hinunter. Sofort wehten ihr die schwarzen, nassen Strähnen ins Gesicht. Der Beamte tippte sich an die Mütze.

»Gnädige Frau«, sagte er, »bei diesem Wetter sollten Sie nicht unterwegs sein. Und schon gar nicht mit einem Kind.«

»Das ist nicht unseres«, antwortete sie. Sie strich sich eine Haarsträhne hinters Ohr und rang ihren steifen Lippen ein Lächeln ab. »Wir haben ihn auf der Straße aufgesammelt. Dahinten in Wilhelmsburg. Er war ganz allein, und überall war Wasser.«

Der Polizist fuhr sich über das Gesicht. »Wir können uns nicht um ihn kümmern. Könnten Sie das Kind zum Roten Kreuz rüberbringen? Die können den Kontakt zu den Eltern sicher am besten herstellen.«

»Selbstverständlich. Wissen Sie, wo wir hinmüssen?«

Er wandte den Kopf in Richtung Peterwagen. »Heinz, weißt du, wo hier die nächste Rotkreuzstelle ist?«, brüllte er.

Constanzia hörte, wie der Kollege in sein Funkgerät sprach.

»In der Verwaltungsschule in der Michaelisstraße sind sie gerade dabei, eines einzurichten.«

Sie atmete erleichtert auf und lächelte dem Beamten noch einmal zu. »Danke, ich weiß, wo das ist.« Dann kurbelte sie ihr Fenster wieder hoch. Sie hoffte, dass der Polizist niemals eine Verbindung zwischen der Toten und der verdreckten Frau im Pelzmantel herstellen würde.

Um halb zwei Uhr morgens ließ sie sich ein Bad ein. Sie dachte an den Jungen, den sie in der Notunterkunft abgeliefert hatten. Er hatte fest geschlafen und gar nicht mitbekommen, dass sie ihn einer anderen Frau in die Arme gelegt hatte. Da dort bereits die ersten Flutopfer eintrafen, war es ihr möglich gewesen, in der allgemeinen Hektik zu verschwinden, ohne ihre Personalien zu hinterlassen.

Mehr als eine Stunde blieb sie in der Wanne, wobei sie mehrfach heißes Wasser nachfüllte. Sie ließ sich tief hineinsinken, sodass nur ihr Gesicht herausschaute. Der Badeschaum knisterte in ihren Ohren. Sie dachte an den Dreck und das Blut an ihren Händen und fühlte sich besudelt. Trotz der Hitze des Wassers zitterte sie. Sie hatte sich noch nie so zerschlagen gefühlt. Jede Faser ihres Körpers schmerzte, die Hände waren voller Blasen, ihr Schienbein gerötet. Am schlimmsten aber waren die Bilder der Nacht, die vor ihren Augen tanzten, sobald sie diese schloss. Marlenes zerstörtes Antlitz. Die Erde, die sie auf den verrenkten Körper schaufelte. Max' Gesichtsausdruck, als er die Tote fand.

Als sie zu Hause angekommen waren, war er völlig apathisch gewesen. Constanzia hatte ihm trotzdem eine Beruhigungsspritze verpasst, bevor sie ihn ins Bett brachte.

Erst gegen vier Uhr morgens legte sie sich zu ihm. Schmiegte sich an seinen Rücken und schloss die Augen. Es dauerte noch über eine Stunde, bis sie endlich einschlief.

Inzwischen trieben in Wilhelmsburg und den übrigen überschwemmten Gebieten Leichen im Wasser, und verzweifelte Menschen saßen auf Hausdächern oder klammerten sich an Bäumen fest.

Sie erwachte davon, dass Max sich in ihren Armen unruhig bewegte. Er zitterte heftig. Erschrocken stellte sie fest, dass er hohes Fieber hatte.

Die nächsten Tage verbrachte sie pendelnd zwischen ihrer Praxis und dem Krankenhaus Eppendorf, in dem Max mit einer Hirnhautentzündung auf der Intensivstation lag. Als Ärztin wusste sie natürlich, dass eine Enzephalitis durch Krankheitserreger ausgelöst wurde. Trotzdem verfolgte sie der Gedanke, dass es die schrecklichen Bilder waren, die Max' Gehirn attackierten. Zumindest war der Krankheitsverlauf für einen gesunden Erwachsenen ungewöhnlich schwer. Vielleicht hatte sie einen Fehler gemacht in jener Nacht. Vielleicht war es falsch gewesen, die Leiche von Marlene zu beseitigen. Sie machte sich große Sorgen um ihren Mann.

Auch Constanzia selbst litt unter den Nachwirkungen der Erlebnisse. Vor allem fürchtete sie, dass die Flut den mühevoll vergrabenen Körper wieder hervorgespült hatte. Zweifellos würde man dann bald feststellen, dass die Tote nicht ertrunken, sondern erschossen worden war. Aus diesem Grund blätterte sie täglich durch das »Hamburger Abendblatt«. Doch von einem Mordopfer, das man in der Flut geborgen hatte, war nie die Rede. Stattdessen las sie, dass die Stadt nicht genügend Platz hatte, um die 315 Toten zu lagern. Man hatte sie daher unter einem Zelt auf der Kunsteisfläche der Parkanlage Planten un Blomen gebettet. Die Angehörigen, darunter auch Kinder, mussten die langen Reihen von Leichen abschreiten, um sie zu identifizieren.

Am 26. Februar fand auf dem Rathausmarkt eine große Trauerfeier für die Flutopfer statt. 150 000 Menschen drängten sich nicht nur auf dem zentral gelegenen Platz, sondern auch auf der Mönckebergstraße hoch bis zur Petrikirche und rund um die Binnenalster. Lange Fahnen wehten von der Fassade des Rathauses, und ein riesiger Kranz schmückte die Tribüne, von der aus der Bürgermeister der Hansestadt, Paul Nevermann, den Helfern dankte. »Wir tragen unendlich schwer an dem Leid, das uns in den Tagen seit dem 17. Februar aufgebürdet worden ist. Wenn wir es alle miteinander tragen, wird es für die Hinterbliebenen ein wenig leichter sein, mit uns einen neuen Anfang zu wagen«, sagte er.

›Ein neuer Anfang‹, dachte Constanzia. Sie war nicht sicher, ob es den, nach allem, was geschehen war, auch für sie und Max geben würde.

Schließlich entdeckte sie in der Zeitung unter der Schlagzeile »Die Flutwaisen!« ein Gesicht, das sie nicht vergessen konnte. Der Blick des Jungen traf sie mitten ins Herz. Sie hatte in den vorangegangenen Tagen immer wieder an das Kind denken müssen, das sie gerettet hatte. Und nun war es offenbar der einzige Überlebende seiner Familie. Constanzia ließ die Zeitung sinken. Mario hieß er also. Ein italienischer Vorname. Es kam ihr vor wie ein Wink des Schicksals. Wenn schon nicht sich selbst oder Max, konnte sie vielleicht wenigstens diesem Kind helfen.

Es war nicht einfach, den Jungen zu sich zu nehmen. Aber in ihrer noblen Praxis verkehrten viele Ehefrauen einflussreicher Männer. Mitte April, nur acht Wochen nach der Katastrophe, bezog Mario, zunächst als Pflegekind, ein neu eingerichtetes Zimmer in der Oberstraße. Erst ein Jahr später konnten sie ihn adoptieren.

Zahllose Bilder dokumentierten die Katastrophe: Ein Schlauchboot, das in der finsteren Nacht über schwarze Wasser gleitet. An Bord ein Mann mit Schippermütze und zwei dick vermummte Frauen, denen die Schrecken der letzten Stunden ins Gesicht gezeichnet sind. Eine füllige Frau im schwarzen Mantel. Sie klettert über eine Leiter aus dem Dachfenster ihres überfluteten Hauses. Lastwagen des Roten Kreuzes, die durch das Wasser pflügen. Ein Mann, der ein Kind auf dem Arm trägt. Zerborstene Deiche. Und dann die Trümmer, die zurückblieben, als das Wasser sich zurückzog.

Es waren Bilder wie aus einem Krieg. Das alles schien unendlich lange her zu sein. Er konnte sich kaum vorstellen, dass er damals selbst schon auf der Welt gewesen war, mehr noch: all das miterlebt hatte. Seit Stunden klickte sich Mario durch die Bilder der Hamburger Sturmflut von 1962, lauschte den Audiobeiträgen von Zeitzeugen. Zum fünfzigsten Jahrestag hatten zahlreiche Websites die Chronik dieses Schreckens online gestellt. Es schien ihm unwirklich, dass er dabei gewesen sein sollte, ohne sich erinnern zu können. Nur manchmal trieben einige Erinnerungsfetzen vorbei, die er aber nicht festhalten konnte und bei denen er sich nicht sicher war, ob es tatsächlich eigene Erlebnisse waren oder nur Erinnerungen an Bilder, die er irgendwann gesehen hatte.

Schließlich stieß er auf das Bild eines kleinen Mädchens. Es hielt eine schwarze Katze an sich gepresst, der die feste Umklammerung sichtlich Unbehagen bereitete.

›Timmy‹, dachte Mario. Er schloss die Augen. Das Bild einer anderen schwarzen Katze wurde an die Oberfläche seines Verstandes gespült. Er hatte einen Kater namens Timmy besessen! Und als er dieses Treibstück der Erinnerung eingefangen hatte, tauchten erst langsam und dann immer schneller weitere Bilder aus dem Vergessen auf. Er wagte kaum zu atmen, um sie nicht zu verscheuchen. Der heulende Wind. Timmy, der verschwunden war. Der Streit mit der Schwester. Das Gefühl der Gummistiefel an seinen nackten Füßen. All das war plötzlich wieder präsent. Wie er hinausgelaufen war, um seinen Kater zu retten. Und dann das Wasser, das plötzlich überall zu sein schien. Und die Frau. Ihr Duft. Ein Parfüm, das sie noch heute benutzte.

Er öffnete wieder die Augen. Vor dem Fenster graute bereits der Morgen.

Er war sich seiner Sache sicher: Constanzia war in jener Nacht in der Schrebergartenkolonie gewesen. Und sie war es gewesen, die ihn gerettet hatte. Mit verblüffender Klarheit erinnerte er sich jetzt daran, wie sich ihr nasser Pelzkragen angefühlt hatte, in den er sein Gesicht vergraben hatte.

Er sah auf die Uhr auf dem Bildschirm seines Rechners. Kurz nach vier.

Er würde sie zur Rede stellen. Obwohl sie nicht mehr arbeitete und spät ins Bett ging, stand sie noch immer früh auf. Ein paar Stunden würde er sich noch gedulden müssen. Er erhob sich steif von seinem Schreibtischstuhl, auf dem er über Stunden gesessen hatte, und streckte sich. Dann kochte er sich einen Kaffee. An Schlaf war nicht mehr zu denken.

DER DREIZEHNTE TAG

Bundesweit stemmen sich 70 000 Feuerwehrleute, mehr als 11 000 Bundeswehrsoldaten und etwa 3500 Spezialisten des THW gegen die Flut. Dazu kommen betroffene Bürger und freiwillige Helfer. Eine Ratingagentur schätzt den Schaden bereits auf zwölf Milliarden Euro.

Es war dann aber zu seiner Überraschung Constanzia, die ihn anrief und ihn fragte, ob er Zeit für ein frühes Mittagessen hätte.

»Ich muss mit dir reden«, sagte sie.

›Und ich mit dir‹, dachte er.

Paola hatte den Tisch für sie im Garten unter der alten Blutbuche gedeckt. Es gab »Involtini di Vitello«, zarte Kalbfleischröllchen, gefüllt mit Parmesan, luftgetrocknetem Schinken, dazu einen leichten Weißwein, der mineralisch schmeckte. Mario fand ihn perfekt. Zu seiner Überraschung aß er trotz der schweren Gedanken und der durchwachten Nacht mit großem Appetit.

Constanzia hingegen verzehrte nur einen einzigen Involtino. Dann tupfte sie sich bedächtig die Mundwinkel mit der Leinenserviette ab.

»Bist du eigentlich ein glücklicher Mensch?«, fragte sie

ihren Adoptivsohn, als auch dieser das Besteck beiseitegelegt hatte.

Er schenkte sich Wasser aus der Karaffe nach. Eine Biene summte herbei. Sie setzte sich kurz auf den Rand der Schüssel mit Erdbeeren, die Paola auf einem Servierwagen bereitgestellt hatte. Das Hinterteil des Insekts war dick mit Blütenpollen bedeckt. Es sah aus, als würde es goldene Pumphosen tragen.

»Ich glaube schon. Ich denke wenig darüber nach, aber tatsächlich habe ich einen Beruf, den ich mit Leidenschaft ausübe. Das Kochen, das Restaurant, Luigi, Manuel und der Rest vom Team, das ist genau das, was ich brauche.«

»Aber du hast keine Familie.«

»Ich habe doch euch. Dich. Und Max. Und Paola.«

Sie schüttelte den Kopf. »Das zählt nicht. Wir sind alte Leute. Du solltest dir eine Frau suchen. Kinder haben. Es ist noch nicht zu spät.«

Sie legte ihre knochige Hand auf seine große Pranke, auf der rötliche Haare sprossen. Eine seltene Geste, die ihn bewegte.

»Vielleicht.« Er runzelte die Stirn. Die Erinnerung an Ellena, die Frau, die er geliebt und die ihn verlassen hatte, tauchte auf. Schwarzes Haar, blaue Augen. Er schob sie weg. »Vielleicht«, sagte er noch einmal.

Sie wusste, an wen er dachte. »Du kannst dich nicht für immer in deiner Arbeit vergraben und ihr hinterhertrauern.«

Er drehte sein Weinglas, durch das die Sonne schien und goldene Tupfen auf das weiße Tischtuch streute.

»Versprich es mir. Versprich mir, dass du dich zumindest wieder umschaust.«

Der eindringliche Ton in ihrer Stimme erstaunte ihn.

»Und was ist mir dir?«, wollte er wissen.

»Mit mir?«

»Du hast dir doch auch keinen anderen Mann gesucht, nachdem Max krank geworden ist.«

»Das ist etwas anderes. Er hat mich nicht verlassen.«

»In gewisser Weise schon.«

›Er hat recht‹, dachte sie. ›Aber es war meine Schuld.‹ Sie nutzte den Umstand, dass er müde die Augen geschlossen hatte, um ihn zu betrachten. Die kurzen rötlichen Locken. Die blasse, sommersprossige Haut. Der mächtige Oberkörper. Diesen sanften Riesen von einem Mann, der als Fünfjähriger schon so groß gewesen war, dass sie ihn in jener Nacht kaum hatte tragen können. Bei all dem, was geschehen war, in all dem, was so schrecklich falsch gelaufen war, war er immer ihr größter Trost gewesen. Etwas, an das sie denken konnte und sagen: Wenigstens das habe ich richtig gemacht.

Und jetzt würde sie ihm Dinge erzählen, die ihn zutiefst erschüttern würden. Die vielleicht bewirken würden, dass er sich von ihr abwandte. Nichts mehr würde jemals so sein wie zuvor. Für sie nicht, aber das war unwichtig, weil ihre Lebenszeit ablief. Aber auch für ihn nicht. Sie hoffte, er würde den schweren Schlag verkraften, den sie ihm versetzen musste. Oder musste sie es doch nicht tun? Noch konnte sie schweigen und die Wahrheit, die sie über fünfzig Jahre lang gehütet hatte, ruhen lassen.

»Letzte Nacht habe ich mich endlich erinnert«, sagte Mario und öffnete die Augen. Sie waren von einem hellen, fast durchsichtigen Blau. ›Elfenaugen‹, hatte Constanzia immer gedacht, auch wenn er sonst wenig von einem Elf hatte. Sie nickte ihm aufmunternd zu.

»Ich erinnere mich endlich an die Nacht des Sturms.«

Constanzia holte tief Luft. ›Dann soll es so sein‹, dachte sie.

»Die Wahrheit drängt ans Licht«, sagte sie, und ihre runzligen Lippen verzogen sich zu einem selten gewordenen Lächeln. »Du hast dich also erinnert«, baute sie ihm eine Brücke.

Er legte die Hände flach auf den Tisch und sah ihr in die dunklen Augen. »Ich erinnere mich daran, dass du da gewesen bist. In dieser Nacht. In dem Schrebergarten. Ich wollte meinen Kater hereinholen, und da warst du. Und dann kam das Wasser.«

Sie straffte ihre Schultern und begann zu erzählen.

Wie er überhaupt in sein Restaurant gekommen war, wusste er anschließend kaum. Wie auf Autopilot war er die Rothenbaumchaussee hinuntergefahren und hatte beim Abbiegen einen Fahrradfahrer geschnitten, der dies mit wüstem Schimpfen und einem Hieb auf das Autodach quittiert hatte. Zuvor hatte er den Worten seiner Adoptivmutter wortlos und mit wachsendem Entsetzen gelauscht. Jetzt stand er hinter dem Tresen und stürzte bereits das zweite Glas eines teuren Chiantis herunter.

Luigi, der Sommelier und Oberkellner in Personalunion, beobachtete ihn misstrauisch. Normalerweise trank Mario nie vor dem Feierabend. Und dann auch nicht so! Schwerer Rotwein, mitten am Tag! Und schon gar nicht so gleichgültig gegenüber den feinen Aromen eines Riservas. Luigis Gefühle changierten zwischen Sorge und Empörung.

Der Chef setzte das Weinglas mit einem leichten Klirren ab, stützte sich mit beiden Händen am Tresen ab und starrte auf einen unbestimmten Punkt auf der stählernen Oberfläche der Theke.

»Ihr müsst heute alleine klarkommen.«

»Was?«

»Das ist ein Notfall.«

Luigis Mund stand leicht offen. Das hatte es noch nie gegeben, dass der Chef ohne Vorankündigung den Dienst quittierte. Das würde Chaos in der Küche bedeuten.

»Bist du krank?«

Mario lachte auf, gab aber keine Antwort. Er zog sein Mobiltelefon hervor, durchforstete die Anrufliste und wählte.

»Mario hier. Entschuldigen Sie die Störung, aber – könnten Sie rüberkommen? Es gibt da was, was ich Ihnen unbedingt erzählen muss.«

Luigi schob sich unauffällig näher. Wenn es hier einen Notfall gab, dann wollte er wenigstens wissen, was für einen.

Mario wandte sich von ihm ab, sodass er ihm den Rücken zukehrte. »Ja, es ist schon dringend. Tut mir leid, aber ich glaube nicht, dass ich fahrtüchtig bin. Könnten Sie also …? Ich bin im Restaurant. In Ordnung. Danke.« Er steckte das Smartphone in die Tasche seines weißen Kochkittels. Er hatte ihn sich sogleich übergezogen, als er in das Restaurant gekommen war. So, wie das Restaurant ihm heute wie ein schützender Kokon erschien, so verlieh ihm seine Küchenkluft einen Hauch von Normalität und Sicherheit. Er schenkte sich ein weiteres Glas Rotwein ein, betrachtete es dann aber leicht angewidert und schüttete es mit Schwung in den Ausguss. Der Rotwein spritzte.

Luigi schloss die Augen. ›10,50 Euro das Glas‹, dachte er.

Mario spülte Wasser nach und verschwand in seinem Büro. Die Tür zog er fest hinter sich zu.

»Dio mio«, sagte Luigi und fuhr sich mit beiden Händen über die modisch rasierte Glatze. Dann ging er nach hinten in die Küche, um den zwei verbleibenden Köchen die Hiobsbotschaft zu überbringen.

Das Büro war klein, wirkte aber durch das große Fenster zum begrünten Hinterhof nicht beengend. Es herrschte penible Ordnung: In einem Regal standen weiße Ordner akkurat aufgereiht, und auf dem Schreibtisch lagen nur wenige Rechnungen zur Bezahlung bereit. Nur der Herr über das Reich wirkte derangiert. Er hatte den weißen Kochkittel bis zur Hälfte der leicht schrägen Knopfleiste aufgeknöpft, die nun einen Teil der rotgolden behaarten Brust entblößte. Auf dem makellosen Weiß des Stoffes waren einige rote Spritzer zu sehen. Rotwein, nicht Blut, hoffte Theo.

Der Koch hatte ihm in nüchternen Worten erzählt, was seine Adoptivmutter ihm anderthalb Stunden zuvor berichtet hatte.

›Was für eine schreckliche Geschichte‹, hatte Theo gedacht. Schrecklich und zutiefst traurig. Er vermochte sich nicht vorzustellen, wie es in dem Koch aussah, der ganz anders als sonst zusammengesunken auf seinem Stuhl saß. Er hielt seine Knie mit den Händen umklammert, als versuche er, an sich selbst Halt zu finden.

Noch viel weniger war es Theo möglich, sich in die Frau einzufühlen.

»Fünfzig Jahre ein solches Geheimnis mit sich herumzutragen«, sagte er. »Dazu gehört viel Kraft. Aber auch eine ziemliche … Rücksichtslosigkeit.«

»Ich nehme an, sie hat mit allen Mitteln ihren Mann und ihre Ehe schützen wollen. Max war trotz seiner Krankheit immer ihr Lebensinhalt. Max und später dann ich. Sie hätte alles für uns getan.«

»Vielleicht«, sagte Theo, »aber ganz sicher hat sie das auch alles für sich selbst getan.«

Er dachte an seinen melancholischen Vater, der möglicherweise ein anderer gewesen wäre, wenn nicht der Schatten der verschwundenen Schwester auf der Familie gelastet hätte. Und seine Großmutter, die so hart und bitter war. Auch wenn sie, wie er wusste, schon vor dem Verlust ihrer Tochter streng gewesen war, hatte diese Erfahrung sie möglicherweise noch härter werden lassen. Und dann sein Großvater, der den Verlust seiner Tochter nie verwunden hatte und im Jahr darauf gestorben war.

»Können Sie nicht mit ihr reden?« Marios hellblaue Augen richteten sich bittend auf Theos Gesicht.

»Was, ich?«

»Vielleicht können Sie sie dazu bewegen, zur Polizei zu gehen. Die Sache endlich aufzuklären.«

Theo packte ein spontaner Widerwille gegen die Aufgabe, die man ihm aufbürden wollte.

»Nein«, sagte er, »aber ich kenne da jemanden bei der Mordkommission. Hadice Öztürk. Mit der werde ich reden.«

Das auf Vibrationsalarm gestellte Smartphone, das vor Mario auf dem Schreibtisch lag, begann zu tanzen. Er warf einen Blick auf das Display, zog die Augenbrauen hoch und warf Theo einen entschuldigenden Blick zu.

»Paola«, sagte er dann.

›Die Haushälterin‹, dachte Theo.

Mario sagte eine Weile nichts. Offenbar ergoss sich ein aufgeregter Wortschwall in sein Ohr.

Aus seinem Gesicht wich das Blut. Er warf nur einzelne

Worte in das Gespräch ein. Am Ende sagte er: »Mach dir keine Sorgen. Ich kümmere mich darum.«

Er beendete das Telefonat und steckte das Smartphone in seine Kitteltasche. Theo sah, dass der große Mann zitterte.

»Können Sie mich fahren? Es ist etwas passiert.«

»Wohin?«

Er zögerte kurz. »Zu Max«, sagte er dann.

Am Morgen hatte Jasmin Yilmaz, Max' Psychiaterin im Wohnheim in Bad Bramstedt, Constanzia angerufen. Sie machte sich einige Sorgen um ihren Patienten, der ungewöhnlich unruhig und verwirrt wäre. Möglicherweise würde ihre Anwesenheit beruhigend auf ihn wirken. Der Anruf hatte Constanzia in ihrem nächtlichen Entschluss noch bestärkt. Sie hatte sogleich ihr Kommen für den Nachmittag angekündigt. Zunächst aber gab es noch einige Dinge zu erledigen. Als Erstes hatte sie Mario zum Mittagessen zu sich gebeten. Sie war erleichtert gewesen, dass er spontan Zeit hatte. Dann hatte sie sich hingesetzt und drei Briefe geschrieben. Einen für Mario, einen für Paola und einen letzten an die Kommissarin, Hadice Öztürk. Deren Karte trug sie seit ihrer Begegnung im Wohnheim in ihrem Portemonnaie mit sich herum.

Die Briefe schrieb sie auf ihrer alten Schreibmaschine der Marke »Olivetti«, auf der sie schon ihre Doktorarbeit getippt hatte. 1950 war das gewesen. Sie war damals noch mit einem jungen, gut aussehenden Arzt verlobt gewesen. Aber dann hatte sie Max getroffen und zwei Wochen später die Verlobung gelöst. Max! An seinem Lächeln war sie einfach nicht vorbeigekommen.

Es bereitete ihr Mühe, die Bögen in die Maschine zu spannen. Die Tasten musste sie einzeln drücken. Auch aus diesem Grund waren die Briefe, die sie schrieb, nicht von epischer Länge. Andererseits war sie noch nie ein sonderlich sentimentaler Mensch gewesen. Insofern passte auch die knappe Nüchternheit der getippten Zeilen letztendlich zu ihrem Naturell. Sie unterzeichnete mit ihrer fast unlesbar gewordenen Unterschrift und schob die Bögen in Kuverts. Diese legte sie ordentlich nebeneinander mitten auf die Platte ihres Schreibtischs.

Später, nach dem Gespräch mit Mario, ging sie ins Bad. Wie immer, wenn sie schwierige Dinge zu bewältigen hatte, konzentrierte sie sich ganz auf das, was in dem betreffenden Augenblick zu tun war. Die Briefe schreiben. Mit Mario sprechen. Die Medikamente in ihre Handtasche stecken. Ein Fläschchen war ihr beim Herausnehmen aus dem Spiegelschrank heruntergefallen und auf den schwarz-weißen Fliesen des Badezimmers zerschellt. Es war nicht wichtig, sie hatte auch so genug.

Auch anschließend im Taxi, das sie Paola für diese Fahrt hatte ordern lassen, dachte sie nicht an das, was nun kommen würde, und auch nicht an den Schock, der sich zuvor auf Marios Gesicht abgezeichnet hatte.

Mit gleichmütiger Miene sah sie am Fenster Landschaft und Gebäude entlang der vertrauten Fahrtroute an sich vorüberziehen. Schon nach dem Klosterstern, einem begrünten Rondell, an dessen einem Ende der markante Turm von St. Nicolai aufragte, änderte sich das Antlitz der Stadt. Auf die noblen Villen folgten schlichtere Bauten. Die meisten von ihnen hatte man schnell in der Nachkriegszeit errichtet. Auf dem Lokstedter Steindamm verwandelte sich das Bild endgültig in eine Vorstadtgegend, mit bescheidenen, spitzgiebeligen Ein- und Mehrfamilienhäusern aus rotem Backstein. Schließlich ging die Fahrt über die E45 durch sommerlich wirkende Felder, in denen das Korn zwar bereits recht hoch, aber noch grün stand.

Obwohl die Psychiaterin sie am Telefon darauf vorbereitet hatte, erschrak Constanzia bei dem Anblick, der sich ihr bot. In Max' Atelier herrschte Chaos. Er hatte offenbar die ganze Nacht gewütet wie ein Berserker. Sämtliche Bilder, die er in Jahrzehnten geschaffen hatte, hatte er erst aus den Rahmen und dann zu unkenntlichen Fetzen zerschnitten. Auf manchen erkannte man noch eine blonde Haarsträhne, eine blasse Hand, einen Schuh. Max selbst stand mitten im Zimmer und betrachtete sein verwüstetes Lebenswerk.

Seine Frau ging zu ihm hinüber und berührte ihn am Arm.

»Warum?«, fragte sie. »Warum hast du sie alle zerstört, deine Bilder?«

»Ich brauche sie nicht mehr. Jetzt, wo ich ihr Gesicht wiedergefunden habe. Sie machen mich nur traurig.«

»Komm, Amore«, sagte sie, »leg dich ein wenig hin.« Sie führte ihn ins Nebenzimmer, in dem das schmale Bett stand. Sie wartete, bis er sich darauf ausgestreckt hatte, dann öffnete sie ihre Handtasche und zog ihre Utensilien hervor. Eine Aderpresse. Zwei Spritzen. Und zwei Fläschchen mit Pentobarbital.

»Pentobarbital? Herrgott!« Theo drückte das Gaspedal des Wagens noch etwas tiefer durch. Der alte Citroën jaulte empört und näherte sich seiner Höchstgeschwindigkeit von 123 Stundenkilometern. Mario hatte ihm berichtet, dass Paola ein zerbrochenes Fläschchen mit Injektionslösung sowie einen an sie adressierten Brief gefunden hatte. Darin dankte Constanzia ihr für die vielen Jahre treuer Dienste und versicherte ihr, für ihre Zukunft sei gesorgt. »Das klingt doch sehr nach Abschiedsbrief!«, hatte Mario gesagt. Theo widersprach ihm nicht.

»Können Sie sie noch einmal anrufen? Ihre Haushälterin, meine ich. Ich wüsste gern, was auf dem Fläschchen steht«, hatte Theo ihn gleich zu Beginn der Fahrt gefragt, und Mario war seiner Bitte umgehend gefolgt.

Mario stützte sich am Armaturenbrett ab, für dessen wurzelhölzerne 70er-Jahre-Eleganz er momentan keinen Blick übrig hatte. »Was ist das für ein Zeug?«

Max überholte einen Traktor und schwenkte dann, kommentiert vom wütenden Hupen eines entgegenkommenden Porsches, abrupt wieder auf die rechte Fahrbahn ein.

»Das ist ein Beruhigungs- und Narkosemittel. Mit dem hat sich unter anderem Marilyn Monroe das Leben genommen – sofern sie nicht ermordet wurde.« Er gab erneut Gas. »Außerdem servieren Sterbehelfer in der Schweiz es ihren Klienten. Bei entsprechender Dosierung lässt es einen erst hübsch ins Koma sinken und dann lähmt es das Atemzentrum.« Eine große Wespe zerplatzte auf der Windschutzscheibe. »Hierzulande spritzt man es heutzutage nur Tieren für den Gnadentot«.

Mario stöhnte. »Hab' ich's mir doch gedacht.«

Theo warf einen raschen Blick auf seinen Beifahrer. »Und Sie sind sicher, dass sie damit zu Max ins Wohnheim wollte?«

»Paola hat ihr ein Taxi dahin bestellt. Vermutlich hat sie mit ihrem Leben abgeschlossen, jetzt, wo sie ihr Schweigen gebrochen hat. Mit ihrem Leben und mit dem von Max.«

Theo umklammerte sein Lenkrad. »Rufen Sie die Polizei an. Die sollen Hadice Öztürk informieren. Und einen Rettungswagen schicken.«

Mario suchte sein Smartphone in den Taschen seines Kittels. »Verdammt«, sagte er dann.

»Was?«

»Mein Handy. Das Scheißding ist leer.«

In einer Kurve geriet der Wagen leicht ins Schlingern. Zwei ältere Damen, die in dem Wartehäuschen einer Bushaltestelle saßen, blickten ihm hinterher.

»Was war das denn?«, fragte die eine.

»Oh. Das war vermutlich James Bond.«

Unterdessen war es Constanzia gelungen, die tödliche Flüssigkeit auf beide Spritzen aufzuziehen. Sie hatte ein gewisses Geschick entwickelt, das trotz ihrer verkrümmten Finger zu schaffen. Die Injektion intravenös zu setzen, war allerdings eine Herausforderung. Sie würde sie schon bewältigen. Es wäre zwar einfacher, das Gift in gelöster Form zu trinken, doch dauerte es dann deutlich länger, bis der Tod eintrat. Sie wollte nichts riskieren.

»Gib mir deinen Arm«, sagte sie zu Max, der es seit sechzig Jahren gewohnt war, sich von ihr Spritzen setzen zu lassen.

»Was ist das?«

»Ein Beruhigungsmittel«, sagte sie. Das war nicht einmal gelogen. Während sie nach der Vene in seiner Armbeuge tastete, dachte sie an den Artikel über das alte Ehepaar, den sie neulich im »Hamburger Abendblatt« gelesen hatte. Der Mann hatte sich nach dem Tod seiner alzheimerkranken Frau das Leben genommen. Man hatte sie Seite an Seite gefunden. So sollte es auch bei ihr und Max sein. Anders als in dem Fall aus Wilhelmsburg würden die meisten für ihr Handeln allerdings wohl kein Verständnis aufbringen. Sie hoffte, dass zumindest Mario sie nicht verurteilen würde. Seit die Erinnerung an Marlene und ihren Tod zurückgekehrt war, litt Max. Und er würde sich weiterquälen, bis eine Demenz ihm gnädiges Vergessen schenkte oder er eines natürlichen Todes starb. Doch das konnte noch viele Jahre dauern. Es war ihre Aufgabe zu verhindern, dass er litt. Sie war seine Frau. In guten wie in schlechten Zeiten. Und wenn man es genau betrachtete, war schließlich sie diejenige gewesen, die sein Leben zerstört hatte.

Das Ortsschild von Bad Bramstedt flog an ihnen vorbei. Theo drosselte widerwillig die Geschwindigkeit auf immer noch punkteträchtige achtzig Stundenkilometer.

Als sie die Auffahrt der Wohnanlage erreichten, beendete Mario gerade das Telefonat.

»Sie kommen«, sagte er aufatmend. Dann sprang er aus dem Wagen und eilte zur Pforte. Theo trommelte mit den Fingern auf das Lenkrad, während Mario auf den Empfang einredete. Endlich schwangen die Torflügel mit nervenzehrender Langsamkeit auf.

Mario kam zurückgeeilt und ließ sich schwer in den Sitz fallen. Er hatte die Beifahrertür des Wagens noch nicht hinter sich geschlossen, als Theo schon mit quietschenden Rädern voranpreschte. Er hielt sich nicht damit auf, zum Besucherparkplatz zu fahren, sondern lenkte den Wagen direkt zu dem Gebäude, in dem Max lebte. Er fuhr vorbei an den erschreckten Heimbewohnern, direkt über die Wiese und querte ein Blumenbeet.

Schließlich kamen sie schlitternd und einige Gartenmöbel beiseiteschiebend auf Max' Terrasse zu stehen.

Synchron sprangen die Männer aus dem Gefährt, dessen Türen wie ausgebreitete Flügel offen stehen blieben. Zeitgleich erreichten sie die Terrassentür.

Doch sie war verschlossen.

Constanzia saß neben Max und streichelte seine Hand. Ein Blick auf die goldene Armbanduhr, die er ihr an ihrem ersten Hochzeitstag geschenkt hatte, verriet, dass sie ihm das Gift vor sechs Minuten verabreicht hatte. Sie hatte keine Erfahrung mit dem Wirkstoff, hatte lediglich dabei zugesehen, wie man einen ihrer Hunde damit eingeschläfert hatte. Es sollte jedoch nicht mehr lange dauern, bis Max' Herz aufhören würde zu schlagen. Sie legte sich selbst die Aderpresse um und zog sie fest. Diese Injektion zu setzen würde noch schwieriger werden als bei Max, da ihr nur noch eine halb nutzlose Hand zur Verfügung stand.

Ein plötzliches Getöse im Garten ließ sie aufblicken. Sie hörte ein paar ängstliche Schreie. Dann hämmerte jemand gegen die Terrassentür.

»Constanzia!«

Das war Mario! Die Nadelspitze zitterte über ihrer bläulich verfärbten Vene.

»Constanzia!«

Sie stieß zu. Merkte sogleich, dass sie nicht getroffen hatte. Sie zog die Nadel heraus und setzte sie so ruhig wie möglich noch einmal an.

Glas splitterte.

Die Tür flog auf.

»Mama!«

In dem Moment, als er sie erreichte, drückte sie den Kolben der Spitze herunter.

Mario zog ihr die Nadel aus dem Arm und ließ sie auf den

Boden fallen. Dann hielt er sie fest. Hinter ihm begann Theo mit der Herzmassage bei Max.

›Er hat mich doch nie Mama genannt‹, dachte Constanzia noch. In der Ferne heulten Sirenen. Dann wurde es dunkel.

In derselben Nacht erreichte der Flutscheitel die Hansestadt Hamburg. Das Wasser, vor dem Theo gebangt hatte, an das er aber die letzten Stunden keinen Gedanken mehr verschwendet hatte, verlief sich in der Weite des Hafenbeckens. Anders als fünf Jahrzehnte zuvor wurden lediglich die Bereiche vor den Deichen der Elbinsel überflutet. Kein Mensch kam zu Schaden.

Epilog

Der Tag, an dem sie Marlenes sterbliche Überreste zu Grabe trugen, war klar und sonnig. ›Eher geeignet für eine Hochzeit, als für eine Beerdigung‹, dachte Theo. Das Presseinteresse an der verschollenen Toten, die sich erst dank einer Gesichtsrekonstruktion hatte identifizieren lassen und die sich dann als Mordopfer entpuppt hatte, war erheblich gewesen. Und so hatten sich einige Journalisten und Fotografen in diskreter Entfernung zum Grab postiert.

Die Trauergemeinde, die sich auf dem Friedhof Finkenriek versammelt hatte, war weit größer als bei den meisten älteren Menschen, die Theo auf ihrem letzten Weg begleitet hatte.

Er sah viele bekannte Gesichter: Karin, die Freundin aus der Schulzeit, mit dem liebenswürdigen Mopsgesicht. Die einst so schöne Elli aus der Oberhafenkantine. Leo Kaspari, ihr schwuler Kommilitone, der ihnen den entscheidenden Hinweis geliefert hatte, dass Marlene schwanger gewesen war. Und die Professorin für Kunstgeschichte, Ursula Abendrot, die als Erste die Verbindung zu Max Textor hergestellt hatte. Andere ältere Herrschaften hatten sich Theo als ehemalige Schulfreunde vorgestellt. Auch Lars, May und Lilly waren gekommen. Nur Hanna war nicht aufgetaucht, ein Umstand, der ihn tief traf. Waren sie tatsächlich an einem Punkt ihrer Beziehung angelangt, an dem sie nicht einmal zu einer Beerdigung eines Familienmitglieds auftauchte? Natürlich, er hatte Marlene nie kennengelernt, aber auf der Suche nach ihrem Mörder hatte er nach und nach ein Bild von seiner unbekannten Tante gewonnen: mutig, geradlinig, leidenschaftlich und warmherzig. Er hätte sie sicher sehr gemocht.

Vorn am Grab stand seine Tante Inge neben seiner Großmutter. Letztere mit derselben versteinerten Miene, die sie auch gezeigt hatte, als Theo ihr die Nachricht überbracht hatte, dass die Tote tatsächlich ihre Tochter war.

Und als er ihr von den Hintergründen ihres Todes berichtete, hatte sie nur gesagt: »Sie hätte sich nicht mit einem verheirateten Mann einlassen sollen. So habe ich sie nicht erzogen!«

Er hatte sie entgeistert angesehen: »Findest du, sie hatte es verdient zu sterben?«

»Wer Wind sät, wird Sturm ernten.«

Doch dass sie, die so stolz darauf gewesen war, trotz ihres hohen Alters noch »gut zu Fuß« zu sein, sich seither im Rollstuhl herumchauffieren ließ, zeigte ihm, dass das Schicksal ihrer Tochter sie sehr viel tiefer getroffen hatte, als sie zugeben wollte. An ihrer Seite stand der verstummte Dr. Anselm, ihr Mitbewohner im Pflegeheim, der offenbar inzwischen ihr ständiger Begleiter war. Auch unter dem eleganten schwarzen Anzug schauten seine roten Socken hervor. Er tätschelte immer wieder ihre Schulter. Theo lächelte. Eine späte Romanze hätte er seiner Großmutter niemals zugetraut.

Sie hatten eine Grabstätte ganz in der Nähe des Platzes bekommen, in der Theos Vater seit ein paar Jahren neben seiner jung verstorbenen Frau lag. ›In manchen Familien sterben die Menschen eben jung‹, dachte Theo.

Während die Träger den Sarg in die Tiefe senkten und der Pastor die letzten Worte sprach, hielt er seinen Blick auf den Deich gerichtet, der unmittelbar an den Friedhof grenzte und hinter dem das Wasser der Elbe noch immer hoch und schnell vorüberfloss. Zwei Schwäne zogen mit sirrendem Flügelschlag über sie hinweg.

In der Hoffnung auf eine Nachricht von Hanna blickte er unauffällig auf sein Smartphone, das er stummgeschaltet hatte. Doch da war nichts.

»Suchst du nach einer Nachricht von mir?«, sagte eine dunkle Stimme neben ihm.

»Hanna.« Er drehte sich um.

Ihr breites Lächeln entblößte die Lücke zwischen ihren Schneidezähnen. Auf ihrer Stirn klebte ein großes Pflaster.

»Was ist passiert?«

»Nur ein kleiner Unfall. Ich bin einem Hund ausgewichen und in einen Gartenzaun gekracht. Das wird teuer.«

Sie lachte etwas zittrig.

»Geht's dir gut?«

Sie winkte ab. »Keine Sorge, mir geht's prima. Nur das Auto ist hin. Und mein armes Handy hat es auch erwischt.« Sie hakte sich bei ihm ein.

»Tut mir leid, dass ich zu spät bin. Aber ich bin so schnell gekommen, wie es ging.«

»Hast du dich durchchecken lassen?« Natürlich sorgte er sich in erster Linie um ihre Gesundheit. Aber er dachte auch an das Kind. Doch er wagte nicht, sie darauf anzusprechen.

Etwa zur gleichen Zeit wurde am Ende der Stadt Dr. med. Constanzia Maria Angelica Textor, geborene Bertani im Polizeipräsidium verhört. Sie hatte ihren Suizidversuch überlebt. Als Mario sie packte, hatte die Nadel Vene und Haut erneut durchstoßen, sodass das Gift wirkungslos auf ihrer Haut zerrann. Sie hatte lediglich einen Schwächeanfall aufgrund der Aufregung erlitten und einige Tage zur Beobachtung im Krankenhaus verbracht. Für Max hingegen war die Rettung zu spät gekommen.

Das Prozedere war kurz, denn sie legte ein umfassendes Geständnis ab – über die Vorfälle der Nacht vom 16. auf den 17. Februar 1962 ebenso wie über die Tötung ihres Mannes.

Hadice und Henry begleiteten die alte Frau ins Erdgeschoss, wo sie erkennungsdienstlich erfasst werden sollte.

»Das ist schon seltsam, eine so alte Dame in eine Zelle stecken zu müssen«, sagte Hadice, als sie wieder auf dem Weg nach oben in ihr Büro waren.

»Nun ja, gleiches Recht für alle.«

»Was meinst du, was werden sie ihr aufbrummen?«

Er überlegte kurz.

»Na ja, sie hat gesagt, dass sie ihrem Mann nur Leid ersparen wollte. Dann könnte es schwierig sein, ihr niedere Beweggründe nachzuweisen. Und das ist nun mal die Voraussetzung dafür, dass die Tötung eines Menschen in diesem Land als Mord eingestuft wird. Paragraf 211.«

Hadice schüttelte gereizt den Kopf. »Woher hat sie denn wissen wollen, dass er nicht wieder in gnädiges Vergessen versinkt? Für mich sieht das eher nach einer sehr egoistischen Tat aus.«

»Und für das, was 1962 geschehen ist, hätten wir ohnehin niemanden mehr belangen können. Nur Mord verjährt nicht, und ein solcher liegt ja nicht vor.«

»Ich weiß. Ob es nun ein Unglück war oder im Affekt geschehen ist – es ist und bleibt maximal Totschlag.«

»Lass gut sein, Mädchen. In dem Alter und nach der Aufregung bedeutet auch eine kurze Haft mit großer Wahrscheinlichkeit lebenslänglich.«

Die erkennungsdienstliche Erfassung ließ Constanzia gleichmütig über sich ergehen.

Der kräftige Polizist, der dies übernahm, war ein freundlicher Riese. Er erinnerte sie vage an Mario. Erst erfasste er die groben Daten: Geschlecht, Alter, Haarfarbe, Rasse, Physiognomie, besondere Kennzeichen. Es folgten die Fingerabdrücke, die heutzutage nicht mehr mithilfe eines Stempelkissens genommen wurden, sondern direkt per Scanner in die riesige Datenbank gespeist wurden.

»Und jetzt machen wir noch ein paar schöne Bilder von Ihnen.«

Der Beamte geleitete sie in den benachbarten Raum, in dem die Fotos für die Kartei gemacht wurden. Die alte Frau musste sich auf zwei gelben Fußstapfen auf dem Boden positionieren, die neben einer Messlatte zur Größenbestimmung angebracht waren. So erhielten die Ermittler eine Ganzkörperaufnahme der festgenommenen Person.

Dann führte der Beamte sie zu einem Stuhl, der auf einer runden, mit schweren Nieten bestückten Metallplattform montiert war.

»Alles Marke Eigenbau«, erklärte er. »Der Unterbau ist drehbar und gehörte vormals zu einem Geschütz aus dem Zweiten Weltkrieg. Das gute Stück ist schon seit über sechzig Jahren im Einsatz.« Der darauf montierte Stuhl war ein gewöhnliches hölzernes Exemplar, das Constanzia vage an das berühmte Gemälde von van Gogh denken ließ. Das Sitzmöbel war offenbar schon mehrfach überstrichen worden, zuletzt mit einer Farbe, die bläulich metallisch glitzerte.

»Auf dem haben sie schon alle gesessen, die schweren Hamburger Jungs.« Der Polizist zwinkerte ihr zu. Er half der zerbrechlich wirkenden alten Dame die Stufe hinauf.

»Erinnern Sie sich noch an Fritz Honka?«

Constanzia nickte. Der Serienmörder hatte in den 70er-Jahren eine Reihe von Prostituierten getötet und zerstückelt – eine Art moderner »Jack the Ripper«.

Constanzia ließ sich mit einem gewissen Widerwillen auf dem Stuhl nieder. Das Holz schien ihr durchtränkt von der abgrundtiefen Bösartigkeit der Menschen, die vor ihr darauf gesessen hatten. Und nun, am Ende ihres Lebenswegs angekommen, gehörte auch sie dazu.

Die Plattform unter ihr setzte sich in Bewegung und positionierte sie für die erste, frontale Aufnahme.

Sie dachte an die junge Frau, die sie einmal gewesen war: die Tochter aus bestem Hause, schön und begabt, mit glänzenden Aussichten. Niemals hätte sie geglaubt, dass ihr Leben sie an einen solchen Punkt führen könnte. Das Schicksal war eine Kette von Ereignissen, eine lange Reihe von Entscheidungen, die man traf, ohne deren Tragweite absehen zu können.

Damals

Nachdem das Taxi sie abgesetzt hatte, hatte Constanzia eine Weile gebraucht, um das Schrebergartenhäuschen zu finden. Sie hatte nur das Foto, das die Detektei ihr vor einer Weile geschickt hatte. Aber viele Häuser sahen einander zum Verwechseln ähnlich, und dass es Nacht war, machte die Suche nicht einfacher. Systematisch war sie die schnurgeraden Reihen abgeschritten. Sie erschrak, als ein Mann in schwarzem Regenmantel grußlos an ihr vorbeihastete. Schließlich sah sie in einem Vorgarten den großen Pinguin stehen, den sie vom Foto kannte. ›Immerhin ein originellerer Gartenschmuck als die unsäglichen Zwerge‹, hatte sie gedacht. Im Inneren der Hütte schimmerte Licht.

Constanzia öffnete die Gartenpforte, die ihr sofort von einer Sturmbö aus der Hand gerissen wurde und gegen den Zaun schlug. Sie zerrte sie wieder zurück in ihr Schloss und ging dann hinüber zu der Laube.

Bei dem Anblick, der sich ihr bot, erschrak sie: Das Mädchen kniete am Boden und beugte sich über Max, dessen Kopf sie im Schoß hielt. Seine Stirn war blutverschmiert. Sie wandte Constanzia das Gesicht zu. »Gott sei Dank!«, sagte sie. »Helfen Sie ihm. Sie sind doch Ärztin.«

Mit drei Schritten war Constanzia bei ihnen.

»Was ist geschehen?«

»Hendrik, mein Freund – er ist hier aufgetaucht und hat mit einer Pistole herumgefuchtelt.«

Constanzia spürte, wie sie innerlich ganz kalt wurde. »Hat er auf ihn geschossen?«

Marlene schüttelte den Kopf. »Ich glaube nicht. Da war zwar ein Schuss, aber ich glaube, der hat ihn nicht getroffen. Er hat ihn mit dem Kolben niedergeschlagen.«

Schnell untersuchte die Ärztin den schlaffen Körper ihres Mannes.

»Wie lange ist das her?«

»Nicht lange. Henno ist gerade erst zur Tür raus.«

Constanzia erinnerte sich an den flüchtenden Mann. Das war wirklich nicht lange her und Max folglich noch nicht lange bewusstlos. Sie atmete auf. Wenn er bald wieder aufwachte, würde die Verletzung wohl nicht allzu gravierend sein.

Sie brachte ihn in die stabile Seitenlage. Seine Atemzüge waren gleichmäßig, sein Puls niedrig, aber stabil.

Marlene war aufgestanden und beobachtete sie ängstlich.

»Der wird schon wieder, denke ich.«

Marlene ließ sich auf einen Stuhl sinken. »Gott sei Dank.«

Constanzia sah, wie sie schützend die Hand auf ihren Bauch legte. Unter dem weiten Pullover konnte man noch keine Wölbung erahnen.

Auch Constanzia stand auf. Sie wischte sich die Hände am Mantel ab. Dann sah sie die Pistole am Boden liegen. Sie bückte sich automatisch nach ihr und hob sie auf.

»Wie fühlen Sie sich?«, fragte sie Marlene.

Das Mädchen lächelte verkrampft. »Es geht schon. Es war nur ein solcher Schreck.«

»Haben Sie es sich noch einmal überlegt? Ob Sie uns das Kind nicht doch überlassen wollen, meine ich.«

Marlene hielt den Blick auf die Tischplatte gerichtet.

»Sie können es sich immer noch anders überlegen«, drängte Constanzia. »Das Kind braucht einen Vater.«

Marlene strich über ihren Bauch. »Es wird auch einen haben«, sagte sie leise.

»Sie meinen Ihren temperamentvollen Freund? Na, ob der der Richtige ist …«

Marlenes Blick glitt zu dem Mann am Boden. Dann sah sie Constanzia direkt an. »Nein«, sagte sie, »ich spreche von Max. Er hat gesagt, er bleibt bei mir.«

Constanzia schloss die Augen. Obwohl sich nur bestätigte, was sie schon seit geraumer Zeit befürchtet hatte, traf sie der Schmerz mit der Wucht eines Projektils. Sie ballte die Fäuste und spürte die Pistole in ihrer Hand. Als sie die Augen wieder öffnete, sah sie das Gesicht des Mädchens vor sich. Marlenes Blick war voller Mitleid. Es hätte Triumph darin liegen können. Oder Hass. Oder Kälte. Es war das Mitleid, das sie nicht ertragen konnte. Sie hob die Waffe. Dann löschte sie den Blick aus.

Die Geschützplattform unter ihr setzte sich wieder in Bewegung, sodass sie der Kameralinse Constanzias rechtes Profil präsentierte. Sie war froh, dass sie die Wahrheit nun nicht mit ins Grab nehmen musste. Nur dass sie Max nie die ganze Geschichte hatte erzählen können, belastete jetzt noch ihr Gewissen. Er hätte ihr nie verziehen. Und das hätte sie nicht ertragen.

Wieder setzte sich die Plattform in Bewegung, um sie für das linksseitige Profilbild in Position zu bringen. Es blitzte erneut.

»Das war's schon, meine Dame«, sagte der freundliche Beamte.

Constanzia blinzelte. ›Ja‹, dachte sie, ›das war's.‹

Danke schön

Das Schönste daran, ein Buch zu schreiben, sind die vielen großartigen Menschen, die ich unterwegs treffen darf und denen ich sonst nie begegnet wäre. Schon vor vier Jahren lernte ich aufgrund der Recherchen für meinen ersten Krimi meine Lieblingsbestatterin Dr. Christine Pernlochner-Kügler aus Innsbruck kennen. Sie ließ mich hinter die sonst diskret verborgenen Kulissen des Bestattergewerbes schauen. So kommt man dann übrigens vor seinem Ableben bereits zu einer höchst originell gestalteten Urne voller Schokoladenbonbons. Danke für alles!

Rainer Gossmann von der Mordkommission Hamburg ließ mich erkennungsdienstlich erfassen – eine Erfahrung, die ich nun in diesem Buch endlich verarbeiten konnte. Das war großartig und gruselig. Vielen Dank dafür! Über die Altersbestimmung von Skelettfunden (schwierig!) klärte mich Dr. Eilin Jopp vom Institut für Rechtsmedizin der Uniklinik Hamburg auf. Sie hat mich schwer beeindruckt. Freundlicherweise hat sie sich zu einem fiktiven Gastauftritt in meinem Roman bereit erklärt. Das bereitet mir besonderes Vergnügen, wenn die Realität so in die Fiktion schwappt. Ebenso Sabine Ohlrogge, die Expertin für Gesichtsrekonstruktionen im hohen Norden. Auch sie war so freundlich, eine kleine Rolle zu übernehmen. Nie wäre ich sonst auf die Idee gekommen, ausgerechnet Schaschlikspieße als forensische Werkzeuge einzusetzen!

Und dann sind da natürlich noch die Menschen, die mich durch das Projekt begleitet haben – allen voran meine Redakteurin Christine Neumann, die dieses Mal das Buch als Sparringspartnerin begleiten konnte und so manche pfiffige Idee zum Plot beisteuerte. Ihr kluger, erfahrener und humorvoller Input war mir wie immer eine große Hilfe und echte Freude. Danke dafür!

Und dann ist da noch die diesmal – wegen zeitlicher Beschränkung – kleinere Zahl meiner TestleserInnnen: Stefanie Braun, Alain Fux (immer mein erster, mein letzter und liebster Leser), meine scharfsinnige Kollegin Luise Heine, Ingrid Müller (mit ihrem unbestechlichen, unbezahlbaren Chefredakteurinnenblick), Mima Mühlsteffen (die das Buch im Krankenbett las), Julia Pottkämper und zuletzt (aber nur wegen der alphabetischen Nennung) Stefan Weiß (der diesmal den Täter Gott sei Dank nicht schon auf Seite hundert überführt hat). Danke Euch allen, für Euer liebenswürdiges Interesse, Euer Engagement und Eure Anteilnahme, Euren kritischen Blick und vor allem – für Eure Freundschaft.

Immer die Eure.

Christiane Fux, im März 2014

Historische Hintergründe

Wenn man wie ich in Hamburg-Wilhelmsburg aufwächst, ist die Flutkatastrophe von 1962 immer noch allgegenwärtig. Auf den Deichen, die die Elbinsel einfrieden, gibt es noch immer Bushaltestellen, die als Sammelpunkte im Katastrophenfall dienen. Und an vielen Häusern ist eine Markierung angebracht, die zeigt, wie hoch das Wasser stand. Als ich Kind war, heulten bei uns die Sirenen, wenn Sturmflutwarnung war, und es gab schulfrei. Und auch wenn Hamburg rund 100 Kilometer vom Meer entfernt ist, haben wir doch Ebbe und Flut – oder besser Tide und Watt im Blut.

Als Kind hat mich das alles sehr beeindruckt. Insofern lag es auch nahe, das in eine Geschichte einfließen zu lassen.

Während ich schrieb, traf eine neuerliche »Jahrhundertflut« Deutschland. Sie wälzte sich, von Dresden kommend, die Elbe hinunter. Das war keine Sturmflut, denn die Hochstände waren heftigen Regenfällen geschuldet und keinem Sturm.

Trotzdem, wenn man sie sieht, die Bilder von überfluteten Dörfern und toten Kühen, dann denkt man als Wilhelmsburgerin unweigerlich an die Zeit vor über 50 Jahren – sogar ich, die damals noch nicht auf der Welt war.

Der zweite historische Aspekt dieses Romans ist der Umgang mit unehelich geborenen Kindern und Abtreibungen im Deutschland der 50er- und 60er-Jahre des 20. Jahrhunderts.

Die Situation unverheirateter schwangerer Frauen war damals ausgesprochen schwierig. Schwangerschaftsabbrüche waren – sofern die Schwangerschaft nicht die Gesundheit der Mutter gefährdete oder Folge einer Vergewaltigung war – strafbar. Trotzdem waren sie ein Massenphänomen – häufig mit tödlichem Ausgang. Allein im Jahr 1954 beispielsweise verzeichneten die Krankenkassen rund 10 000 Fälle, bei denen Frauen an den Folgen einer Abtreibung gestorben waren. Die Zustände hatten einen Abtreibungstourismus in die Niederlande und nach England zur Folge – ein Luxus, den sich aber nur besser betuchte Frauen leisten konnten.

Gleichzeitig erschwerte die herrschende Sexualmoral den Frauen den Zugang zu Verhütungsmitteln. Dass eine Frau damals in einer Apotheke Kondome erwarb, war beispielsweise undenkbar. Selbst in den 60er-Jahren verweigerten viele Ärzte unverheirateten Frauen noch Verhütungsmittel. Die Pille, obwohl seit 1961 auch in Deutschland auf dem Markt, wurde überwiegend gegen Menstruationsbeschwerden verordnet – und keineswegs wegen ihrer schwangerschaftsverhütenden Funktion.

Brachte eine unverheiratete Frau ihr Kind auf die Welt, galt sie vielerorts noch immer als gefallenes Mädchen. Auch vom Gesetzgeber wurde den ledigen Müttern eine »sexuelle Verwahrlosung« unterstellt, die es zweifelhaft machte, dass sie ihr Kind in geordneten Verhältnissen erziehen konnten. In der Folge wurden bis in die Mitte der 60er-Jahre uneheliche

Kinder automatisch unter die Vormundschaft von Ämtern oder kirchlichen Einrichtungen gestellt. Ende 1963 beispielsweise standen mehr als 500 000 nichteheliche Kinder, obwohl sie bei ihrer Mutter lebten, unter der Schutzaufsicht des Jugendamtes.

Das änderte sich erst im Zuge der sexuellen Revolution der 68er-Bewegung. 1971 outeten sich mehr als 300 Frauen im »Stern« mit dem mutigen Bekenntnis »Ich habe abgetrieben«.

Die wichtigsten Quellen

»Die Nacht der großen Flut«, von Raymund Ley (Herausgeber), Ellert & Richter Verlag, Hamburg, 2006

Sturmflut 1962 – Zeitzeugen erinnern sich – eine Materialzusammenstellung mit Audiobeiträgen des NDR, http://www.ndr.de/geschichte/chronologie/sechzigerjahre/sturmflutzeitzeugen107.html, Abruf Juni 2013

Joachim Paschen: »Die Hamburger Flutkatastrophe 1962«, Wartberg Verlag, 2. aktualisierte Auflage, Gudensberg-Gleichen, 2012

Maria Minola Berger: »Die Diskussion um den Schwangerschaftsabbruch im Deutschen Ärzteblatt von 1949 bis 1976«, Dissertation an der Ruhr-Universität Bochum, 2010

Dag Schölper: »Disziplinierung der Geschlechter im Namen des Kindeswohls – Eine Geschichte der Beistandschaft des Jugendamtes für ›uneheliche Kinder‹«, Dissertation im Fachbereich Politik an der Freien Universität Berlin, 2010

Kristina Mahlos erster Fall

*Cover- und Preisänderungen vorbehalten

Sabine Kornbichler

Das Verstummen der Krähe

Kriminalroman

Piper Taschenbuch, 432 Seiten

€ 12,99 [D], € 13,40 [A], sFr 18,90*

ISBN 978-3-492-30203-6

Kristina Mahlos Auftrag als Nachlassverwalterin hat es in sich. Eine Verstorbene vererbt ihr beträchtliches Vermögen ihren fünf besten Freunden, jedoch unter der Bedingung, dass es gelingt, den Mord aufzuklären, für den ihr Mann einst verurteilt worden war. Kris will den Fall ablehnen, doch dann entdeckt sie in der Wohnung der Toten einen Hinweis auf ihren eigenen Bruder Ben, der vor Jahren spurlos verschwand …

Leseproben, E-Books und mehr unter **www.piper.de**